KB102861

글쓰기의 최전선

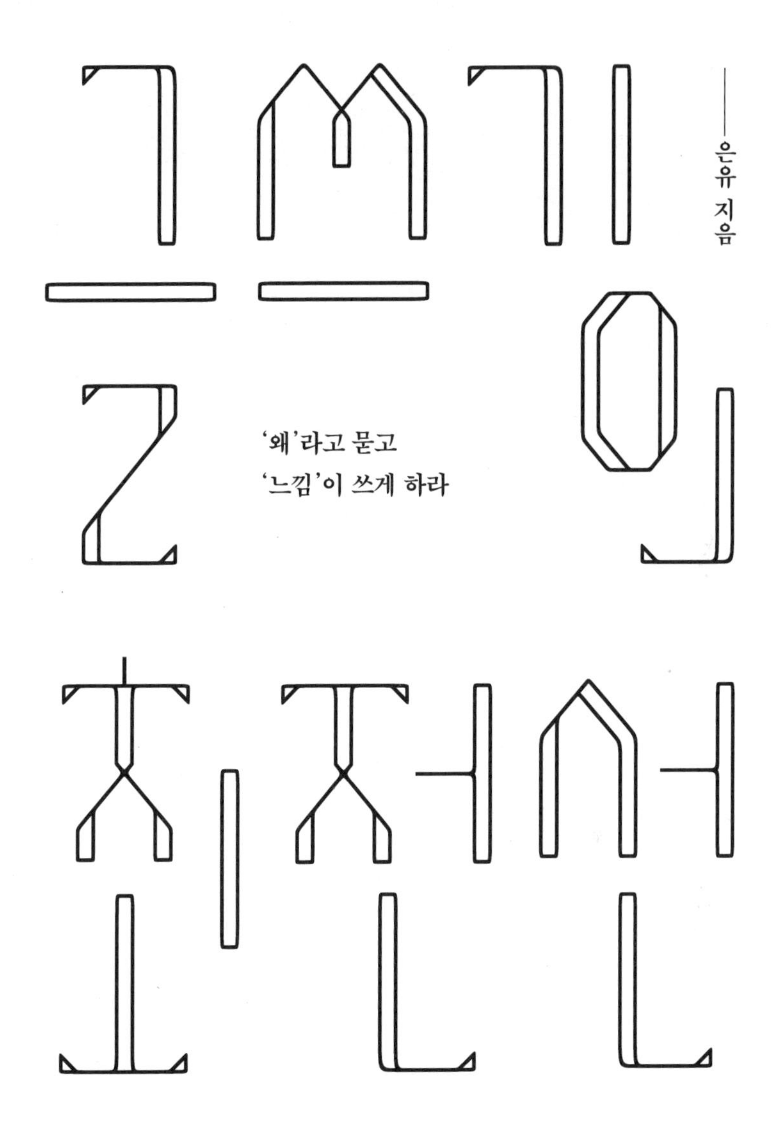

메멘토

나는 왜 쓰는가

내가 누구인지 묻지 말고 내가 계속 같은 사람인지도 묻지 마라.
아마도 나와 비슷한 한 사람 이상의 사람들이
아무런 얼굴도 갖지 않기 위해 쓰는 게 분명하다.

– 미셸 푸코 –

"우리는 바람에 일렁이는 파도처럼 수많은 방식으로 외적 원인에 의해 휘몰리며, 우리의 운명과 결과를 알지 못한 채 동요한다."

"이미 나의 주체적인 행동으로 내 삶이 꾸려가지질 않아. 쉴 틈 없이 쏟아지는 관계들 속에서 이미 제어 능력을 상실했단다. 지금은 그저 이리저리 휩쓸려 다닐 뿐이야."

두 사람의 말이 메아리친다. 한 사람은 네덜란드 태생의 17세기 철학자 스피노자. 또 한 사람은 21세기 대한민국에서 살아가는 내 친구이다. 내 친구는 스피노자를 읽지 않았다. 답답한 처지를 하소연하며 메일에 쓴 문구다. 시공간을 초월한 두 사람의 말에서 알 수 있듯이 누구나 사노라면 거대한 물살에 떠밀려 가는 느낌이 들게 마련이다.

기를 쓰고 앞을 향해도 옆으로 저만치 밀려나 있기 일쑤다. 왜 내 뜻대로 살아지지가 않을까, 나는 어디로 가는 걸까, 이게 최선이고 전부일까. 그러한 물음에서 나의 글쓰기는 시작되었다.

중심 잡기

스무 살 무렵, 명동성당을 지날 때다. 삭발한 머리에 자그마한 체구의 여성이 핏발 선 눈으로 조선대생 이철규의 의문사 규명을 요구했다. 울분에 찬 말투에 주변 소음까지 섞여 제대로 알아들을 수는 없었지만 나는 멍하니 서서 한참을 봤다. 거리에 오가는 사람들 아무도 눈길을 주지 않았다. 당시는 힘없는 노동자들과 그들 편에서 싸우던 학생들이 픽픽 죽어가던 시절이다. 그날 밤, 자려고 누웠는데 그 삭발한 언니의 애타는 목소리가 머릿속에서 둥둥 울렸다. 책상에 앉아서 글을 썼다. 나름은 진지했다. 낮에 명동에서 발생한 상황을 이야기하면서 무슨 논설위원이라도 된 것처럼 '국민적 무관심'을 질타했다. 『한겨레』 신문 독자 투고란에 내 글이 실렸다. 팔천 원가량이었던 것으로 기억한다. 생애 첫 원고료를 받았다.

당시 유망 직종인 증권회사 노동자가 된 나는 첫 월급을 받아서 『한겨레』 신문 주주로 참여했고 정기구독을 신청했다. 집으로 배달된 신문을 출근길에 꼭 챙겨갔는데 업무 시작 전에 남자 직원들은 신문을 보고, 여자 직원들은 청소와 커피를 담당했다. 나도 남자 직원들처럼 신문을 넘기면서 준비된 아침을 열고 싶었다. 이 상황이 부당하다고 생각하여 그즈음 막 생겨난 노동조합 신문에 글을 썼고 어찌하다 보니 입사 일 년 후 내가 노조 전임자로 들어가 신문과 소식지를 만들고 있었다. 의욕과 체력은 넘치고 경험과 필력이 부족했던 나는 운동권 출신의 동료들에게 도제식 훈련을 받아가며 책을 읽고 토론하고 글을 썼다. 이천여 명 조합원을 대상으로 홍보 선전지를 만들고 매일 밤 복사기를 돌리고 인쇄소를 찾았다. 구십 년대 우후죽순처럼 생겨나던 한 잡지사 기자 시험에 응모해 객원기자로 잠시 지내기도 했다. 그렇게 3년. 밀도 높은 시간을 살았다. 글로 정을 나누고 앎을 키우고 힘을 모으는 일의 재미를 온몸으로 체득한 셈이다.

일과 사랑은 동시에 왔다. 결혼을 하고 노동조합 활동에서 지점 업무로 돌아갔다. 맞벌이가 시작되었다. 가사노동의 최종 책임자는 자연스레 내가 되었다. '돕는 위치'에 자리한 남편에게 편지를 써서 불만을 토로하고 출퇴근 길 차에서 여성주의 책을 읽어주면서 소통을 도모했다. 아이를 낳고 기르는 일은 행복했으나 뭔가 좌우 발목에 족쇄가 채워진 것 같았다. 나의 행복과 가족의 행복은 시시때때 충돌했다. 아이를 집에 두고 내가 강의를 듣거나 영화를 보는 게 못할 짓 같았으니 '나답게' 살기 위한 선택에는 묘한 죄의식이 따랐다. 이 감정의 정체가 뭘까. 지치고 복받치는 마음을 집중 탐문했다. 글을 쓰면서 여자, 엄마, 노동자라는 집합명사에 휩쓸려 떠내려가지 않고 김지영이라는 고유명사로서의 삶을 지켜내고자 버둥거렸다. 네모난 수영장에서 눈부신 바다로 나아간 이십 대, 나에게 글쓰기는 곧 안간힘 쓰기였다.

풀어내기

점점 삶이 복잡계 수준으로 얽혔다. 두 아이의 엄마이자 아내이자 며느리이자 딸이고 일하는 여성이고 책과 영화와 음악과 데이트를 즐기는 나는, 눈 뜨면 교통 혼잡한 교차로에 놓인 기분이었다. 늘 교통정리가 필요했다. 실시간으로 상황을 파악해 삶의 에너지를 분배해야 했다. 집안이나 조직에서 소통에 애를 먹었다. 가령, 내 말은 시어머니가 듣고 싶은 말로 접수되면서 의미가 변질되었다. 왜 그럴까. 사람들은 어떤 말을 '합리적 인식'이 아니라 '자신의 정서'로 판단했다. 자신이 이해하면 선이고 불편하면 악으로 취급했다. 조직에서는 다수가 지지하면 선이고 소수가 주장하면 악이 되는 구조였다. 더러 소통대란을 겪을 때마다 나의 생각을 표현하는 것이 우주의 섭리를 해명하는 일처럼 막막했다. 과연 나의 판단은 옳은 것인가 헷갈렸다. 아니라고 생각하는 걸 그렇다고 말할 수는 없는 일. 그렇다면 서로의 차이는 어떻게 인정하고 공존할 수 있을까 궁금했다. 나를 포함해서 사람은 바뀔 수 있을까 회의했다.

삶이 굳고 말이 엉킬 때마다 글을 썼다. 막힌 삶을 글로 뚫으려고 애썼다. 스피노자의 말대로 외적 원인에 휘말리고 동요할 때, 글을 쓰고 있으면 물살이 잔잔해졌고 사고가 말랑해졌다. 글을 쓴다고 문제가 해결되거나 불행한 상황이 뚝딱 바뀌는 것은 아니었지만 한 줄 한 줄 풀어내면서 내 생각의 꼬이는 부분이 어디인지, 불행하다면 왜 불행한지, 적어도 그 이유는 파악할 수 있었다. 그것만으로도 후련했다. 낱말 하나, 문장 한 줄 붙들고 씨름할수록 생각이 선명해지고 다른 생각으로 확장되는 즐거움이 컸다. 또한 크고 작은 일상의 사건들을 글로 푹푹 삶아내면서 삶의 일부로 감쌀 수 있었다. 어렴풋이 알아갔다. 글을 쓴다는 것은 고통이 견딜 만한 고통이 될 때까지 붙들고 늘어지는 일임을. 혼란스러운 현실에 질서를 부여하는 작업이지, 덮어두거나 제거하는 일이 아님을 말이다.

물러앉기

글쓰기는 '나'와 오롯이 대면하는 시간이다. 글을 쓰려고 하는 동안은 세상의 소란을 등질 수 있다. TV, 부엌, 시계, 가족, 전화 등 번잡한 일상적 장치와 분리가 가능하다. 컴퓨터와 나 사이에 들어차는 온기와 안락과 고독은 오월의 아침 햇살보다 감미롭다. 그렇다고 해서 매번 값진 글을 쓰거나 알찬 시간을 보내는 건 아니다. '사노라면'으로 쓸까 '살다 보면'으로 할까, '쩨쩨하다'가 맞나 '째째하다'인가 사전을 뒤지고 고만고만한 두 단어 사이에서 고민하는 일로 보낸다. 그러다 보면 그 시간만큼은 전세자금 걱정, 아이들 성적 걱정, 부모님 건강 걱정 등 정체 모를 불안감이 사라진다. 그 점이 참 좋았다. 일상의 중력으로부터 벗어나기. 그런 기회는 저절로 생기지는 않는다. 글쓰기라는 장치를 통해서 나를 세속화시키고 호기심을 무디게 하는 것들과 잠시나마 결별할 수 있으니, 관성적 생활 패턴에서 한 발 물러서는 기회만으로도 글 쓰는 시간은 소중하다.

『1984』의 저자 조지 오웰은 "인간이 물질세계는 탐사하면서 스스로에 대한 탐사는 하지 않으려 한다"며 "인간은 자기 삶에서 단순함의 너른 빈터를 충분히 남겨두어야만 인간일 수 있다"고 말했다. 동의한다. 일선에서 물러서기는 아무런 가치를 만들어내지 않는 것처럼 보인다. 그런데 그 쓸모없는 시간이 삶을 쓸모 있게 만들어주는 아이러니는 늘 유예되는 진리다. 이미 경험한 자에게는 설명이 필요 없고 경험하지 못한 자에게는 설명이 가닿지 않는다. 그럼에도 불구하고 말하자면 글쓰기는 물러서서 숨 고르기의 쉽고 좋은 방편이다.

지켜내기

느닷없이 '닥친다'는 점에서, 있는 것을 '쓸어간다'는 점에서, 이전과 이후의 삶의 풍경과 방식이 달라진다는 점에서 내가 당한 사건이 삶의 자연재해라는 말은 적합해 보인다. 그게 지진이라면 강도가 약했을 뿐. 집안에 경제적 위기가 와 있었다. 실의에 빠질 틈도 없이 집을 내놓고 이사를 갔다. TV 아침 프로에 나오는 이들이 회고하듯 사업이 망해 지하 단칸방으로 간 게 아니라 같은 아파트 단지에서 가장 작은 평형 전세로 옮겼으니 중산층의 어정쩡한 몰락에 가깝다. 그래도 흔들리고 부서진 일상의 복구가 쉽지는 않았다.

우선 나의 구직이 다급했다. 증권회사 경력 달랑 두 줄에 스펙이랄 것도 없는 초라한 이력서를 쓰면서 나는 나의 사회적 무능 상태를 처음으로 자각했다. 은행 파트타이머와 지역 신문 기자, 이력서를 두 군데 넣었는데 연락이 오지 않았으므로 낙방을 실감할 수도 없었다. 그냥 존재 무시를 당했다. 그 시기에 사업하는 친척이 적지 않은 급여를 제시하고 경리직 업무를 봐달라고 했지만 정중히 마다했다. 종일 묶여 있는 직장 생활, 적성과 다른 재미없는 일, 세 살과 열 살 아이들을 방치할 수밖에 없는 워킹맘의 삶은 불 보듯 훤했다. 먹고사는 생활비는 안정적으로 나오겠지만 글 쓰고 책 읽는 삶에서는 저만치 멀어질 게 뻔했다.

'돈도 없는데 삶까지 잊기긴 싫다.'

의외로 결정이 쉬웠다. 딱히 잃을 것도 없었고 지키고 싶은 건 하나였다. 열다섯 살부터 막연히 붙들고 있던 그것. 글 쓰면서 일하는 삶에 대한 '끈'이 구체적인 '꿈'으로 다가왔다. 글 쓰는 일을 찾자, 그게 옳다.

밤마다 구직 사이트를 헤매고 다녔다. 서울 지역, 학력 무관, 글 쓰는 일을 조건으로 넣었더니 딱 한 군데가 걸렸다. '성인소설 집필 작가 모집.' 아파트 단지 앞 오피스텔에 있는 무슨 회사였다. 웃음이 났다. 이제껏 야한 동영상 한 편 못 보고 산 나로서는 그건 줄기세포 연구보다 더 어렵게 느껴지는 과업이었다. 우선 간단한 아르바이트를 하면서 방법을 찾아보자 싶었다. 아는 선배를 만난 커피숍 출입문에 아르바이트 모집 공고가 붙어 있었다. 내가 전화번호를 입력하자 선배가 왜 아르바이트를 하느냐, 글 쓰는 일을 해보라고 했다. 선배는 그동안 쓴 글 세 편을 보내달라며 사보 편집자로 일하는 지인에게 나를 추천해주었다. 나는 부랴부랴 포트폴리오를 만들어서 보냈고 그쪽에서 연락이 왔다. 첫 취재는 30년 봉사활동을 한 여성의 인터뷰였는데, 사람을 만나서 이야기를 나누고 글을 쓰는 게 오래전부터 하던 일처럼 편하고 좋았다. 못할까봐 불안하지도 않았고 잘하고 싶어서 안달이 나지도 않았다. 그렇게 이름도 자유로운 자유기고가의 삶에 진입했다.

구직에서 취직까지. 어떤 구체적 계획도 전망도 없이 단지 '글 쓰는 삶'을 고집하면서 내가 느낀 자유, 곧 암담한 상황 속의 홀가분한 마음이 잘 설명되지 않았는데 나중에 『해리 포터』의 작가 조앤 롤링이 하버드 대학에서 했다는 연설문에서 명료한 표현을 볼 수 있었다.

"실패는 삶에서 불필요한 것들을 모두 제거해주었습니다. 저는 실패한 제 자신을 있는 그대로 받아들이게 되었고 저의 모든 열정을 가장 소중한 한 가지 일에 쏟아붓게 되었습니다. 두려워했던 실패를 경험했기에 실패에 대한 두려움으로부터 자유로워졌습니다."

조앤 롤링은 이혼 후 직업도 없이 아이를 키워야 하는 절대 빈곤의 상황에 처했고 소설 외에는 길도 꿈도 없었다고 한다. 그렇게 쓴 글이 『해리 포터』다. 지옥에서 천국으로 도약한 입지전적 인물에 비하면 나는 그만큼 상황이 절박하지도 꿈이 절실하지도 않았지만, 그녀가 말하는 다 잃고 난 이후 한 가지가 또렷해지는 경험, 나머지가 제거되는 기분, 양보할 수 없는 존재 요청인 나답게 사는 자유의 실체는 희미하게 알 것도 같았다.

발명하기

내 나이 서른다섯. 일과 동시에 공부를 시작했다. 답답했던 것 같다. 살아갈 수 있는 말들이 부족했다. 자유기고가의 직무를 잘 수행하기 위해, 집안일을 추스르기 위해, 두 아이를 챙기기 위해, 노무현 대통령 탄핵이라는 초유의 사건이 일어나는 나라의 시민으로 버티기 위해, 그러니까 제정신으로 살기 위해서는 지금과는 다른 언어, 다른 지식, 다른 관점이 필요했다. 연구공동체 수유너머에서 니체 강의를 듣고 수업이 끝나면 서울시청 앞으로 가서 촛불을 들고 그 경험과 느낌을 글로 써보곤 했다. 분노, 좌절, 실망, 고통 같은 내 몸을 밟고 지나가는 감정을 언어로 번역하는 과정은 생각만큼 쉽지 않았다.

세상의 말들은 오염되어 있다. 초등학교 4학년에 앞날이 결정된다는 둥 몇 살에 해야 하는 몇 가지라는 둥 존재를 옥죄는 책들이 버젓이 베스트셀러에 올랐다. 부모의 재력, 학벌, 계급에 따라 아이의 삶을 거래하는 말들의 유통에 화가 났다. 아이의 인생이 결정된다는 그 시기에 나는 일하느라 가정 통신문에 도장 찍을 시간이 없었고 아이의 중간고사가 언제인지 잘 알지도 못했다. 괜한 죄의식이 생겼다. 이십 년 된 스무 평 아파트에 짐짝처럼 네 식구가 끼여 살자니 불편했다. 세상 끝에 아슬아슬 매달려 사는 기분이 드는데 이 간당간당한 삶에서 벗어날 길은 보이지 않았다. "당신이 사는 곳이 당신이 누구인지를 말해준다"는 광고 문구는 정작 집을 '사는 곳'이 아닌 '사는 것'으로 전도시켰다.

내가 사외보에 글을 쓰는 기업은 '또 하나의 가족'을 내세우면서도 자사 공장에서 일하던 젊은 여성 노동자 가족 수십 명의 죽음은 외면했다. 거기서 일하던 변호사가 쓴 책에 나오는 기업의 실상은 가히 충격적이었다. 나는 갑이 하청을 준 을에 고용된 병의 신세였지만 고민하지 않을 수 없었다. 내가 쓰는 원고가 (악덕) 기업의 대외 이미지 개선을 위한 수단으로 동원되고 있지 않을까. 사회적으로 영향력을 갖지 않는 간행물의 작은 지면이라고 해도 찜찜한 마음을 떨칠 수 없었다. 그곳의 사외보 일을 그만둔다고 하자 내게 일을 주었던 '을'의 대표는 한마디 건넸다. "그럼 다른 기업 일은 왜 하느냐. 그것도 그만두어라." 친구들도 만류했다. "독립운동 하니? 먹고는 살아야지." 물론이다. 나는 그곳이 아니라도 먹고살기 위한 최소한의 일은 마련한 상태에서 아는 대로 살기 위한 최소한의 저항을 택한 것이다.

인터넷 포털 화면을 켜면 쏟아지는 연예인의 일거수일투족 동향과 지하철 광고판의 현란한 문구들과 TV에서 무작위로 유포하는 자막들은 유혹한다. 그것은 하나같이 자본주의에 길들여진 삶, 경쟁과 출세와 소비를 촉구하고 재생산하는 집요한 언어였다. 삶의 가치라는 고귀한 물음을 봉쇄하고 주변에 있는 타인의 삶에 등 돌리게 하는 쓸쓸한 말들이었다. 성공과 실패, 행복과 불행에 대한 통념과 상식은 남들이 만들어낸 언어로 구성되었다. 오직 권력 유지와 화폐 증식이 목적인 사장님과 학원장과 목사님과 의원님이 지어내고 발언하고 유포시킨 언어로는, 나같이 고용이 불안정한 프리랜서나 애 둘 키우는 엄마의 삶을 솔직하게 담아낼 수 없다. 성적 기계가 아닌 본성을 꽃피우는 내 아이의 인생을 설계할 수도 없다. 토건 자본의 논리는 살던 곳에서 계속 살 권리를 인정하지 않고 멀쩡한 사람을 철거민으로, 빨갱이로 만들지 않나. 그러니까 세상을 바꿔야 할 이유가 없는 자들의 언어로는 이 세상의 모순과 불행을 설명하는 일이 불가능한 것이다. 생각을 언어로 풀어내는 과정을 거치면서 깨달았다. 나는 이미 어떤 가치 체계에 휘말려 있었고, 그것은 내 삶을 배려하지 않았음을.

나만의 언어 발명하기. 이것이 내가 책을 읽고 글을 쓰는 까닭이다. 모든 경험은 언어에 의해 규정된다. 그런데 재테크나 피부 관리에 관심이 없고 자식 명문대 보내기를 삶의 주된 동기로 삼지 않는 나는, 가방에 학원 전단지 파일을 넣고 다니고 휴대전화에 유명 강사의 연락처가 저장된 목동 엄마들과 달리, 등단한 '여류 작가'도 아니면서 감히 읽고 쓰는 나는, 아이들 사교육비보다 내 책값과 내 공부에 더 많은 돈을 지불하는 나는, 그냥 한마디로 이상한 사람이었다. 느끼고 꿈꾸고 회의하는 감수성 주체로 살아가는 여자 인간은, 있어도 없는 존재이자 이 시대에 사라지는 종족이었다. 여기 사람 있다, 는 내게도 유효한 외침이었다. 이렇게 계속 살아도 괜찮은 걸까, 정말 나는 나쁜 엄마인가. 남들이 나를 어떻게 보는가는 크게 신경 쓰이지 않았다. 다만 내가 나를 설명할 말들을 찾고 싶었다. 나를 이해할 언어를 갖고 싶었다. 뒤척임으로 썼다. 쓸 때라야 나로 살 수 있었다. 산다는 것은 언어를 갖는 일이며 '언어는 존재의 집'이라는 하이데거의 말을 기억했다.

감응하기

자유기고가 3년차에 접어들었을 때 어떤 취재도 어렵지 않았고 웬만큼 써낼 수 있었다. 일이 많았다. 새벽까지 쓰다가 잠깐 자고 아침 해를 맞으며 다시 노트북을 켰다. 이 분야의 숙련공이 된 셈인데 그게 가능했던 이유는 기업체 사보가 허용하는 혹은 선호하는 언어가 한정되어 있어서다. 기업의 공익광고 같은 착한 말들. 동행이 되겠다, 소통하겠다, 꿈을 펼쳐라, 불가능에 도전하라, 이웃과 함께한다는 논조 위주로 지면이 기획된다. 그 자체는 값진 이야기지만 결정적으로 삶의 구체성을 담아내지 않기에, 앞서 말한 대로 결국 기업의 이미지 전략으로 환원되고 마는 공허한 언어다. 이런 기조에 맞춰 휘황한 언어의 성찬을 차리자니 글을 쓴다기보다 찍어내는 기분이 들었다.

사보 일의 유일한 낙은 인물 인터뷰. 연인과의 만남처럼 늘 설렌다. 그동안 보아온 삶의 유형을 벗어난 다양한 얼굴들. 세상의 척도가 아닌 제 '멋'에 취하거나 '흥'에 겨워 사는 사람들. 일상이 예술인 다양한 직업의 세계. 눈에 들어오는 세상이 넓어지는 기쁨이 컸다. 혼자만 알기 너무 아까웠다. 인터뷰가 끝나고 집에 가는 길, 친구에게 전화를 걸어 미주알고주알 떠들었는데 그게 매번 반복되니 하루는 친구가 지청구를 주었다. 도대체 안 멋있는 사람이 누구냐고.

나는 쉬이 매료되는 줏대 없는 사람임은 분명했다. 그건 수용적이고 개방적이라는 면에서 장점이지만 섬세한 비판적 사고가 부족하다는 면에서 단점이기도 했다. 그럼에도 불구하고 그런 직관적인 성향이 글쓰기에는 유리하게 작용했다. 나는 인터뷰만이 아니라 영화나 책에서 감동을 받으면 잠이 잘 안 왔다. 가슴에서 퍼내야 홀가분했다. 이 주옥같은 이야기, 이 놓치기 쉬운 생의 진실을 한 사람이라도 더 알아서 마음 편히 살고 긍정적 변화를 이루길 바라는 마음이 들었다. 누가 시켜서라면 하지 못할 선천적인 오지랖인데 그것이 귀찮고 피곤해도 글을 쓰게 했다.

이걸 감응이라고 말할 수 있을까. 감응(感應). 어떤 느낌을 받아 마음이 따라 움직임. 사전적 정의는 '감동'과 비슷한데 둘에는 차이가 있다. 감동(感動)은 '깊이 느껴 마음이 움직임'이란 뜻으로 움직임, 힘 그 자체를 뜻한다면 감응은 감동에 응함이다. 개방적 의미로 태도나 윤리적인 것을 일컫는다. 감동이 가슴 안에서 솟구치는 느낌이라면 감응은 가슴 밖으로 뛰쳐나가 다른 것과 만나서 다시 내 안으로 들어오는 '변신'의 과정까지 아우른다. 감동보다 훨씬 역동적인 개념이다. 또한 기억력처럼 감응은 '능력'이다. 반복 훈련을 통해 힘이 쑥쑥 길러진다. 한평생 자식 농사에 손끝 발끝이 갈라진 부모에 대한 측은지심이 솟구쳐야 그것이 시가 된다. 무엇에든 영향을 받을 수 있는 자가 어디에도 영향을 끼칠 수도 있는 법이다.

돌이켜 보면 내가 지금까지 글을 썼고 글을 써서 밥을 먹고 살았던 이유는 순전히 감응력 때문인 것 같다. 가까이는 연애 문제로 마음 졸이는 친구에 감응하고, 추석 특집극에 나온 한평생 시난고난 장인정신으로 버텨온 늙은 대목장에 감응하고, 고공 농성 중인 노동자에게 감응하고, 거리에서 전단지를 나눠주는 아주머니의 거친 손에 감응한다. 그때마다 글로 쓰고 나면 신체가 새롭게 구성됨을 느낀다. 이는 아주 물질적인 감각이다. 주어진 상황에 물음을 던지고 때로 몸도 던진다. 고공 농성 현장에 찾아간다거나, 전단지를 더 적극적으로 받는다거나, 가난한 예술가의 작품을 보거나 사기도 한다. 감응하면 행동하게 되고 행동하면 관계가 바뀐다. 내 안에 머무는 것들이 많아지는 것이다. 그래서 글쓰기는 언어를 통한 '함께-있음', 그리고 '나눔-변용'이다.

함께하기

지난 연말 가까운 이의 집에서 송년회를 했다. 이름하여 '그다음 날의 파티'. 매년 12월 26일에 만나는 모임이다. 모두가 그날(성탄절)만을 기다리지만 우리에게는 그다음 날이 그날이라는 멋진 의미를 담았다. 치킨 가라아게와 카프레제, 리조토 등 주인장이 차린 이탈리아식 정갈한 요리가 놓이고 촛불을 밝히자 그 자리가 일순 고급한 카페처럼 변했다. 음식을 먹다 보니 음식 이야기로 대화가 자연스럽게 이어졌다. 저마다의 경험에 입각해 화제를 이어갔고 이런 결론이 났다. 혼자 먹자고는 음식을 안 하게 된다. 곧, 맛있게 먹어주는 사람이 있으면 요리 실력이 는다. 나는 잽싸게 끼어들었다.

"글쓰기도 똑같아."

나는 첫아이 낳고 한동안 요리를 즐겼다. 쿠키와 케이크, 스파게티를 만들고 피자를 구워서 먹었다. 레시피를 보고 따라 하는 일이 생각보다 쉽고 재미있었다. 요리를 직접 만들어보니까 혀가 조금은 예민해졌다. 음식점에서 요리를 먹을 때면 숨어 있는 재료가 눈에 들어왔다. 남이 만든 음식의 풍미를 섬세하게 느낄 수 있었다. 식구들이 다 먹어치운 빈 접시를 보면 흡족하고 더 잘하고픈 의욕이 솟았다. 새로운 요리를 찾아 요리책을 넘겼다.

글쓰기도 요리와 다르지 않다. 우선 내 생각을 글로 나타내면 남의 말을 잘 알아듣게 된다. 신문, 책, 블로그 등 무수한 텍스트를 접할 때, 글쓰기 전에는 단순한 '활자 읽기'라면 글쓰기 후에는 글이 던져져 있는 '상황 읽기'로 독해가 비약한다. 글쓴이의 처지가 헤아려지며 문제의식과 깊게 공명할 수 있다. 글쓴이가 자료를 찾기 위해 얼마나 발품을 팔았는지, 적합한 단어 선택을 위해 얼마나 공을 들였는지 가늠할 수 있다. 글쓰기는 글 보는 눈을 길러주며, 글 보는 안목은 곧 세상을 보는 관점을 길러준다. 아울러 남의 말을 알아듣는 만큼 타인의 삶에 대해 구체적 감각이 생긴다. 이 감각, 마음 쏠림이 또 다른 글쓰기를 자극한다.

그리고 정말 중요한 손님. 내가 차린 글을 맛있게 읽어주는 친구가 있으면 글쓰기가 향상된다. 짜다 싱겁다 맛있다 등등 모든 반응을 다음 요리에 참조할 수 있다. 누가 읽어줄 것이라고 생각하면 전반적으로 글에 열과 성이 깃든다. 나는 글쓰기를 더 적극적으로 나누려고 블로그를 시작했다. 인터뷰 원고를 올리고 시를 읽고 글을 쓰고 철학을 공부하고 요점을 정리해서 글을 남겼다. 하나 둘 독자가 생겼다. 블로그에 흐르는 침묵의 공기는 훈훈했다. 처음에는 써놓은 글을 올리려고 블로그를 만들었지만 나중에는 블로그가 있어서 거기에 올리려고 글을 썼다. 옆집에 부침개를 나눠주면서 말을 트고 관계가 형성되는 것처럼 글을 공유하면서 낯선 이들과 정보와 감정을 나누는 친구가 되었다.

좋은 글은 울림을 갖는다. 한 편의 글이 메아리처럼 또 다른 글을 불러온다. 글을 매개로 남의 의견을 듣고 삶을 관찰하다 보면 세상에는 나와 무관한 일이 별로 없음을 알게 된다. '인간의 삶이란 어떤 것인가'에 대한 균형 감각이 발달한다. 이는 삶에 이롭다. 인간은 아는 만큼 덜 예속된다. 예를 들면 동성애자나 철도 노동자의 삶을 이해했을 때와 그 이전은 분명 다르다. 거리에서 남자끼리 키스하는 장면을 보아도 덜 민망하고 지하철이 파업을 해도 덜 불편하다. 성폭력으로 고통 받는 여성의 삶을 이해한다면 '벗고 다녀도 안전할 권리가 있다'

고 주장하며 광화문 도심을 비키니 바람으로 점령했던 '잡년행진'에 박수 칠 수 있다. 손가락질하거나 혀를 차지 않고 축복하고 지지할 수 있다. 매 순간 모든 존재를 상식적으로 대하고 친절한 마음을 갖는 대인배로 살 수 있다. 이를 두고 니체는 이렇게 말했다.

"우리가 충분히 배우고 우리의 눈과 귀를 충분히 연 경우 언제든 우리의 영혼은 더욱 유연하고 우아하게 된다."

작가는 세상 모든 것에 관심을 갖는 사람이라고 수전 손택은 말했다. 나는 이 말을 이렇게 해석한다. 원래부터 작가라서 지식인의 본분으로 세상에 관심을 갖는 게 아니라 세상에 관심을 갖는 사람이 작가라는 뜻으로. 그래서 작가가 되기는 쉬워도 작가로 살기는 어렵다. 엄밀하게 말하면 작가라는 말은 명사의 꼴을 한 동사다. 작가는 행하는 자, 느끼는 자, 쓰는 자다. 보고 듣고 느낀 것을 언어로 세공하고 두루 나누면서 세상과의 접점을 넓혀가는 사람이다. 세상과 많이 부딪치고 아파하고 교감할수록 자기가 거느리는 정서와 감각과 지혜가 많아지는 법이니, 그렇게 글쓰기는 존재의 풍요에 기여한다.

나는 왜 쓰는가에 대한 이야기가 길었다. 글쓰기에서 문장을 바르게 쓰는 것과 글의 짜임을 배우고 주제를 담아내는 기술은 물론 필요하고 중요하다. 하지만 '어떤 글을 쓸 것인가' 하는 물음이 선행되어야 한다. 탄탄한 문장력은 그다음이다. 열심히 잘 쓰려고 노력해야 하지만 그 '열심'이 어떤 가치를 낳는가 물어야 한다. 밤이고 낮이고 온 국토를 삽질하는 게 '발전'은 아니듯 자신을 속이는 글, 본성을 억압하는 글, 약한 것을 무시하는 글, 진실한 가치를 낳지 못하는 글은 열심히 쓸수록 위험하다. 우리 삶이 불안정해지고 세상이 더 큰 불행으로 나아갈 때 글쓰기는 자꾸만 달아나는 나의 삶에 말 걸고, 사물의 참모습을 붙잡고, 살아 있는 것들을 살게 하고, 인간의 존엄을 사유하는 수단이어야 한다고 나는 믿는다.

차례

PART 2

감응하는 신체 만들기

PART 3

사유 연마하기

PART 4

추상에서 구체로

PART 5

르포와 인터뷰 기사 쓰기

PART 6

부록

들어가며

글쓰기의 최전선으로

나는 작가로서가 아니라 이 땅에 사는 한 사람의 시민으로서
그동안 우리가 지어온 죄에 대해 말하고 싶었다.

– 조세희 –

2009년 1월 20일이 무슨 날인 줄 아느냐고 지난겨울 그가 물었다. 느닷없었고 답하지 못했다. 두 눈만 껌뻑이는데 그는 용산참사가 일어난 날이에요, 했다. 아 그랬지, 그랬다. 그날 새벽 나는 이불 속에서 인터넷TV 화면으로 용산4구역 철거 현장에서 불타는 남일당 건물을 악몽처럼 바라보고 있었다. 국가 폭력으로 다섯 명의 철거민과 한 명의 경찰이 목숨을 잃었다. 그로부터 일 년 뒤, 연구공동체 수유너머R 동료들과 웹진 〈위클리 수유너머〉라는 새 매체를 만들었다. 창간 특집 기획으로 '용산참사 1주기'를 다루었고 나는 인터뷰를 맡았다. 당시 용산참사 유가족과 활동가들은 남일당 건물 분향소에서 일 년 동

안 먹고 자며 살았는데 그곳의 전기 배선공사며 수도공사, 목공일, 컴퓨터 세팅 등을 도맡은 사람이 있다는 제보를 받았다. 설치미술가 박도영 씨. 주류 언론이 주목하는 조직의 대표나 대변인의 역할도 중요하지만, '삶의 기술(ars vivendi)'로서의 철학을 공부하는 우리는 '다른 삶'을 살아가는 전천후 기능공이자 살림꾼의 존재가 무척 궁금했다. 삶의 최전선에서 만나는 전선 인터뷰가 이루어졌다. 그렇게 매주 웹진을 위해 회의를 열고 다른 삶의 현장을 찾아가 사람을 만나고 글을 썼다.

용산참사 2주기 즈음, 그러니까 〈위클리 수유너머〉 창간 1주년을 맞았다. 재미와 곤경이 동시에 찾아왔다. 물적 · 인적 기반이 취약한 가운데 다섯 명의 재능 기부로 매주 웹진을 발행하다 보니 점점 기동성이 떨어졌다. 특히 필진 수급에 허덕였다. 방안을 모색했다. 매체 글쓰기 경험이 부족한 동료들을 외부 글쓰기 강좌를 받게 하자는 의견이 나왔다. 누군가 왜 그래야 하느냐고 제동을 걸었다. 우리는 '돈'으로 문제를 해결하는 것을 공동체의 무능으로 여긴다. 또 공부하고 글쓰는 사람들이 모인 연구공동체이니 비용도 절약할 겸 직접 글쓰기 강좌를 열자고 했다. 강사로 내가 지목되었다. 생계형 집필 노동의 구력이 있는 나름 숙련공이라는 이유다. 동료들이 "글쓰기를 가르칠 수 있겠느냐?" 물었을 때 나는 손사래를 쳤다. 남을 가르치는 걸 생각해 본 적 없다. 삼박 사일을 고민했다. 질문을 바꾸어 보았다. "네가 가진 것을 나눌 수 있느냐?" 그건 좀 자신 있었다. 글 써서 수년간 밥벌이 한 딱 그만큼은 퍼줄 게 있을 것 같았다. 강좌명은 〈글쓰기의 최전선〉. 동료인 현장 인문학자 고병권이 이름을 지어주었다.

기존의 글쓰기 강좌가 '기자가 되기 위한' 또는 '소설가가 되기 위한' 또는 '자서전을 쓰기 위한' 등 목적이 뚜렷했다면 〈글쓰기의 최전선〉은 목적에 갇히지 않는 글쓰기 수업이었다. 자기 삶을 자기 시대 안에서 읽어내고 사유하고 시도하는 '삶의 방편이자 기예'로서 글쓰기라는 포괄적인 의미를 표방했다. 그렇다고 요즘 이슈인 힐링이나 치유와는 거리가 멀었다. 사회구조적인 매트릭스에서 자신을 분리시킨 채 성급한 반성과 화해, 자기 정당성 확보의 글쓰기로 잠시 위안받고 산뜻하게 일상으로 복귀하는 게 아니라 나 자신에 대해, 그 삶에 대해, 이 세상에 대해 근원적인 물음을 던지면서 조금씩 불편해지며 깨어 있는 게 목표라면 목표였다. 그러니까 다른 강좌가 잘 살기 위한 방향과 목표를 이미 결정한 이들에게 글쓰기의 실용적인 기법을 전수하는 방식이라면, 〈글쓰기의 최전선〉은 왜 그 직업을 욕망하는지, 밤이고 낮이고 쓰는 글이 누구의 이익에 복무하는지, 잘 산다는 기준이 무엇인지 등등 자기 생각과 욕망을 글로 풀어내며 나를 알아가는 기회를 제공하는 방식이다.

나는 글쓰기 수업에서 학인 참여 비중을 높였다. 무엇인가를 배운다는 것은 본디 적극적인 행위이다. 강사의 말을 가만히 듣는 수동적인 상태에서는 배움이 일어나지 않는다. 특히 글쓰기처럼 자기 생산물을 만들어내는 경우는 더욱 그렇다. 피아노 교습소에서 피아노 소리가 안 들릴 수 없듯이 우리 공부방에서도 학인들 목소리, 의견, 생각, 책 읽는 소리가 또랑또랑 울려나가길 바랐다. 나는 우선 기본적인 글쓰기 기법을 알려주고는 학인들이 수업을 이끌게 했다. 저마다 책에서 감응한 부분을 읽고 모르는 구절을 묻고 생각과 느낌을 말했다. 또 각자 써온 글을 발표하고 돌아가며 소감을 곁들였다. 학인들이 몸소 말하고 헤매고 느끼는 시간으로 채웠다.

나의 글쓰기 수업의 또 다른 특징은 '사람 곁에 사람 곁에 사람'이다. 매 기수마다 이십여 명 학인들이 모인다. 직장인, 농부, 시민단체 활동가, 대학(원)생, 탈학교 학생, 교사, 의사, 방송작가, 주부, 예술가, 판사, 공무원 등 그야말로 남녀노소 갑남을녀 장삼이사가 마주한다. 각자 다른 삶의 배경과 경험과 감각을 가진 학인들이 번갈아가며 한마디씩 의견을 내놓고 경험을 보태는 그것만으로도 우리는 스무 겹의 삶을 스칠 수 있었다. 한 사람이 인도하는 진리를 묵묵히 따르는 조용한 수업이 아니라 온갖 삶이 마주치고 느낌이 발생하고 생각이 대결하는, 존재가 춤추는 시간인 것이다.

용산참사 3주기, 4주기, 5주기가 지나는 동안 글쓰기 수업은 2기, 3기, 4기…… 계속 이어졌다. 2015년 1월 20일 용산참사 6주기에 〈글쓰기의 최전선〉 10기 수업이 시작되었다. 수유너머R 바깥에서도 글쓰기는 이뤄졌다. 지역 여성들, 페미니스트들, 성폭력 피해 여성들, 마을사업 하는 청년들과 함께 책 읽고 토론하고 글을 나누었다. 지식공동체 가장자리에서 지난겨울부터 '감응의 글쓰기' 수업을 진행한다. 어디서든 누구와 만나든 글쓰기 수업에 참여한 가장 많은 수강 동기는 "나를 알고 싶어서"였다. 논문 잘 쓰고 싶다, 언론고시를 준비한다, 책을 내고 싶다와 같은 구체적인 목표를 가진 이들도 있다. 직장에서 공문서만 작성하다 보니 정서적인 표현에 둔감해진다, 아이들 담임선생님에게 보낼 쪽지 몇 줄 쓰기도 왜 이리 버거운지 모르겠다고 호소한다. 엄마로서 교사로서 회사원으로서 학생으로서 등 사회적으로 주어진 노릇에 충실한 반복적 일상을 살면서 자기 표현의 막막함이나 자기 소외의 쓸쓸함을 자각한 이들이 그것을 극복하고자 작정하고 오는 것이다.

글쓰기 수업은 내 생애 최고의 배움의 장소였다. 학인들이 '이런 삶을 살았다'고 불쑥 내미는 글은 늘 압도적이었다. 질박하고 진지하고 열띠었다. 철학과 문학에서 읽지 못하고 신문과 라디오 사연에서 들을 수 없었던 삶의 진귀한 이야기는 많고도 많았다. 그 비밀스러운 생의 이야기들 덕분에 나는 선입견을 내려놓고 타인과 관계하는 법을 배울 수 있었다. 인간에 대한 나의 무지를 깨우치고 인간에 대한 이해를 깨칠 수 있었다. 인간은 삶을 의미 있게 만들려는 본능을 가진 존재임을 믿게 되었다. 강사로서 나는 학인들의 말의 진위를 의심하고 평가하는 권위의 모습으로 나타나는 것을 극도로 조심하고 경계했다. 누군가의 이야기를 처음부터 끝까지 다 듣는 동료가 되고자 노력했다.

모든 배움은 인내와의 싸움이다. 마르크스의 말대로 학문에는 지름길이 없으며 오직 피로를 두려워하지 않고 가파른 오솔길을 올라야 한다. 학인들은 글쓰기의 끝이 어디인지 보자고 벼르고 왔다가도 쉬이 일상의 중력에 빠져들었다. 글이 뜻대로 안 써진다며, 나는 안 되는가 보다며 낙담했다. 그것은 나의 모습이기도 했다. 추상적인 글, 관념적인 글, 문법에 어긋난 글, 자폐적인 글, 중언부언하는 글의 폐단을 아무리 강조하고 첨삭해서 알려주어도 학인들 글은 금방 달라지지 않았다. 때로는 자신의 못난 글을 보(이)고 싶지 않다며 과제를 하지 않고 버티기도 한다. 봄철 날씨처럼 예측 불가능한 태도와 불균일한 글들을 보는 것은 나로서는 매우 난감한 노릇이지만 한편으로 생각하면 지극히 자연스러운 현상이었다. 아는 대로 느낀 대로 척척 살아지는 경우가 어디 있던가. 무엇이 쉽사리 단번에 얻어진다면 그 또한 귀한 것이 아닐 터이다.

글쓰기는 기예의 영역이다. 12회차 수업으로 글쓰기를 정복할 수 없다. 불가능성을 안고 출발하는 일이다. 또 논술시험 대비나 기자교실 과정처럼 배움의 성과가 가시적이지 않으니까 취업 준비생이라면 나의 글쓰기 수업이 '시간 낭비'라고 여길 수 있다. 실제로 '취업'이라는 뚜렷한 목적을 갖고 오는 대학생의 수업 완주율이 가장 낮은 편이다.

한국에서 태어나면 한평생 외우고 배움을 점수화하면서 자기를 측량(당)하니 이런 목적 없는 글쓰기가 낯설고 무쓸모하게 느껴지는 모양이다. 나는 아예 일 년짜리 장기강좌를 열어야 하는가 수없이 고민했지만 글쓰기의 완성을 어느 단계로 설정할지, 도달점을 정해놓고 접근하는 글쓰기가 과연 옳은지 지금도 여전히 되묻는 중이다. 학인들에게도 첫 시간에 정중히 말한다. 제부도 바닷가 횟집 벽면에 붙은 '조개의 효능'처럼 이 수업이 삶의 모든 질병의 해소와 글쓰기 완전 정복을 약속하지는 못한다고.

다만 잘 쓴 글이든, 미완의 글이든, 숨겨둔 글이든, 파일로 저장하지 않고 날리는 글이든, 그런 과정 하나하나가 자기 생각을 정립하고 문체를 형성하는 노릇이며 '삶의 미학'을 실천하는 과정이라고, 못 써도 쓰려고 노력하는 동안 나를 붙들고 늘어진 시간은 글을 쓴 것이나 다름없다고, 자기 한계와 욕망을 마주하는 계기이자 내 삶에 존재하는 무수한 타인과 인사하는 시간이라고, 이제는 나부터 안달과 자책을 내려놓고 빈 말이 아닌 채로 학인들에게 말할 수 있게 되었다. 이 세상에 어떤 글도 무의미하지 않다고, 우리 어서 쓰자고.

이 책은 글쓰기의 최전선에서 무슨 일이 일어나는가에 대한 증언이다. 누군가 더 이상 미룰 수 없어 글을 쓰기 시작했을 때 여지없이 맞닥뜨리는 문제들, 고민들, 실험들, 깨침들, 변화들, 질문들에 관한 이야기다. 글을 쓰고 싶은데 한 문장도 나아가지 못할 때, '왜'라고 묻고 '느낌'으로 써내려가는 그 섬세한 몸부림의 시간을 담았다. 지난 4년간 글쓰기 수업의 경험과 고민을 토대로 구성했다.

제1부 '삶의 옹호로서의 글쓰기'는 목소리를 갖지 못한 이들이 자기 삶을 용기 있게 증언하면서 자기 언어를 만들어가는 이야기다. 2부 '감응하는 신체 만들기'는 각기 다른 삶의 배경을 가진 이들이 모여 시를 낭독하고 외우고 느낌을 말하면서 감각의 주체로 거듭나는 여정을 그렸다. 3부 '사유 연마하기'는 상식과 금기에 도전하며 자기 관점에서 질문하는 법을 배운다. 4부 '추상에서 구체로'는 관념적이고 모호한 감상을 나열하는 게 아닌, 삶에 근거한 살아 있고 정직한 글쓰기를 권한다. 5부 '르포와 인터뷰 기사 쓰기'는 나의 언어로 타인의 삶을 번역하는 글쓰기 실전 프로그램이다. 르포와 인터뷰는 고통 감수성을 기르고 인간에 대한 이해를 돕는 가장 좋은 공부라는 관점에서 접근했다.

이 책 『글쓰기의 최전선』은 공동 작업의 산물이다. 본문 곳곳에 등장하는 어느 학인의 삶과 말, 그 웃음과 눈물은 이미 내 삶의 속성이 되어버렸다. 부록에 실린 글을 선뜻 내어준 강효주, 박선미, 사은에게 고맙다. 효주는 "글쓰기 수업 덕분에 취직 됐다고 책에다 쓰라"고 부추겼다. 그런 찡하고 시시한 농담에 한나절 마음 환해지는 관계에 기대어 여기까지 왔다. 세상이 피폐할수록, 삶이 고단할수록 여럿이 함께 읽고 쓰고, 느끼고 쓰고, 말하고 쓰고, 회의하고 쓰는 이 찬찬한 삶의 쾌락을 도무지 내려놓을 수 없다. 혼자서는 결코 누릴 수 없는 글쓰기의 복락을 위해, 미래의 벗을 위해 이 부끄러운 책을 세상에 내놓는다.

2015년 봄 세월호 1주기에

은유

PART 1

삶의 옹호로서의 글쓰기

삶의 옹호자 되기

글쓰기는 '독립하되 고립되지 않는 삶'의 양식을
조형하려는 이들에게 주어진 생산적 삶의 가능성이다.

– 김영민 –

가끔 내게 묻는 이들이 있다. 글을 쓰면 무엇이 좋으냐고. 사는 게 나아지냐고. 이 엄청난 존재론적 물음 앞에서 잠시 머뭇거리겠지만 나의 변화를 되짚으며 있는 그대로 답변을 추릴 수는 있을 것이다. 예나 지금이나 어슷비슷하다. 고만고만한 삶이다. 여전히 글을 써서 밥벌이를 하고 아이들을 키우느라 일희일비하고 커피와 책으로 위안을 삼는다. 그런데 어느 순간부터 나는 기업체에 맞춤형 원고를 납품하는 '자유기고가'에서 연구공동체에서 책을 읽고 글을 쓰는 '약간 배고프고 진정 자유로운 신분'이 되었고, 사교육 걱정에서 벗어나 아이들을 '다정한 무관심'으로 대하는 엄마라는 윤리의 준칙을 세울 수 있게 되었다. 책과 말과 글을 동료들과 나누는 쏠쏠한 기쁨, 아니 심오한 쾌락을 알게 되었다. 직업적 글쓰기와 본래적 글쓰기의 두 트랙을 오가며 허둥지둥 달리고 있었는데 어느 순간 그것이 하나로 합쳐지는 선순환 구조에 들어와 있었다. 이 모든 게 사는 일에 휘청거릴 때마다, 그러니까 거의 모든 순간 읽고 쓰고 생각하며 일어난 변화다. 동료들과 삶을 말로 풀어내고, 말을 글로 엮어보고, 글로 삶을 궁구하며 생겨난 삶의 마법이다.

딱 이만큼이다. 생의 모든 계기가 그렇듯이 사실 글을 쓴다고 크게 달라지는 것은 없다. 그런데 전부 달라진다. 삶이 더 나빠지지는 않고 있다는 느낌에 빠지며 더 나빠져도 위엄을 잃지 않을 수 있게 되고, 매 순간 마주하는 존재에 감응하려 애쓰는 '삶의 옹호자'가 된다는 면에서 그렇다.

나는 글 쓰는 사람이 많아졌으면 좋겠다. 누구나 작가가 될 수 있다고 선동하는 게 아니라 글 쓰는 사람이 따로 있지 않다는 심심한 진실을 말하고 싶다. 글 쓰는 인권변호사, 글 쓰는 건축가, 글 쓰는 정신과 의사, 글 쓰는 예술가 외에도 글 쓰는 아르바이트생, 글 쓰는 꿈 많은 주부, 글 쓰는 종갓집 맏며느리, 글 쓰는 시민단체 활동가의 사는 이야기를 듣고 싶다. 작가와 독자의 분리, 전문가와 비전문가의 분리, 선생과 학생의 분리, 지식인과 대중의 분리, 정신노동과 육체노동의 분리라는 치안적 질서는 각 개인의 능력과 재미를 제한한다. 한 사람이 직업의 틀에 갇히지 않고 다양한 존재로 변신할 때, 자기 삶의 풍요를 누릴 수 있고 타인의 삶에 대한 상상력을 키울 수 있다.

『세계의 진실을 가리는 50가지 고정관념』이라는 책에 따르면, 세상에서 벌어지는 온갖 사건사고를 해석하는 데에서 우리가 빠지기 쉬운 유혹이 '전문가에게 맡기기'와 '단순화하기'라고 한다. 이는 꼭 전쟁이나 종교 대립, 금융위기 같은 거대 담론만이 아니라 한 사람의 삶의 층위에도 해당되지 않을까. 자기 이해를 전문가에게 의탁하기보다 스스로 성찰하고 풀어가는 방법이 얼마든지 있으며 그중 가장 손쉬운 하나가 내 생각에는 글쓰기다. 글쓰기는 삶을 이해하기 위한 수공업으로, 부단한 연마가 필요하다. 자기 안에 솟구치는 그것에 대해 알아채는 감각, 자기 욕망과 권리를 표현할 수 있는 논리적이고 감성적 역량, 세상을 읽어나가는 지식과 시선 등을 갖춰나가는 것이다. 그러면 삶의 장인이 될 수도 있고 아니될 수도 있지만 더 망가지지 않고 살아갈 수는 있다. '망가지지 않는다'는 말이 얼핏 소극적으로 들릴 수도 있다. 그러나 그 말에는 무척 섬세한 감수성과 인지성이 들어 있다.

루시드 폴의 〈바람, 어디에서 부는지〉라는 노래를 좋아한다. "살아가는 게 나를 죄인으로 만드네"라는 노랫말은 들을 때마다 마음을 찌른다. 산다고 살면서 한다고 하는데 나도 모르게 짓게 되는 죄가 있다. 죄인지도 모르는 죄는 얼마나 가슴 철렁한가.

소설가 조세희는 1970년대에 말 그대로 '가만히 있을 수가 없어' 책을 한 권 썼고 그 책이 『난장이가 쏘아올린 작은 공』이라고 했다.

"나는 작가로서가 아니라 이 땅에 사는 한 사람의 시민으로서 그동안 우리가 지어온 죄에 대해 말하고 싶었다."

조세희의 산문집 『침묵의 뿌리』를 넘기다가 이 대목을 보는 순간 마음 숙연해졌다.

글 쓰는 일이 작가나 전문가에게 주어지는 소수의 권력이 아니라 자기 삶을 돌아보고 사람답게 살려는 사람이 선택하는 최소한의 권리이길 바란다.

다른 삶의 이력과 마주하는 시간

다른 생활습관에 자신을 노출시키고,
인간 본성의 무한한 다양성을 구경하는 것보다
더 나은 삶의 학교를 모르겠다.

– 몽테뉴 –

“한 해가 갈 무렵 안부 인사를 주고받는데 지인이 묻습니다. 뭘 위해 그리 입술이 부르트도록 일해? 답을 전하는데 며칠이 걸렸던 기억이 있네요. 호흡을 가다듬어야 할까 싶어집니다. 어쩌면 미루어두고 있는 답을 찾아야겠다 싶기도 하구요. 글쓰기가 구원이 되려나요. 무리한 상황에서 신청해봅니다. 잘 통과할 수 있기를 기원하면서.”

글쓰기 강좌 접수 페이지에 달린 신청 댓글이다. 짧은 서너 줄 문장이지만 사례 중심의 구체적인 내용 전개가 돋보인다. 글쓰기가 구원이 되느냐는 물음에 시선이 머문다. 대개의 질문은 자기 답을 확인받으려는 절차이다. 저이는 알고 있는 듯도 하다. 글쓰기에 삶의 속도를 늦추는 요철 기능이 있고 삶의 방향을 이끄는 안내 기능이 있다는 사실을. 그게 아니더라도 이런 질문을 주고받으며 잠시 호흡을 고를 수 있다. 이미 축복. 글쓰기는 구원의 도구가 아니라 동작이다. 낫이 아니라 낫질이다. 혼자서 자문자답의 노동을 반복하다가 우리는 잠시 친구로 만나는 것이다.

수업 첫날 자기소개 시간. 하나 둘 눈으로 허공과 책상을 훑으며 마른 입술을 뗀다. "감정, 상처, 고통 같은 것들에 무뎌지는 저 자신을 봅니다. 이번 기회에 상처받는 남자가 되어보겠습니다." 보글보글 곱슬머리에 동그란 뿔테 안경을 쓴 삼십 대 초반의 남성이 고개를 반쯤 숙이고 말한다. 다소 비장한 듯 수줍은 듯 신파적인 자기소개에 웃음의 잔물결이 인다. 환경운동 단체에서 일하는 여성은 "글이 되지 않는, 문자가 되지 않는 괴로움"을 호소한다. 지역신문에 기고를 해야 하는데 글을 쓸 일이 생기면 겁부터 난단다. 지난 학기에 유럽의 한 공동체에서 5개월을 지냈고 그 경험이 증발되기 전에 기록으로 남겨두고 싶어서 왔다고 말하는 두 눈 초롱초롱한 대학생도 있다. 젊고 매력적인 이공계 연구원은 "쓰는 글과 쓰고 싶은 글이 달라 괴롭다. 내 안에 있고 내 앞에 보이는 것들에 대해서 이야기하고 싶다"는 수강 동기를 밝힌다. 공무원의 삭막한 생활의 탈출구로 책을 택했다는 한 중년 남성은 술보다는 책이 스트레스 풀기에 낫고 자식 보기에도 나은 듯해서 왔다는 속내를 터놓는다. 대안학교를 졸업하자마자 혹은 10년 직장 생활을 마감하는 사표를 내고 다음날로 달려오기도 한다.

질주의 세월을 지나온 학인들의 자기소개를 듣고 나면 두 사람의 말이 떠오른다. "한국 노동자가 버마의 소보다도 일을 더 많이 해요"라며 한국 중소 사업장의 열악한 노동 실태를 비판한 이주노동자 인권운동가 소모뚜. 버마의 소도 오전에 두 시간 일하면 쉬는데 한국의 노동자는 쉬는 시간도 없이 야근까지 한다며 놀라워했다. 또 "삶은 다른 곳에 있기에 모든 사람이 손으로 노동을 하는 이 세상에서 나는 결코 내 손을 갖지 않으리"라고 노래하던 천재 시인 랭보. 과연 우리는 소처럼 일하던 손을 멈추고 랭보처럼 글 쓰는 손을 가질 수 있을까.

'여럿이 함께' 쓰기 위해 모였다는 점에서 나는 희망을 본다. 한국 사회에서는 스무 살이 넘으면 낯선 사람들과 무작위로 섞이는 기회가 극히 적다. 비슷한 가방을 들고 비슷한 메뉴를 고르며 비슷한 드라마를 보는 사람끼리 어울린다. 그런데 동류 집단을 벗어나 낯선 배치에 놓이는 기회가 글쓰기 수업에서 주어진다. 저마다 다른 삶의 이력을 갖고 있으며 고단한 삶에 쉼표를 찍고자 떠나온 사람들과 마주하는 시간. 젊은 농부와 프로그래머가 만나고 공무원과 예술가가 벗한다. 다른 감각 다른 경험 다른 문화를 접한다. 이런 외부 자극과 내적 감응은 우리의 세포를 글 쓰는 신체로 활성화시켜준다. 멋진 여행이나 사랑, 혹은 곡절을 경험한 사람들이 넘치는 정서와 감성, 이전과는 다른 느낌과 생각에 겨워 글을 쓰고 책을 내는 것만 봐도 알 수 있다. 어디다 쏟아내고 싶은 것이다. 글로든 말로든 말이다. 그래서 나는 첫 시간에 학인들에게 말한다.

"이제껏 내가 살아온 것과는 다르게 사는 사람들을 만난다는 점에서 글쓰기 수업은 여행하고 참 비슷해요. 서로 호기심을 갖고 깊은 대화 나누고 좋은 자극 주고받으세요. 내 안에 수다가 많으면 글쓰기에 유리하거든요."

'나'와 '삶'의 한계를 흔드는 일

어떠한 인간적 문제이든 외면할 수 없는 것이
인간이 가져야 할 인간적인 문제이다.

– 전태일 –

작가는 세상을 향해 짖는 사람이라는 말이 있다. 나는 '짖다'라는 동사가 좋다. 개가 왈왈 짖으면 지나가던 사람도 쳐다본다. 짖다. 어떤 절실함에서 터져 나오는 외침, 시선과 이목을 집중시킬 수 있는 힘이 느껴지는 말이다. 글을 쓴다는 것이 꼭 그렇다. 이 세상에 대고 발언하는 행위다. 그런데 초보자가 처음 글을 쓰려면 막막하다. 무엇부터 어찌 써야 할지 도통 감이 잡히지 않는다. 나는 수업을 위해 매주 단어를 뽑아준다. 교재로 정한 책의 내용에 따라 유년·청춘·연애·노동·가난·젠더·학교 등의 핵심 단어를 제시한다. 일명 키워드 글쓰기. 이는 자신의 삶을 다양한 관점에서 입체적으로 구성해보고자 하는 취지다. 청춘이 키워드일 때는 이십 대의 질풍노도 시절에 대한 회고, 젠더는 성차별의 기억, 학교는 악덕교사와 제도적 폭력의 고발,

가난은 몰락과 분열의 가족사 등이 주된 소재로 등장한다. 키워드가 추상적이라서 주제 설정이 어렵다는 원성도 가끔 있지만 어떤 단어에서 경험을 떠올리고 흐르는 생각을 붙잡아서 글로 풀어내는 것부터가 글쓰기 훈련이다. 글쓰기는 삶의 지속적 흐름에서 절단면을 만들어 그 생의 장면을 글감으로 채택하는 일이기 때문이다.

그날은 '유년'을 키워드로 수업이 진행되었다. 발표자 학인은 뇌병변 장애가 있다. 취학 전에는 동네 아이들과 날이 어두워질 때까지 신나게 놀 수 있을 만큼 팔놀림이 원활했다고 한다. 그러나 친구들과 같이 동네 초등학교에 들어가지 못했다. 장애아가 공부할 수 있는 시설이 학교에 갖춰지지 않아서다. 이후 부모님은 일하러 나가고 아이는 종일토록 혼자 집에서 보내야 했다. 다섯 페이지에 이르는 긴 글의 끝에 외로움이라는 단어는 카메오처럼 스치듯 언급된다. 본문의 대부분은 딱지를 모으고 기찻길에 못을 놓고 납작하게 만들던 놀이의 추억으로 덮였다. 마치 어제 놀고 온 아이처럼 생생한 시간들과 혼자 남겨진 적요한 나날들이 보색 대비처럼 선명하다. 아홉 살 인생. 몸이 불편한 아이가 살아낸 유년, 아무도 살아보지 않은 그 시간은 어떠한 질감일까. 한 학인은 그 수업을 마치고 이런 후기를 남겼다.

"오늘 남산 산책을 하다가 어제 발표한 글에서 본 아이들이 놀던 장면이 생각나더라고요. 글을 읽을 때는 외로움에 관련된 글인데 놀이에 관한 내용이 왜 이렇게 많을까 궁금했어요. 그런데 생각하면 할수록 그가 혼자 아이들과 놀던 장면을 그리워했다는 느낌이 오더라고요. 수업에서 배운 대로 좋은 글을 쓰려면 필요했던 '삶에 기반한 관점, 사물을 보는 예민한 감각'은 이런 외로움에서 나오는 것이 아닐까 하는 생각이 듭니다. 사람들 사이에서 웃고 떠들며 원하는 것들 사이에 둘러싸여서는 보이지 않는 것들. 그런 상황에서는 '왜'라는 질문이 필요 없이 일상이 꽉 차 있으니까요. 한 걸음 멀리 떨어져서 나는 왜, 여기, 지금을 계속 묻고 또 물을 때 사물도 세상도 예민하게 볼 수 있는 것이 아닐까 생각해봤습니다."

키워드 글쓰기의 핵심은 '삶에 기반한 관점'으로 접근하는 것이다. 청춘이라 어떻게 살아야 한다가 아니라 나의 청춘은 어떠했다는, 있는 그대로의 해석 작업이다. 삼십 대 후반의 대학 강사였던 한 학인은 『전태일 평전』을 읽고 '청춘'이라는 키워드로 글을 쓰면서 스무 살 공장 체험의 기억을 복구했다. 수능을 치르고 나서 아버지의 권유로 공장에서 3개월간 일했는데 거기서 대학교에 다니고 싶어 한 언니를 만났다. 예비 대학생이라는 신분을 숨긴 그 학인은 퇴근길에 그 언니와 공장 근처에 있는 대학교 정문까지 가봤다고 했다. 20년간 까맣게 잊고 지냈던 공장 언니의 존재를 뒤늦게 떠올리고 글로 쓰면서 자식 교육에만 매몰되어 있던 자신의 처지에서 벗어나 배움과 계급의 문제에 대해 잠시나마 고민할 수 있었다고 했다. 전태일이 아니라면 기억의 수면 위로 떠오르지 않았을 청춘의 자락에 살고 있던 그 언니는 대학의 문을 통과할 수 있었을까.

이 경우처럼 예기치 못하게 떠오른 글감이 있고 꼭 한 번 글로 써보리라 다짐했던 글감도 있다. 훌쩍 해외여행 다녀온 일, 가까운 사람의 상실, 가족의 금전적 의존이나 물리적 폭력, 정서적 소홀에 따른 부대낌, 일터에서 겪는 부당한 사례 등등은 준비된 글감이다. 이래저래 몇 편 쓰고 나면 학인들은 너도나도 글감 부족을 호소한다. 어떤 이는 "경험의 돌려막기"가 한계에 달했다고 말해 동료들의 큰 공감을 사기도 했다. 이처럼 열 편 남짓 글을 쓰고 나서 예외 없이 글감의 고갈에 직면하는 이유는 삶 혹은 나에 대한 인식의 한계에서 비롯한다. 어쩌면 글감의 빈곤은 존재의 빈곤이고, 존재의 빈곤은 존재의 외면일지 모른다.

글감의 광맥은 '나'에게 있고 '나'란 관계의 앙상블이다. 전태일이 남긴 유서에 나오는 "나를 아는 모든 나여, 나를 모르는 모든 나여"라는 글귀에서 '나'를 정의하는 힌트를 얻는다. 전태일은 한국 사회의 비인간적 노동 현실을 고발한 인물이기 전에 주변의 존재에 깊이 감응한 천생 작가다. 남들은 금방 잊는 걸 그는 쉬이 잊지 못했다. 일상에서 보고 듣고 느낀 것을 그냥 넘기지 않았다. 질문하고 고민하며 글로 쓰는 일에 누구보다 솔선했다는 것을 『전태일 평전』 어느 페이지만 들춰도 알 수 있다. 특히 이런 글.

"조금만 불쌍한 사람을 보아도 마음이 언짢아 그날 기분은 우울한 편입니다. 내 자신이 너무 그러한 환경을 속속들이 알고 있기 때문인 것 같습니다."

전태일의 글에는 청계천 평화시장에서 코피 쏟는 동료 여공들, 찢어지게 가난한 친구들, 식당일로 손등이 나무껍질처럼 거칠어진 어머니 등 그의 표현대로 "나를 아는 모든 나"와 "나를 모르는 모든 나"가 항상 함께 거주했다. 초등학교 교육도 받지 못했지만 노동법 관련 법전을 두려워하지 않았고, 모르는 부분을 알려줄 '대학생 친구'나 노동자의 권리를 함께 주장할 '동료 시다'를 그리워했다. 불편한 존재들, 절실한 존재들이 그의 일상에는 우글우글했다. 그들을 외면하지 않았기에 전태일은 글을 쓸 수밖에 없었고 글을 쓰면서 '자기 한계'와 '삶의 경계'를 돌파할 수 있었다.

글쓰기는 '나'와 '삶'의 한계를 흔드는 일에서부터 시작해야 한다. '삶'은 하루하루 똑같은 일상의 지루한 반복이다. 기쁨과 슬픔을 자아냈던 대소사의 나열은 삶의 극히 일부분이다. '나'의 범위 역시 피와 살이 도는 육체에 한정되지 않는다. 정신의 총체이기도 하며 관계의 총합이기도 하다. 나는 나 아닌 것들로 구성된다. 내가 쓰는 언어를 보자. 그간 읽었던 책, 접했던 언론, 살았던 가족, 만났던 애인, 놀았던 친구의 말의 총합이다. 깊은 밤 빗소리에 홀로 상념에 젖어 사랑을 고백하는 편지를 썼다면 그것 역시 '비'라는 자연 현상이 마음을 건드린 덕분이다. 한 개인의 사생활도 어떤 사람, 어떤 사물, 어떤 장소에 대한 기억이다. 남의 경험이 내 경험에 들어 있듯, 내 경험도 남의 경험에 연루되어 있다. 글쓰기에서 공과 사라는 영역은 그렇게 서로 유동하고 서로에게 자리를 내어준다. 삶이란 '타자에게 빚진 삶'의 줄임말이고, 나의 경험이란 '나를 아는 모든 나와 나를 모르는 모든 나의 합작품'인 것이다. 누구도 삶의 사적 소유를 주장할 수 없다는 사실과 경험의 코뮨적 구성 원리를 인식한다면, '경험의 고갈'이라는 난감한 사태는 해결할 수 있는 문제가 아닐까.

내가 쓴 글이 곧 나다

길도 자아도 열어두면 위험할 것 같지만,
스스로 만들어야 한다는 부름이 우리를 지켜줍니다.

- 김우창 -

내가 글 쓰는 일을 한다고 했을 때 지인이 너무 부럽다며 장탄식을 뱉었다. 뭐가 부럽냐고 물어봤더니 자기도 글 쓰고 책 내는 삶을 꿈꾼다고 했다. 금시초문이었다. 내가 무심했나, 그가 과묵했나. 사랑에 빠진 사람 못 속인다는 말이 있듯이 글쓰기와 연애 중인 사람도 대개는 자기 상태가 드러난다. 매일 책을 품고 다닌다거나 좋은 글을 뽑아서 본다거나 어떤 작가의 이야기를 자주 화제에 올린다거나 드라마의 명대사를 기억했다가 복기한다거나 하는 식이다. 그에게서는 낌새를 채지 못했다. 평소에 글은 좀 쓰느냐고 물어봤더니 전혀 못 쓴다며 책 한 줄 못 읽은 지도 너무 오래됐다고 했다.

글을 쓰고 싶은 것과 글을 쓰는 것은 쥐며느리와 며느리의 차이다. 완전히 다른 차원의 세계다. 하나는 기분이 삼삼해지는 일이고 하나는 몸이 축나는 일이다. 주변에 글을 쓰고 싶어 하는 사람은 많은데 정작 글 쓰는 사람은 별로 없다. 피곤하고 바쁘다며 '집필 유예'의 근거를 댄다. 무언가를 좋아한다는 말은 그 일이 우선이라는 뜻이다. 커피를 좋아하는 사람은 하루에 한 잔 꼭 맛있는 커피를 마시고, 게임을 좋아하는 사람은 날이 새는 것도 모르고 게임을 한다. 돈과 시간을 들여도 아깝지 않고 그쪽으로만 생각이 쏠리고 영감이 솟고 일이 되게 하는 쪽으로 에너지가 흐르는 것. 그게 무엇에 빠진 이들의 일반적인 증상이다. 영화 보는 것을 좋아하는데 수년간 영화를 한 편도 안 보는 사람은 없다. 글을 쓰고 싶은데 글을 수년간 한 편도 안 쓰는 사람은 주변에서 종종 본다. 글을 쓰고 싶은 것과 글을 쓰고 싶은 '기분'을 즐기는 것은 구분해야 한다.

나는 일 년 전부터 직장을 다니면서 저녁이 되면 심신이 양초처럼 녹아버리는 증상을 경험했다. 책 한 장 집중이 어려웠고 글을 쓰려고 해도 머리가 개운하지 않으니 생각이 활성화되지 않았다. 몰입할 수 없었다. 그래서 아침에 30분 일찍 집에서 나와 사무실 근처 벤치나 카페에서 잠깐 책을 읽거나 필사를 했다. 점심시간에 책을 들고 나와 카페에서 한 시간씩 책을 읽다 들어갔다. 쓸쓸한 분투였다. 그것은 번다한 일상에 지친 마음을 닦아내는 의식 같은 것이자 활자와 최소한의 가느다란 끈이라도 쥐고 있고 싶은 안간힘이었다. 이 물질적 연결이 있을 때 언젠가 그 끈을 확 내 삶으로 당길 수가 있다. 나는 글이 쓰고 싶다는 이에게도 슬쩍 권한다. 하루는 책을 읽고 하루는 글을 쓰며 한 달을 해보라고. 그러면서 자기가 정말 글쓰기를 좋아하는지 안 좋아하는지 지켜보라고.

스피노자는 "진리탐구를 위한 가장 좋은 방법을 발견하기 위한 별도의 방법이 필요하지 않으며, 두 번째 방법의 탐구를 위해 세 번째 방법이 필요한 것도 아니다. 이런 식으로는 아무런 인식에도 이르지 못한다"고 말했다. 그러고는 금속 연마를 예로 든다. 금속을 연마하기 위해서는 모루가 필요하고 모루를 갖기 위해서는 다른 도구들이 필요하다. 그런 식으로 계속 제2, 제3의 도구를 찾으며 무능력을 증명하는 일의 어리석음을 비판한다. 일단 내 앞에 있는 조잡한 도구로 시작하라. 망치로 삽을 만들면 삽으로 사과나무를 심고 사과 열매를 팔면 책을 살 수 있다. 시작을 해야 능력의 확장이 일어난다.

글쓰기도 마찬가지다. 일단 쓸 것. 써야 쓴다. 자기가 보고 듣고 느낀 문장을 쓰고 그걸 다듬어서 문단을 만들고 그 문단의 힘으로 한 페이지 글을 완성할 수 있다. 문장 하나를 쓰기 위해서 영감을 기다리고 지적 자극을 위해 벤야민을 읽고 벤야민을 읽다 보면 마르크스가 궁금하고 마르크스를 공부하려면 『자본론』을 펴야 하고……. 무능력에서 출발하면 글은 영원히 쓸 수 없다.

아무리 보잘것없고 초라하게 느껴져도 자기 능력에서 출발하기. 일단 써봐야 어디까지 표현이 가능한지, 어디가 약한지, 어디가 좋은지 볼 수 있다. 글쓰기 초기 과정은 '질'보다 '양'이다. 일본 메이지대 문학부 교수 사이토 다카시는 『원고지 10장을 쓰는 힘』이라는 책에서 "질보다는 양"이 문장력 향상의 지름길이라고 했다. 수단과 방법을 가리지 말고 원고지 열 장을 쓰는 생활습관을 기르라는 것인데, 그렇게 하면 좋은 글을 쓸지는 장담할 수 없지만 적어도 글쓰기에 대한 두려움, 백지 공포는 사라지지 않을까 싶다. 자기가 말하려는 내용을 완벽하게 써내야 한다는 부담을 버리고 글을 써내려가면 그 과정에서 좋은 생각을 얻을 수 있다.

내가 쓴 글이 곧 나다. 부족해(보여)도 지금 자기 모습이다. 있는 그대로의 자신을 드러내고 인정한다는 점에서, 실패하면서 조금씩 나아진다는 점에서 나는 글쓰기가 좋다. 쓰면서 실망하고 그래도 다시 쓰는 그 부단한 과정은 사는 것과 꼭 닮았다. 김수영의 시 「애정지둔(愛情遲鈍)」에 나오는 대로 "생활무한(生活無限)"이고 글쓰기도 무한이다.

고통 쓰기, 혼란과 초과의 자리

우리가 아픈 것은 삶이 우리를 사랑하기 때문이다

– 이성복 –

"작가는 가슴에 구멍이 난 사람이다. 그 구멍을 언어로 메운다."

권혁웅 시인을 한겨레 월간지 『나·들』에서 인터뷰한 적이 있다. 그때 '관흉인(貫匈人)' 신화 이야기를 하며 들은 인상적인 표현이다. 그는 자신의 불우한 성장기를 『마징가 계보학』이라는 시집에 재치 있고 의뭉스러운 언어로 담아냈다. 내가 좋아하는 시집이고 글쓰기 수업 교재로도 썼다. 그는 문예창작과 교수로 재직하고 있기도 한데 『마징가 계보학』을 읽은 학생들이 자기 이야기 같다며 공감한다고 했다. 곧, 가정 폭력이나 부모의 불화, 경제적 곤란 등 고통스러운 삶의 기억을 가진 이들이 문학을 택하는 경우가 많다는 것이다. 행복한 사람은 같은 이유로 행복하고 불행한 사람은 저마다의 이유로 그렇다는 안나 카레니나의 법칙도 있듯이, 무수한 불행의 이유가 있어 문학이

인류와 함께 생존하는지 모를 일이다.

글쓰기 수업에도 불행 서사는 주요 글감으로 등장한다. 그런데 이게 또 글로 풀어내기가 쉽지 않다. 여러 요인이 있지만 우선은 '타인의 시선' 탓이다. 글쓰기 과제는 수업 전날까지 과제 게시판에 올린다. 물론 공개 게시판이다. 수유너머R 홈페이지에 들어오는 사람은 누구나 열람이 가능하다. 누적 조회수가 수백을 넘는다. 많다면 많은 숫자이고 적다면 적은 독자이다. 그런데 불특정 다수의 시선이 부담스러운지 학인들끼리만 볼 수 있도록 게시판을 비공개로 하자는 의견이 종종 제기된다. 나는 이 작은 공동체의 게시판조차 극복하지 못하면 '공적 글쓰기'는 불가능하다고 확실히 못 박는다.

혼자 쓰고 혼자 읽고 혼자 덮는 것은 일기다. 글쓰기가 아니다. 비밀이 한 사람에게라도 발언할 때 생겨나는 것이듯 글쓰기라는 것에는 어차피 '공적' 글쓰기라는 괄호가 쳐 있다. 그래서 글쓰기는 곧 남들에게 보여지는 삶, 해석당하는 삶에 대한 두려움을 벗어버리는 일이다. 하지만 남들의 시선을 신경 쓰지 말라고 다그치듯 말할 수도 없다. 몸에 들러붙은 그것이 쉬이 떨어진다면 왜 고민이겠는가. 고통이란 원래 사회적 의미망에서 생겨난다. 타인의 시선이 감옥이 되어버린 상태인 것이다.

어느 학인은 아버지의 가정폭력을 겪어낸 성장기를 소환해 글로 썼다. 온통 피멍이 든 엄마의 등, 피로 얼룩진 거실 바닥, 야간 자율학습을 마치고 집에 도착해 현관문을 열기 직전의 공포 등을 담담한 어조로 묘사했다. 음소거가 된 지옥을 경험한 듯 전신이 옥조였던 빼어난 글이었다. 이 글을 쓰기 전, 그 학인은 나에게 고민을 터놓았다. 아버지인 가해자가 자신의 성장기에 걸쳐 하루도 빠짐없이 365일 폭군이었던 것은 아닌데 글로 써놓으면 하나의 나쁜 이미지로 고정되고, 자기 인생이 온통 불행한 것처럼 보일 텐데 사실과 다르며 그걸 원치 않는다고 했다. 나에게도 조심스러운 문제였다. 하지만 그런 복잡한 상황과 미묘한 심정을 잘 표현하는 게 글쓰기의 관건이 아닐까 생각한다고 말했다.

한 사람을 악인으로 만드는 구도는 어쩌면 단순한 글쓰기다. 선악구도를 넘어서는 지점을 찾아보려는 노력에서 인간에 대한 이해가 싹튼다. 그게 어렵지만 먼저 느낀 대로 말하고 쓰고, 그 생각을 공적인 장에 내놓아 외부에서 검증받고 소통하면서 어떤 사건에 대한 해석을 바꾸어나가는 것. 그러니까 다른 (생각을 가진) 내가 되어가는 과정의 기록이 글쓰기의 본령이다.

또 한 가지 명심할 것은, '과도한 주인공 의식'을 글쓰기에서 버려야 한다. 사람들은 생각만큼 남의 문제에 신경 쓰지 않는다. 다른 사람 문제를 두고두고 기억하고 되새기고 '색안경'으로 타인을 바라볼 만큼 부지런하지도 한가하지도 않다. 자신의 현안에 가려 남의 일은 뒷전이 되어버린다. 그리고 무엇보다 존재 개방의 수위를 고민하다 보면 자기 몰입이 어렵다. 좋은 글이 나오려면, 타인에게 비친 나라는 '자아의 환영'에 휘둘리지 말고 자기감정에 집중해야 한다. 자기 검열, 사회적 검열에 걸려 넘어지면 글을 쓰기 어렵다. 대개는 자기가 자기를 대하는 태도로 남을 대한다. 만약 누군가 자기 과거를 부끄럽게 여긴다면, 유사한 삶의 경험치를 가진 타인을 동정과 수치로 대하고 있을지도 모른다. 그래서 타인의 시선을 극복하는 과정은 자기의 편견을 넘어서는 일이기도 하다.

그 학인의 경우는 쓰고 나서 고민을 털어놓았지만 아예 쓰지 못하거나 쓰더라도 빙빙 돌려서 피상적인 글을 써오는 경우가 많았다. '슬프다' '아프다' '힘들었다' 등 동어반복적인 관념적 어휘로 뭉뚱그려서 한 바닥을 채우는 식이다. 이는 감정을 드러내는 것 같지만 사실은 감정 속으로 달아나고 감정 뒤에 숨는 것이다. 글이 말하고자 하는 바가 명확지 않고 두루뭉수리해질 때는 내적 검열이 강하게 작동한다는 증거다. 물론 신음소리 같은 말로밖에 표현할 수 없는 경우가 있다. 그것을 있는 그대로 직시하고 확인하는 것도 거쳐야 할 단계이다. 무가치한 일은 아닐 것이다. 하지만 일기가 아니라 독자를 대상으로 한 글쓰기 수업에 참여한 이상, 정확한 문장과 안정적인 화법을 구사하는 시도와 훈련은 꼭 필요하다.

"예술에서 최악은 부정직하다는 것이다. 문학은 저자가 생각하고 느끼는 것에 대한 정직한 표현이 아니라면 아무것도 아니다"라는 말이 있다. 글쓰기는 용기다. 솔직할 수 있는 용기. 소설가 김연수는 글쓰는 일이 "아랫도리 벗고 남들 앞에서 서는 것"이라는 재미있는 표현을 썼는데, 용기가 충만해서 글을 쓸 수 있다는 게 아니라 글을 써내는 과정에서 문제에 직면하면서 용기가 솟아난다는 말일 것이다.

나는 억눌린 욕망, 피폐한 일상 같은 고통의 서사를 길어 올리는 학인들에게 세 가지를 당부했다. 삶에 관대해질 것, 상황에 솔직해질 것, 묘사에 구체적일 것. 결국 같은 이야기다. 어떤 일도 일어날 수 있는 게 삶이다. 뭐라도 있는 양 살지만 삶의 실체는 보잘것없고 시시하다. 그것을 인정하고 상세히 쓰다보면 솔직할 수 있다. 상처는 덮어두기가 아니라 드러내기를 통해 회복된다. 시간과 비용을 치르고 정신과 상담을 받는 것을 보아도 그렇다. 아픔을 가져온 삶의 사건을 자기 위주로 재구성하고 재해석하는 말하기의 계기가 필요하다. 글쓰기는 상처를 드러내는 가장 저렴하고 접근하기 좋은 방편이다. 일단 쓸 것.

학인들은 고통스러울수록 뭉뚱그렸다. 그럴 때마다 '추상에서 구체로'를 주문했다. 자기감정을 단어 몇 개로 설명하지 말고 당시의 정황을 보여주어라. 일단 글을 써오면 같이 읽고 퇴고하는 과정을 통해 아주 구체적으로 그때의 배경, 인물, 사건을 묘사하고 서술하도록 권유했다. 현미경과 망원경을 동원하여 어떤 내용은 자세히, 어떤 내용은 크게 보면서 기억의 복구 작업을 도왔다. 더 맞춤한 단어, 더 마땅한 표현을 찾아서 씨름하고 하나하나 의미를 만들어나갔다. 그렇게 '고통의 서사'를 한 편의 글로 완성하고 나면 학인들은 "쓰기는 힘들었지 만 쓰고 나니 힘이 생긴다"고 말한다. 그 힘이란 자존감과 돌파력일 것이다. 자꾸 도망가고 싶고 피하고 싶은 고통스러운 과거 앞에서 그래도 과제를 내려고 엉덩이 붙이고 앉아서 하얀 화면을 글로 메우다 보면 '응시'의 힘이 생긴다. 그리고 똑바로 볼 수 있다는 건 더는 두렵지 않다는 뜻이다. 나를 따라오는 게 귀신인지 사람인지 승냥이인지 형체가 모호할 때 훨씬 두렵다.

고통의 글쓰기는 투쟁의 글쓰기다. 타인의 시선이 만들어놓은 자아라는 환영과의 투쟁이고, 쓸 수 있는 가능성과 쓸 수 없는 가능성 사이의 투쟁이고, 매 순간 혼란과 초과의 자리에서 일어나는 말들을 취사선택하는 투쟁이다. 이 치열한 싸움을 치르고 나면, 비록 구차스러운 자기주장 혹은 생에 대한 소심한 복수가 될지언정, 의미 있다. 어떤 학인은 고통스러운 과거를 쏟아놓고 후회도 한다.

"글쓰기는 치유의 능력도 가지고 있다고 했는데 저의 경우는 잊고 있던 기억들을 끄집어내어 쓰면서 그것이 즐겁지 않은 기억일 때는 그때의 감정이 오롯이 느껴져서 힘들더라고요. 상처를 건드린다고나 할까?"

그럴 수 있다. 그것은 낯섦에서 오는 감정이다. 자기 언어로 자기 삶을 재구성해보는 과정에 대한 생소함, 불편함 같은 것들. 익숙하지 않은 것은 나쁘다고 판단하는 게 일반적이니까. 그 과도기만 잘 견디면 조금 더 적극적인 자세가 된다. 나의 언어로 나의 삶의 서사를 풀어내는 쾌감이 있다.

그 쾌감. 그 후련함. 정서 모방은 빠르게 진행된다. 한 명이 무사히 고통의 글쓰기를 수행하면 다른 동료들도 서둘러 가슴에 묻어둔 글 한 편을 제시하곤 했다. 내가 페터 한트케의 소설 『소망 없는 불행』에 나오는 "어쩌면 우리가 알지도 못하고 상상할 수조차 없는 새로운 절망이 있을지 모르지"라는 한 구절을 온몸으로 이해했다면, 그건 학인들이 보여준 고통의 글쓰기 덕분이다.

자기 언어를 갖지 못한 자는 누구나 약자다

남들이 당신을 설명하도록 내버려두지 마라.
당신이 무엇을 좋아하고 싫어하는지
또 무엇을 할 수 있고 할 수 없는지를
남들이 말하게 하지 마라.
- 마사 킨더 -

성폭력 피해 경험자들과 글쓰기 수업을 한다고 했을 때 사람들은 조심스럽게 물었다. "네가 피해 경험이 없는데 그들과 같이 수업할 수 있을까?" 하나같이 당연히 내가 성폭력 경험이 '없다'는 전제하에서 이야기했다. 없을 수도 있고 있을 수도 있는데 말이다. 나 역시 그랬다. 일상에서 마주치는 여성들에게서 성폭력 피해의 가능성은 한 번도 떠올려본 적이 없다. 성폭력 피해자는 언론에나 나오는 이들로 타자화하고는 당연히 지금-여기에는 없는 듯이 행동했다. 마치 모든 사람이 대학을 다녔음을 전제하고 초면부터 학번과 전공을 묻는 사람들처럼 그랬다. 그런데 여기저기서 글쓰기 수업을 진행하고 관계가 깊어지면서 여성이기에 겪어야 하는 피해 경험을 몇 차례 전해 들었다.

한국성폭력상담소에서 펴낸 '성폭력 피해자를 위한 DIY 가이드'북

제목이 『보통의 경험』이다. 그만큼 성폭력이 일상에서 흔히 발생하는 사건이라는 뜻이 담겼다. "네가 수업을 하든지 모임을 가든지 그 무리에서 최소한 두 명은 있다고 생각하면 돼." 오랫동안 성폭력 피해 여성들과 상담하며 지낸 친구의 말을 듣고는, 그간 나도 모르는 사이에 뱉었을 서툰 말들을 생각하니 가슴이 철렁했다. TV나 뉴스에 선정적으로 보도되는 성폭력 사건에 대해서 "에휴, 저 아이(혹은 저 여자)는 이제 어떻게 살까" 속상해하며 무심코 한 마디씩 간섭을 하는데 그 말이 어떻게든 살아가고 있는, 현재진행형 일상을 꾸역꾸역 살아가는 성폭력 피해자에게 비수가 되어 꽂혔을지도 모를 일이다.

고통이 만연한 세상이다. 무지는, 아니 알려고 하지 않음은 분명 죄다. 나는 사회 문제에 관심이 많은 편이다. '노동자의 고통' '88만 원 세대의 고통' '육아의 고통' '노년의 고통' '성소수자의 고통'은 그런대로 학습이 되었는데 왜 이렇게 성폭력 피해자에 대해 무지할까 생각해보았다. 그와 관련해서는 거의 정보를 접할 기회가, 특히 당사자의 목소리를 들을 기회가 없었다는 사실을 알았다. 성폭력 피해 당사자가 '주어'로 된 기사조차도 제대로 본 적이 없다. 관련 기사는 대부분 가해자 중심으로 구성된다. "서울 어디에 사는 김 모 교수는 제자를 수차례 성추행했다……"는 식이다. 순결 이데올로기 같은 사회적 편견, 너무도 사적 영역인 몸에 각인된 강요된 수치심 등으로 피해자는 죄인처럼 어디에다 말 못 하고 이중 삼중의 고통과 소외를 당하는 게 성폭력 사건이었다. 미디어에서 통제 혹은 밀봉된 당사자의 이야기가 궁금했다. 당사자가 아프지만 당당하게 세상에 목소리를 내는 일은 어떻게 가능할까.

나는 성폭력 피해 경험자의 글쓰기를 같이 해보고 싶다는 마음이 간절해졌다. 약자는 달리 약자가 아니다. 자기 삶을 설명할 수 있는 언어를 갖지 못할 때 누구나 약자다. 노동자의 심정을 자본가가, 장애인의 입장을 비장애인이, 동성애자의 아픔을 이성애자가 대신 말할 수 없고, 말한다고 해도 불평등한 권력관계를 고착시킬 뿐이다. 마찬가지로 여성의 고통, 성폭력 피해의 고통을 남성의 언어로 설명하기는 거의 불가능하다. 피해자의 언어가 필요하다. 자기 언어가 없으면 삶의 지분도 줄어든다.

성폭력 피해 경험자들과 있는 그대로, 느낀 그대로 표현하고 아픔을 나누고 의미를 발견하면서 '피해자의 언어'를 만들어 보고 싶었다. 자기 고통을 자기 언어로 설명하는 일이 가능해질 때 고통으로부터 어느 정도 벗어날 수 있다. 그러나 혼자서는 불가능하다. 사람 곁에 사람, 자신의 복받치는 이야기를 들어줄 이가 필요하다. 객관적인 사실 파악과 증거를 도와주는 역할이 아니라 주관적이고 편파적으로 편 들어주고 옹호하는 사람이 있어야 한다. 내가 과연 그 역할을 할 수 있을까. 이번에도 질문을 만들어보았다. 성폭력 피해 여성들에게 글쓰기를 가르칠 수 있느냐? 이것은 자신 없었다. 그들이 무슨 이야기를 하든 기다리고 들어줄 수 있느냐? 물음을 바꾸었을 때, 그건 할 수 있을 것 같았다.

말하지 못하는 방식으로 말하기

말하지 않은 것은 말할 수 없는 것이 된다.

– 에이드리언 리치 –

2013년 늦봄부터 겨울까지 성폭력 피해 여성들과 글쓰기 수업을 시작했다. 서울에서 한 팀, 지방에서 한 팀을 진행했다. 지방에 갈 때는 이른 새벽에 밥 지어놓고 KTX 타고 달콤하게 졸면서 간다. 내가 아는 세상이 전부가 아니라는 것. 나 역시 다른 세상을 배우러 간다.

"내가 생각하는 게 전부가 아닌 세상이라 좋아요……."

수업 시간에 자주 목이 메는 여린 학인이다. 그동안 자신이 얕은 안목으로 삶을 평가했다며 동료들의 진솔한 이야기를 들으니 너무 좋고, 살아갈 에너지가 된다고 했다. 그 느낌 나도 안다. 글쓰기 수업을 하거나 시 세미나를 하고 나면 이상하게 힘이 났으니까. 어떤 대단한 담론 논쟁이 오간 게 아니고 저마다의 소소하고 때로 절절한 이야기들을 나누었을 뿐인데 잔잔한 깨침이 온다. 아마도 한 존재의 깊고 내밀한 느낌은 사적인 게 아닌 것 같다. 모든 존재가 깊은 심연에서는 서로 연결이 되어 있는지도 모른다고 생각했다. 마치 개미동굴 같은 하부구조를 가진, 하나의 영혼으로 된 거대한 신체를 상상했다.

'세상이 이게 다가 아니다'는 것. 눈앞의 보자기만 한 현실에서 벗어나 세상과의 접촉면을 넓히는 일은 살아가는 데 꼭 필요한 작업이다. 나의 경우, 목동에서 동네 엄마들과 아이들 사교육 이야기만 하고 있으면 그게 세상의 전부 같아서 눈앞이 캄캄하다. 내가 엄마 노릇 못하는 것 같은 죄의식, 우리 애만 학습 기회를 놓치고 뒤처지는 듯한 조바심이 어쩔 수 없이 생긴다. 그러다가 연구실에서 제도 바깥의 다양한 삶의 실험을 하는 친구들을 만나고 있으면 좀 여유로워진다. 물론 그들이라고 해서 실존의 고충과 염려가 없는 것은 아니다. 그래도 오직 하나의 길을 향해 주변 다 물리치고 앞만 보고 달려가는 형국은 아니니까 덜 부대낀다고 할까. 내 좋은 느낌이 전해진 것 같아 좋다.

글쓰기 수업이 시작되고 계절이 두 번 바뀌었다. 독서량도 늘었다. 학인들은 처음에는 '어렵다'며 겁을 먹던 책의 재미에 점점 빠져들었다. 인류 최대의 비극인 아우슈비츠 수용소의 생존자가 직접 쓴 르포르타주 『이것이 인간인가』를 읽으면서 우리는 인간의 존엄을 이야기했다. 아들이 쓴 엄마에 대한 기록 문학인 『소망 없는 불행』을 읽으면서 우리 역시 엄마에 대한 글을 써내려갔다. 고통에 대한 아름다운 응시를 담은 최승자의 시집 『이 時代의 사랑』을 읽으면서 고통을 들여다

보고 언어로 길어 올리는 시간을 가졌다. 일상의 성정치학을 다룬 『페미니즘의 도전』을 보면서 여성으로서 '피해자다움이라는 성 역할'을 강요당한 사례, 나이 듦, 모성 등에 관해 질펀한 수다를 떨었다.

이 과정이 아마도 해석의 힘을 길러준 것 같다. 철학자 니체의 말대로 고통은 해석이다. 우리는 고통 그 자체를 앓는 게 아니라 해석된 고통을 앓는다. (성폭행을 당했으니) 여자 인생 끝이라는 해석, 여자가 행실이 부주의해서 생긴 일이라는 해석, 치욕스러운 일이니 입을 다물라는 해석 등등 난무하는 말들의 장대비까지 맞는다. 그런데 우리에게 책이라는 우산이 생겼다. 책 안에서 더 사려 깊은 말들과 다양한 해석과 입장을 접하면서 우리는 이 고통이 도대체 어디서 오는지, 왜 나를 아프게 하는지 더 침착하게 생각하는 기회를 얻게 되었다.

매주 읽고, 말하고, 생각하고, 썼다. 그 반복적 행위는 존재를 외부로 펼치고 안으로 다져주었다. 이것이 흔히 말하는 내공일까. 뭔지 모를 자존감과 돌파력이 생긴 학인들은 하나 둘 자신의 속이야기를 꺼냈다. 가족사를 쓰고, 피해 경험을 쓰고, 일상의 곤란을 썼다. 삶을 교란당했던 그 과거의 기억, 가슴 한편에 구겨 던져버렸던 종이 뭉치를 다시 펴고 과거의 아픔을 정면으로 하나씩 응시하는 시간을 견디면서 A4용지 한두 장은 거뜬히 넘기는 이야기를 담아왔다. 그렇게 고통으로 뭉개졌던 시간은 가지런히 언어로 재배치되었다.

물론 순조롭기만 했던 것은 아니다. 학인들이 과제를 해오지 않을 때는 무척 난감했다. 어느 수업엔가는 단 세 사람만 과제를 써왔다. 그때 낙담한 내게 상담소 소장님이 이런 말을 해주었다.

"과제의 결과물이 지금 없지만 그래도 일주일 동안 뭘 쓸까 고민하고 썼다 지우고 하는 과정이 있었을 테니 그것도 소중한 게 아닐까요."

그분의 혜안에서 나온 말이 나에게 큰 위로를 주었다. 그렇다. 우리는 어쩌면 말하지 못하는 방식으로 말하고 있었는지 모른다. 아무튼 용감하게 글을 쓰면 쓴 대로, 못 써내면 침묵할 수밖에 없는 무언의 글로 우리는 서로에게 영감을 주고 자극을 받았다. 각자의 글을 자신의 목소리로 또박또박 읽어내고 눈물 흘리면서도 낭독을 포기하지 않았다. 몸이 기억하는 말은 밖으로 나오려 하고 고통은 들어줄 사람을 필요로 한다. 남의 이야기는 자기의 아픔을 들여다보는 거울이 되어주었다. 같은 성폭력 피해자로 만났지만 그 안에서도 차이는 존재했다. 그래도 저마다 상황의 특수함, 사건의 각별함, 실존의 절실함을 서로 이해할 수 있었다. 자신의 피해 경험을 객관적으로 볼 수 있는 시선을 얻게 된 것, 자신의 아픔으로 꽉 찼던 자아에 타인의 아픔을 들여놓게 된 것은 덤으로 얻은 고마운 선물이다. 우리 품은 넓어졌다. 자아가 확장되면 상대적으로 고통은 줄어들게 마련이니 일석이조다.

글쓰기 수업을 진행하면서 그런 생각을 자주 했다. 법적 가족 외에도 가족의 형태가 많아지면 좋겠다. 가족이라서 옆에 있는 게 아니라,

같이 밥 먹어주고 옆에 있어주어서 가족이 되고 마는 그런 관계들, 삶의 실험들. 수업 시간에 학인들이 옥수수를 삶아 오고 감자를 쪄 온다. 떡볶이와 김밥을 시켜서 머리 맞대고 나눠 먹는다. 한나절 북적북적 배불리 먹고 속에 있는 이야기를 후련하게 나누고 나면 뭔가 대가족이 모여서 명절을 보낸 기분이 든다. 정말 세상이 환해지는 밝은 날, 명절이다. 약자들을 억압하고 폭력적인 관계가 내재하는 불평등한 가족이 아닌, 서로 곁이 되어주고 이질적인 존재가 결을 맞추며 어우러지는 관계로서의 대가족을 살고 온다.

애초에 나는 내심 바랐다. 글쓰기 치유 워크숍이 끝나고 나면 참가자도 나도 조금씩 달라져 있기를. 우리가 함께하는 시간이 '나는 이런 사람'이라는 정체성의 재확인이 아니라 '다른 내가 될 수 있는 가능성'이자 '내가 무엇을 할 수 있는지를 알아가고 발견하는 시간'이 되길 희망했다.

그리고 나는 변했다. 끝내 몰랐으면 부끄러웠을, 무수한 이들이 겪는 고통의 한 세계를 보고 느낄 수 있었다. 고맙고 귀한 시간을 살았다. 함께했던 학인들도 변했다. 눈빛, 표정, 발걸음, 사용하는 단어 같은 것들이 달라졌다. "힘들 때면 맥없이 자거나 TV 보거나 폭식을 했는데 이제는 책을 본다"며 시간을 보낼 또 다른 오락거리가 생겼노라 말하고 "글쓰기가 조각이랑 비슷하다"며 창작의 희열을 수줍게 터놓는다. "우리 힘들었지만 이겨내고 잘 살아왔다"며 서로의 존재를 쓰다듬고 칭찬한다.

우리는 책과 사람, 그리고 글쓰기라는 이전에는 없던 세 친구가 생겼다. 인생이라는 책에서 한 페이지만 찢어낼 수 없다고 하던가. 그렇다면 품고 가야 하는 것. 아픈 채로, 불편한 대로 안고 같이 살아갈 힘이 길러졌다. 삶이 다소 견딜 만해진 것이다.

내 몸이 여러 사람의 삶을 통과할 때

제정신을 갖고 산다는 것은,
어떤 정지된 상태로서의 남을 생각할 수 없고,
정지된 나를 생각할 수도 없는 일이다.

– 김수영 –

글쓰기 수업을 마치고 집으로 돌아가면 나는 또 다른 최전선을 맞는다. 학인들이 제출한 과제를 읽어보고 코멘트를 달아주는 리뷰 작업이다. 주어와 서술어가 호응하지 않는 비문을 올바른 문장으로 고쳐주기도 하고, 추상적인 표현에 물음표를 달기도 하고, 빼면 좋을 문장이나 단락을 표시하기도 한다. 탁월한 비유가 있거나 글의 문제의식이 좋으면 별 표시를 해놓고 멋진 문장을 보면 필사한다. 그렇게 한이틀 글을 두세 번 꼼꼼히 읽고 어루만지고 학인별로 코멘트를 정리해서 매 차시 리뷰를 올린다. 원고지 30~50매 분량이다. 학인들처럼 나도 매주 과제를 제출한 셈이다. 곡진한 삶의 이야기에 성심껏 응답했다. 타인의 경험 세계로 들어가는 일이 그리 간단하진 않아서 리뷰를 마치고 나서는 조금 과장해서 말하면 '굿'을 한 것처럼 몇 시간씩

앓기도 했다. 그건 아마 성장기에 뼈가 자라듯이 사유의 회로와 감각의 형질이 변하는 과정이 아니었을까 싶다.

하루는 리뷰를 하다가 쉴 겸 설거지를 했다. 이런저런 생각이 들었다. 학인들의 글을 읽고 또 읽다 보면 속상하다 웃기다 곡진하다 잔잔하다 그러는데, 이토록 온갖 감정이 낙엽처럼 떨어지고 이야기가 쌓이면 내 몸은 어떻게 되는 걸까. 그날 수업한 교재 『정희진처럼 읽기』의 부제 '내 몸이 한 권의 책을 통과할 때'를 따라서 나도 내 생각의 부제를 달아보았다. '내 몸이 여러 사람의 삶을 통과할 때' 학인들 하나하나 내겐 소중한 사람책이다. 『밀양을 살다』에 나오는 조계순 할매의 말처럼 우리는 어쩌면 "소인으로 태어나서 이만하면 됐다" 말할 수 있는 삶의 서사를 만들어가고 있는 중이고 나에게 운수 좋게도 '미리보기' 기회가 주어진 것 같다.

그 첫 시작으로부터 네 번째 봄을 맞는 지금. '삶의 최전선'이라는 화두를 나는 이제 '누구와 공부할 것인가'의 문제에 국한시키지는 않으려 한다. 계층적 · 계급적 · 젠더적 구분으로 가르기보다 관계가 단절되고 영혼이 옥조이는 이 물신주의의 체제에서 가짜 욕망에 휘둘리지 않고 그래도 제정신으로 살아보려는 몸부림으로 여기까지 와닿은 이들과 어떻게 지속적으로 글쓰기를 해나갈 것인가를 고민하려 한다. 굳이 '개인적인 것이 정치적인 것이다'라는 슬로건이 아니더라도, 글쓰기로 드러난 학인들의 구체적 개별성은 복잡한 사회적 문제를 그대로 압축하고 있었다. 꼭 대형마트 계산대이거나 먼지 휘날리는 작업장이거나 밀양 송전탑 반대 현장이 아니더라도 '어떻게 살아갈 것인가' 하는 존재 물음 과정에서 이른 곳이라면, 현실의 베일이 벗겨지는 곳이라면, 삶의 의미를 정의 내리게 되는 곳이라면, 거기가 바로 삶의 최전선이다.

PART 2

감응하는 신체 만들기

불행처럼 우리를 자극하는 책들

책을 읽는 것이 아니다.
행간에 머무르고 거주하는 것이다.

– 발터 벤야민 –

대학교 3학년 때 신춘문예에 당선된 「무진기행」의 작가 김승옥의 어머니 이야기를 신문에서 읽었다. 스물여덟 살에 청상이 되어 삯바느질로 삼형제를 키우던 어머니가 순천 시내 서점 주인에게 "우리 아들이 읽고 싶은 책은 마음대로 읽게 하고, 사고 싶은 책은 그냥 가져가게 하면 월말에 들러 값을 치르겠다"고 했다는 것이다. 실제로 김승옥은 고등학교 마칠 때까지 책이란 책은 거의 다 읽었고 그것들이 글을 쓰는 바탕이 되었다며 글을 쓰고 싶은 사람이라면 다독하라고 권했다고 한다.

아름답고 정확한 글쓰기로 대중의 사랑을 받는 문학평론가 신형철도 『씨네21』 인터뷰에서 이런 고백을 남겼다.

"(대학교에) 입학하자마자 세계문학전집 뒤에 있는 자료 등을 보고 나름 세계 문학사 연표를 만들어서 연도순으로 읽어 나갔어요. 고대부터 1960~70년대 작품, 밀란 쿤데라까지 듬성듬성하긴 해도 꽤 많이 읽었는데 그때 독서가 자산이 됐어요."

좋은 글을 쓰는 사람은 '거의 다' 좋은 책을 읽었다. 읽기와 쓰기는 다른 행위지만 내용은 긴밀히 연결되어 있다. 읽기가 밑거름이 되어 쓰기가 잎을 틔운다. 책을 읽어야 세상을 보는 관점이 넓어지고 사람을 이해하는 눈을 키운다. 세상은 어떤 것이구나 통찰을 얻는다. 모국어의 선용과 조탁, 표현력을 배운다. 좋은 문체에 대한 감을 잡는 것인데, 총체적으로 글을 보는 '안목'이 생기는 것이다.

좋은 글을 쓰려면 좋은 독자가 되어야 하는 이유는 하나다. 내가 내 글의 첫 독자이기 때문이다. 글을 쓰는 과정은 곧 부단히 읽는 일이다. 한 문장 쓰고 읽고 한 문단 쓰고 읽고 한 장 쓰고 읽는다. 쓰기는 '읽으면서 쓰기'에 다름 아니다. 좋은 글에 대한 감각을 길러놓아야 내 글의 어디가 문제인지 짚어내고 고쳐 쓰면서 더 나은 글을 지향할 수 있다.

또한 글쓰기는 공동체의 산물이다. 한 사람이 그간 읽은 책, 들은 말, 본 것, 접한 역사와 당대 이념 등을 모두 끌어안고 있다. 그것이 풍부할수록 더 힘 있고 좋은 글이 나온다. 내가 글쓰기 수업에 책을 넣는 이유다.

교재를 매주 한 권씩 넣었다. 조영래의 『전태일 평전』, 허먼 멜빌의 『필경사 바틀비』, 프리모 레비의 『이것이 인간인가』, 정희진의 『페미니즘의 도전』, 에드워드 사이드의 『말년의 양식에 관하여』, 장 폴 사르트르의 『말』, 프레데릭 파작의 『거대한 고독』, 한강의 『소년이 온다』 등 문학, 철학, 역사, 사회학 등의 분야를 아우르는 책을 골랐다. 교재 선정 기준은 지극히 사적이다. 나에게 강력한 영감과 자극을 준 책들이다. 사유의 지반을 세게 흔들어놓은 책들, 문장이 아름다워서 혹은 사유가 전복적이어서 나의 글쓰기 욕구를 자극한 책, 인간의 삶이란 어떤 것이어야 하는가에 대한 영감을 준 책, 읽다가 가슴이 벅차올라 적어도 세 번 이상은 독서 중단 사태를 일으킨 책, 이번 생을 달리 살아보고 싶은 용기를 준 책들이다. 이에 관한 유명한 비유가 있다. 홍대 앞 유명한 북 카페에도 써 있는 카프카의 말.

"우리는 불행처럼 우리를 자극하는 책들, 다시 말해 우리에게 아주 깊이 상처를 남기는 책이 필요하다. 이런 책들은 우리가 자신보다 더 사랑했던 사람의 죽음처럼 느껴지고, 사람들로부터 격리되어 숲으로 추방되는 것처럼 느껴지고, 심지어 자살처럼 느껴질 것이다. 책은 우리 내면에 얼어 있는 바다를 내려치는 도끼 같은 것이어야만 한다. 나는 이렇게 믿고 있다."

나는 학인들에게 책을 읽되 '진실한 독해'를 당부했다. 여기서 진실함이란 사실에 부합하는 게 아니라 자신에 부합하는 것이다. 곧 책의 내용을 '객관적'으로 파악하여 저자의 의도에 맞추려 낑낑대지 말고 자기 삶의 구체적인 정황을 떠올리고 접목시키면서 '주관적'으로 읽어달라고 했다. 이게 생각보다 어려운 모양이다. 지식 따로 생활 따로의 교육 풍토 탓일 게다. 사회학자 조한혜정은 『글 읽기와 삶 읽기 1』에서 이렇게 썼다.

"학생들은 추상화 수준이 높으면 그 나름대로 쉽게 소화하는 방식을 갖고 있다. 구태여 자신의 삶과 연결시켜볼 필요없이 공식을 외우듯 머릿속에서 처리해버리는 것이다."

현학적 공부와 지식 습득 능력은 갖춘 반면, 구체적 인간에 대한 관찰과 이해는 더 서툴다는 것이다. 그럴 만도 하다. 지식은 단순화, 맥락화 작업의 산물이고 삶은 고도의 복잡성, 우연성의 산물이니까. 그런 점에서 세상에서 공부가 가장 쉬웠다는 말은 설득력을 갖는다.

어쨌든 학인들은 자기 문제와 엮어서 책을 읽은 후 공감이나 반감 가는 문장, 이해가 안 되는 부분, 논의하고 싶은 부분을 표시해 오고 수업 시간에 돌아가면서 그 부분을 발표했다. 다양한 의견, 다양한 정서, 다양한 정보가 소통되는 함께 읽기의 장이 열렸다.

예를 들어 카를 마르크스의 『경제학-철학 수고』를 읽어 오라고 하면 처음엔 "마르크스처럼 어려운 책을 어떻게 읽느냐"라며 뒤로 물러나지만 읽다 보면 자기에게 닿는 부분은 있게 마련. 특히 본문 '화폐'에 관한 내용은 대부분 이해한다. "그대가 할 수 없는 모든 것을 그대의 화폐는 할 수 있다." "화폐는 욕구와 대상, 인간의 생활과 생활 수단 사이의 뚜쟁이다"라는 문장에 학인들은 밑줄을 그어온다. 그리고 화폐라는 '뚜쟁이'를 매개하지 않는 관계와 일상이 현실에서 가능할까 탐문한다. 독일로 어학연수를 다녀온 한 학인은 자신의 경험을 들려주었다. 한국과 달리 독일은 주말에 상점들이 거의 문을 닫아서 친구들과 돈을 들이지 않고 자체적으로 계획해서 놀아야 했단다. "화폐 없이 시간을 보내고 관계를 만드는 법을 배웠다"고 했다. 데이트 비용의 공평한 분담을 위해 '커플 통장'을 만들었다는 이십 대 학인의 생생한 이야기가 화폐와 사랑의 역학관계로 이어지기도 한다.

이렇듯 고유한 사적 체험이 공유되면서 화폐가 단지 '지불 수단'이 아니라 일상을 장악하는 '신의 지위'가 되었음을 모두가 자연스레 인식한다. 더 나아가 화폐 외부의 삶을 모색하는 수준까지 논의가 이어지면 좋겠지만 대안까지 찾기에는 너무 갈 길이 멀다. 대신 이런저런 푸념을 늘어놓는다. 적당히 벌어 잘 사는 방법 뭐 없을까 같은. 이런 물음 자체는 귀하다. 부모도 선생도 TV도, 온통 돈 없으면 혹은 돈 안 벌면 죽을 것처럼 말하는 사람들에게 둘러싸여 살다가 다른 시각, 다른 경험을 취하는 것은 그 자체로도 위안이자 숨통이다. 삶을 옥죄기도 하고 해방시켜주기도 하는 화폐를 일상에서 떨어뜨려 낯설게 바라보는 새로운 관점을 얻게 된다.

일주일에 한 권씩 그것도 마르크스나 벤야민 같은 철학서를 읽는 건 무리(한 계획)이다. 물론 한 권이 아닌 100쪽 내외로 읽는다. 글쓰기 수업 일정을 왜 그리 빡빡하게 잡느냐는 원성이 학인들로부터 나오고, 수업을 준비하는 일도 만만치 않다. 읽으면 좋지만 읽어내는 걸 힘들고 두려워한다. 익숙하지가 않은 것이다. 그럴 것이다. 나도 그랬고 대부분의 사람들은 제한된 삶의 조건에서 한정된 독서를 한다. 만나는 사람을 계속 만나듯이 읽던 책들을 주로 읽는다. 그간 읽어왔던 이물감 없이 술술 책장이 넘어가는 책들 위주로 본다. 그것이 참다운 독서일까. 앞서 카프카가 말한 내면의 얼음 바다를 더 단단히 만드는 책 읽기. 자아가 유연해지기보다 고집스러워질 가능성이 많지 않은가. 그건 약일까 독일까.

나는 글쓰기 수업을 찾아온 이들에게 더 넓은 세계, 더 멋진 세계를 구경시켜주고 싶다. 나도 누군가의 권유로 우연한 기회에 읽은 보석 같은 책들을, 어떤 사명감을 가지고 소개한다. 마치 맛집을 소개하는 기분과 같다. 그런데 일주일에 한 권을 몽땅 읽기는 어렵고 분량을 대략 백 쪽 안팎으로 정해준다. 글을 쓰기 위해 그 정도는 읽어야 하는 필요 분량이고, 그 책의 매혹에 빠질 수 있는 최소 지점이며, 글쓰기 수업이 끝나도 읽고 쓰는 일이 계속되도록 바라는 마음에 마련한 장치이기도 하다. 그런 내 마음이 통했는지 글쓰기 수업이 끝나고 문자 메시지가 올 때도 있다.

"김영민의 『동무와 연인』 수업 때 못 읽은 부분 읽고 있는데 참 재밌네요. 좋은 책 소개해줘서 고마워요."

자발적으로는 절대 택하지 않았을 장르의 책들과 씨름하면서 자기의 취향을 발견하게 된다. 그간 내륙 지방에 고립되어 있어서 몰랐는데 20년 만에 바다에 나가보니 내가 물과 친하고 수영을 잘하는 사람이었을 수도 있다. 나를 열어두고 나를 실험하면 또 다른 나를 발견할 기회가 주어진다.

말들의 풍경 즐기기

누군가 내게 물었다. 시를 쓰는 힘은 도대체 어떤 거냐고.
나는 대답했다. 이 세계에 속하지 않을 수 있다는 안도감이 힘이라고.
이 세계에 속하지 않으면서도 이 세계에서 자신 있게 살아갈 수 있는
꽤 괜찮은 일이 시를 쓰는 일이라고.

– 김소연 –

사륵사륵 눈이 쌓이듯 조용하면서도 급진적인 인식의 변화를 일으키는 책 읽기가 있다. 단연 시집이다. 대개는 한 기수의 수업에 시집 두세 권을 넣는다. 그간 교재로 택한 시집은 스무 권 남짓이다. 김수영의 『거대한 뿌리』, 문태준의 『가재미』, 최승자의 『이 時代의 사랑』, 기형도의 『입 속의 검은 잎』, 김사인의 『가만히 좋아하는』, 권혁웅의 『마징가 계보학』, 조용미의 『기억의 행성』 등등. 유명한 시집도 있지만 일반인에게 생소한 최근 발행된 시집도 넣는다. 이 역시 나의 근거 없는 편애로 구성된 목록이다. 학인들에게는 이렇게 소개한다.

"우연한 계기에 읽고서 며칠 밤 설친 시집이고, 언제 꺼내 읽어도 늘 새 책 같은 느낌을 주는 무한 리필 시집인데, 나만 그런지 여러분도 그런지 같이 느낌을 나누고 싶어요."

수업하기 전에는 학인들로부터 원성이 이만저만 높은 게 아니다.

“어려워요.” “안 읽혀요.” “무슨 말인지 모르겠어요.” “어떻게 읽어야 하는지 힌트를 좀 주세요.” “왜 시예요. 나 그런 거 몰라요.”

그도 그럴 것이 대입수능시험 끝나고 시집을 처음 들춰본다는 학인들이 대다수다. 물론 대학 때 좋아했던 시집을 다시 읽게 되어 무척 설렌다는 ‘문학소녀’ 학인들도 가끔 만난다. 아무튼 시 수업 시간에는 각자 마음에 드는 시 한 편을 골라서 낭독하고 자신의 느낌과 생각을 터놓는 식이다. 그 순간이 짜릿하다. 누군가 육성으로 시를 읽을 때, 잠시 우주의 기운이 그에게로 쏠린다. 어마어마한 침묵의 자장에서 농축된 시의 언어가 목울대를 타고 한 음절 한 음절 터지면 숨이 막힐 듯 몰입의 시간이 펼쳐진다. 타인의 몸을 통과한 시를 접한 학인들은 비로소 안 읽히던 시가 읽히는, 아니 들리는 기적을 체험한다. 낭독 후 자기만의 경험과 직관에 근거한 시 해석은 시의 이해를 돕는다. 그래서 수업 후 가장 호들갑스러운 간증이 쏟아지는 것도 시집이다.

“동료가 낭독해주는 걸 들으니까 시가 새롭게 읽혀요.” “뜻은 잘 모르겠지만 가슴이 움찔해요.” “시집 읽으면서 사전 많이 찾았어요.” “다른 시집도 더 소개해 주세요.”

또한 시집을 읽고 나면 학인들은 어휘에 부쩍 관심을 갖는다. 언어에 대한 감수성이 활성화되는 모양이다. 시인이 공들여 고르고 삭히고 매만진 언어를 나누면서 학인들은 타인의 말을 깊게 들이마시고 어떤 생각이나 어떤 사물을 고정된 틀에서 해방시켜 바라보는 윤리적 인 시선을 갖게 되는 것이다. 어느 학인은 '치욕'이라는 말이 자기 삶에 들어온 날을 이렇게 기록했다.

"전태일을 생각해보지 않은 것처럼 이성복이라는 시인은 낯설었다. 치욕이라는 낱말의 의미를 새겨본 적이 있었던가? 그 전에는 새겨본 적도 느껴본 적도 없던 말의 뜻이 수업 중에 들어왔다. 시를 읽으면서도 난해하게만 들리던 단어였다. 살과 뼈가 붙었고 시를 읽는 목소리를 따라서 육성이 되었다. 분노와 치욕. 인간성을 토대로 한 분노와 인간성 자체에 의문을 제기하는 치욕."

글쓰기 수업을 진행하면서 인간의 시에 대한 본능적 이해와 낭독의 가치를 알아챈 나는 아예 글쓰기 수업과 별도로 시 세미나를 시작했다. 시만 흠뻑 읽고 싶은 욕심이 생겼다. 그러면서도 철학책이 아니고 시집으로 세미나를 어떻게 해야 할지 감이 잡히지 않았으나 개의치 않았다. 시인 지망생의 스터디가 아닌 시가 좋아 시를 읽는 독자 모임이다. 시집에 담긴 말들이 지어내는 낯선 풍경을 감상하고, 그 시를 읽고 감상을 터놓는 말들의 풍경을 즐기려는 목적이다. 제목도 '말들의 풍경'. 한국 문학에서 시 읽기의 진경을 펼쳐준 문학평론가 김현의 평론집에서 빌려왔다.

시간대가 문제였다. 세미나 시간을 몇 시로 해야 할까. 대체 시를 몇 시에 읽어야 제일 좋을까. 아침 댓바람부터 눈곱 떼고 나와 시를 읽는 상상을 하니 그건 아니었다. 낮 2시, 세상이 미싱처럼 잘도 돌아가는 시간에 뜨거운 해를 등지고 시를 읽으려니 그 또한 너무 산만하지 않나 싶었다. 오후 7시. 세상이 어둠에 빠지고 감각이 깨어나는 시간. 괜찮았다. 연구실에서 세미나 시간표를 보니 토요일뿐이다. 토요일 오후 6시에 시 세미나를 하자. 그런데 염려스러웠다. 그 시간에 과연 누가 시를 읽으러 올 것인가. 당시 인기가 치솟아 '무도 폐인'을 양산하는 〈무한도전〉 방송 시간, 직장 다니는 이들은 모처럼 휴일을 맞아 영화를 보거나 쇼핑을 하는 시간, 아니면 가족이 외식을 나가거나 리모컨 들고 빈둥빈둥 소파에 파묻히는 시간, 소비가 가장 왕성하게 작동하고 다음 주 노동력을 비축하기 위한 재생산의 밤을 보내는 시간에 과연 누가 '시'를? 왜 하필 '시'를? 참 우려스러웠지만 그래서 적정한 시간이기도 했다. 토요일 오후 6시에 시를 읽으러 오는 사람이라면 정말 시를 좋아하는 사람일 테니까 외려 잘된 일이지 싶었다.

첫 시간. 세미나실이 꽉 찼다. 그들이 반갑고도 신기했다. 어디서 어떻게 알았는지 시가 아직도 왜 그리 좋은지 당장 말 걸고 싶었다. 아무려나, 사는 게 숨 가빠 한 호흡 고르고 싶은 이들이 모였고, 열렬히 우리는 시를 읽었다. 2년여 동안 눈이 오나 비가 오나 바람이 부나 매주 토요일 6시에 시를 읽었다. 대략 팔십여 권의 시집과 열 권 남짓한 평론집. 시 세미나를 그만둘 때는, 하나같이 "시를 읽으면서 치유가 되었다"며 고맙다고 했다. 나는 영문도 모르고 가슴이 먹먹했다. 시인의 말들에 기대어 자기의 말들을 피워낸 일이 전부다. 시가 그렇게 한 것이다. 그랬을까. "역사는 승리자의 기록이고, 시는 패배자의 기록"이라는 이장욱 시인의 말을 알 것도 같았다. 승리자의 메시지만 요란하게 울려 퍼지는 세상에서 마음 붙일 곳 없던 영혼들이 패배자가 지은 말들의 풍경에 기대어 한 세상 숨 돌리고 간 것일 게다.

쓸모-없음의 시적 체험

시란 금방 부서지기 쉬운 질그릇인데도,
우리는 그것으로 무엇인가를 떠 마신다.

– 황지우 –

시 수업과 시 세미나에 탄력을 받은 나는 글쓰기 수업에서 아예 시 '암송'을 시도했다. 마음에 드는 시 한 편 외워 오기. 요즘은 휴대용 기기의 발달로 가족의 전화번호조차 외우기 쉽지 않다. 이십 대 학인들은 스마트폰으로 검색하지 않으면 노래 한 소절도 부르지 못하는 게 현실이다. 나는 숙제를 '꼭' 해오라고 당부하면서도 반신반의했다. 학점이나 취업에 불이익이 있는 것도 아닌데 설마 다 큰 어른들이 시를 외워 올까 싶었다. 그런데 놀라운 일이 일어났다. 한두 명을 제외하고 거의 모든 학인들이 시를 '달달' 외워 왔다. 오 행짜리 짧은 시를 택하는 경우도 있지만 두 쪽에 이르는 긴 시가 마음에 든다며 줄줄 읊기도 했다. 손바닥만 한 메모지에 혹은 하얀 복사지에 시를 옮겨 적어 일주일 동안 들고 다니며 지하철에서 짬짬이 시를 외웠다는 학인은 귀퉁이가 닳고 꼬깃꼬깃해진 종이를 책상에 펴놓고 흘깃거리며 시를 외웠다. 시를 외우니 '격렬한 고통도 없이 날이 가고'인지 '격렬한 고통도 없이 날은 가고'인지 조사 하나가 그냥 쓰인 게 없고 조사 하나 바뀌는 걸로 느낌이 확연히 달라진다는 사실을 학인들은 스스로 깨우쳤다. 8기 수업에서 허수경의 『혼자 가는 먼 집』에 실린 시 한 편을 암송한 어느 사십 대 여성 학인은 이런 후기를 남겼다.

"시 외우기 과제가 마음에 걸려 연구실로 향하는 전철에서, 버스 안에서 정신없이 짧은 시 하나를 읊조리는데, 읊조리는 시구 하나하나가 새롭게 마음에 새겨지며 그것들이 이미지가 되어 새롭게 피어난다. '아, 이게 이런 뜻이었구나.' 새삼 신기하다. 건성으로 시를 읽을 때는 도무지 알 수 없었던 뜻들이, 자꾸자꾸 읊어주는 순간 시어들이 나에게 문을 열어주며 자기들을 보여준다. 왜 시를 외우라 했는지 과제에 대한 깊은 뜻을 실감하는 순간이다. 만약 시 외우기 수업이 없었다면 대충 읽고 알았다며 덮었을 책장. 무언가를 정말로 알아간다는 것이 무엇일까?"

아무짝에 쓸모없(다고 여겨지)는 시 암송을 통해 '안다는 것'에 대해 진지하게 질문하고 있다. 그동안 오직 쓸모를 챙기기 위해 이루어진 지식의 축적에 물음표를 남겼다. 이것이 문학평론가 김현이 말한 문학의 '쓸모-없음'의 '쓸모-있음'으로의 이행이 아닐까. 잘 알려졌다시피, 김현은 남은 일생 내내 써먹지 못하는 문학은 해서 무엇하느냐는 어머니의 질문에 이렇게 대답했다.

"확실히 문학은 이제 권력에의 지름길이 아니며, 그런 의미에서 문학은 써먹는 것이 아니다. 그러나 역설적이게도 문학은 그 써먹지 못한다는 것을 써먹고 있다. 문학을 함으로써 우리는 서유럽의 한 위대한 지성이 탄식했듯 배고픈 사람 하나 구하지 못하며, 물론 출세하지도, 큰돈을 벌지도 못한다. 그러나 그것은 바로 그러한 점 때문에 인간을 억압하지 않는다. 인간에게 유용한 것은 대체로 그것이 유용하다는 것 때문에 인간을 억압한다. …… 그러나 문학은 유용한 것이 아니기 때문에 인간을 억압하지 않는다."

내남없이 그렇다. 학교에서 일터에서 가정에서 성장하는 동안 쓸모를 세뇌당한다. 쓸모 있는 사람이 되자. 쓸모의 척도는 물론 화폐다. 내 앎이, 내 삶이 교환가치가 있는가. 잉여가치를 낳는가. 제도교육은 남보다 교환가치가 있는 인간, 곧 임금 노동자가 되기 위한 혹독한 훈육 과정이다. 한 개인이 자본주의 사회의 부품으로 맞춰지면서 본성은 찌그러지고 감각은 조야해진다. 이성복 시인의 시구대로 "모두가 병들었는데 아무도 아프지 않"는 상태로 일상이 굴러간다. 그런데 유용하지 않아서 억압하지도 않는 시. 이 시대에 쓸모없다고 취급받는 시. 언어들의 낯선 조합으로 정신을 교란시키는 시. 가장 간소한 물성을 가진 시를 통과하며 학인들은 자신에게 가해진 억압을 자각한다.

나는 궁금했다. 시, 혹은 시적인 것은 왜 존재를 흔들고 지나가는 걸까. 쓸모와 무쓸모의 경계가 무너지는 거대한 혼란에 빠뜨리는 걸까. 문학평론가 황현산은 평론집 『잘 표현된 불행』에서 이렇게 말했다.

"시는 모든 것에 대해 온갖 수단을 동원하여 끝까지 말하려 한다. 말의 이치가 부족하면 말의 박자만 가지고도 뜻을 전하고, 때로는 이치도 박자도 부족한 말이 그 부족함을 드러내어 사람의 마음을 움직인다."

아마 각자의 방 안에서 홀로 독서 혹은 독해를 했다면 시를 읽고 '입체적'으로 감응하기란 불가능했을 것이다. 우리는 경험이라는 체에 걸러진 것만을 본다. 니체는 어느 누구도 책이나 다른 것들에서 자기가 이미 알고 있는 것보다 더 많이 얻을 수 없다며 "체험을 통해 진입로를 알고 있지 못한 것에 대해서는 그것을 들을 귀도 없는 법"이라고 말했다. 사적 독서가 아무래도 아는 지식을 재차 확인하고 필요한 정보를 축적하는 방식으로 자아를 공고히 할 위험이 있다면, 함께 읽기는 이를 피해갈 기회가 주어진다. 자기 경험이 놓친 부분을 다른 동료의 경험으로 발견할 수 있다. 예기치 못한 느낌의 자장에, 의미의 풍요에 겹겹이 포위된다. 제아무리 난해한 마르크스의 철학도 임금 노동자로 살아가는 사람이라면 거부감 없이 해석해내는 법이다. 여성학자 정희진이 늘 하는 말이 있다. 자신의 강의를 가장 어려워하는 집단은 남성 지식인이고, 주부들은 쉽고 재미있게 받아들인다고.

시는 더군다나 내밀한 언어이므로 섬세한 감각의 결이 요구된다. 가

재미의 실물을 본 적이 없어 문태준의 「가재미」라는 시의 울림을 놓쳐 버릴 수도 있을 때 누군가는 가재미라는, 납작하고 볼품없는 어류의 특징을 설명하면서 시의 의미를 풀어서 이야기한다. 집단적으로 이루어지는 책 읽기를 통해서 우리는 자신의 편협함을 확인하고 어떤 존재의 풍부함을 깨닫는다.

시집은 나의 변화를 알려주는 척도이기도 하다. 그때는 도저히 감각의 주파수가 안 맞던 시가 계절이 바뀌고 나면 읽힐 때가 있다. 매번 읽을 때마다 새 책같이 새롭게 다가온다. 그사이 나는 살았고 뭐라도 겪었고 변했다는 이야기다. 그러니 "이 시집은 나에게 너무 어려워" 혹은 "이 책은 내 스타일이 아니야"라고 제쳐두는 것은 자신을 고정된 사물로 보는 것과 마찬가지다. 나는 절대 변하지 않고 화석처럼 살겠다는 이상한 다짐이다. 그 해 여름에 나를 밀어내던 시가 이듬해 겨울에 조금씩 스며들고 문장들이 마음에 감겨오면 그 기쁨은 무척 크다.

느낌의 침몰을 막기 위해

이렇게 人情의 하늘이 가까워진
일이 없다 남을 불쌍히 생각함은
나를 불쌍히 생각함이라

– 김수영 –

2014년 4월 나는 어정쩡했다. 세월호 참사가 일어났고, 실로 오랜만에 직장인이 된 나는 사무실 컴퓨터로 그 뉴스를 보았다. 업무 짬짬이 삼백여 명이 산 채로 바다에 잠기는 속보를 확인하면서 은밀히 가슴 졸여야 했다. 무슨 캔디처럼 '괴로워도 슬퍼도' 울지 않고 정시에 출근하고 업무를 수행했다. 슬플 때 슬픔에만 집중할 수 없었다. 웬만해선 노동은 멈추지 않는다. 평소 직장 생활을 하는 친구들이 '영혼 없이 일해야 한다'고 했던 말이 실감으로 와닿았다. 어쩔 수 없는 건 어쩔 수 없었다. 눌러두고 눌러두었다. 그 무렵 개봉한 영화 〈한공주〉를 보러 간 나는 어두컴컴한 극장에서야 막아두었던 눈물을 몰아서 방류했다. 영화는 밀양 여중생 집단 성폭행 사건 실화를 바탕으로 한 작품이다. 타락한 어른들의 세계에 등 떠밀려 익사하는 어린 영혼의 참사를 다뤘다. 세월호 예고편처럼, 아니 후속편처럼 아프게 다가왔다.

해가 뜨면 멀쩡하게 일했다. 그러길 두어 달. 이게 뭔가 싶었다. 조직에 매인 동안 이렇게 느낌을 봉인한다면, 분노의 감각을 소거한다면 훗날 나는 어떻게 되는 걸까……. 세월호가 바다에 가라앉는 속도로 내 느낌의 침몰을 자각하는 와중에 무슨 계시처럼 김수영이 떠올랐다. '제정신으로 사는 사람은 없는가' 자문자답했던 시인.

시가 그리웠다. 세상이 이래도 되는 건지, 이렇게 살아도 되는 건지 시인에게 묻고 싶었다. 나에게 시인은, 인간의 위엄을 지키는 보증인이다. 회사를 다니기 시작하면서 엄두를 내지 못했던 글쓰기 수업을 재개했다. 나름은 용기를 냈다. 노동력의 재생산을 위해 아껴두었던 주말을 쓰기로 했다. 아니다. 주말이라도 제정신으로 살고 싶었다. 글쓰기 수업의 교재는 김수영 전집 시편과 산문편 두 권. 시간은 일요일 오후 2시. 수업 첫날, 역시나 다양한 삶의 이력을 가진 이십여 명의 학인이 모였다. 평일에 하는 수업보다 주말이라 그런지 직장인 비중이 높았다. 나는 학인들과 동병상련의 심정으로 수업에 임했다. 전집이긴 하지만 한 권의 시집으로만 수업을 하기는 처음인데 무작정 시를 많이 읽기로 학습 목표를 정했다.

한 사람씩 돌아가면서 골라온 시를 낭독했다. 더듬더듬 느낌을 말했다.

"시가 다 이해되지 않지만 '나는 이제 바로 보마' 이 말이 좋아요."

"그림자가 없다는 말이 무슨 뜻이에요?" "적은 일상 어디에나 있다는 뜻 아닐까요. 실체가 없으면 그림자도 없잖아요." "여기서 왜 '풍자'라고 그랬을까요." "'속죄'는 김수영이 쓰는 말 같지가 않아요."

온갖 말들이 계통 없이 오가고 간간이 침묵이 흘렀다. 김수영은 한국전쟁 때 포로수용소에 끌려갔다가 탈출하는 등 초년 고생이 심했다. 초기 시에 '설움'이란 단어가 많이 나온다. 설움의 사전적 뜻은 서럽게 느끼는 마음이다. 자기 항변과 자기 연민이 뒤엉킨 복합 감정. 학인들은 시구가 난해하여 아리송할 때마다 김수영이 서러웠던 게 아니겠느냐며 '설움'을 들먹였다. "모르는 시구를 설움으로 퉁치지 맙시다." 누군가의 한마디에 다 같이 깔깔 웃었다.

김수영 시는 고약한 구석이 있다. 시어는 생활어이지만 의미를 흔들고 뒤집는다. 시의 난해함은 삶의 난폭함에서 유래한다. 삶이 종잡을 수 없다면 삶을 받아낸 시도 그럴 수밖에. 한 학인은 시가 도저히 안 읽혀 집 근처 도서관에서 김수영 관련 도서를 일곱 권이나 빌렸다고 했다. 이미 유명한 철학자가 진행한 김수영 시 강연을 듣고 온 이들도 몇 명 있었다. 그럴 땐 난감했다. 우리가 붙들어야 할 것은 '안 읽히는' 김수영의 시-삶이지, 김수영의 시-삶을 이론의 형틀로 찍어낸 '잘 읽히는' 지식인의 해석이 아니다. 소박하고 거칠더라도 자기 느낌과 생각으로 시를 읽어내고 해설하느라 낑낑대는 것이 공부다. 독서의 참맛이다. (학자의) 권위에 복종하지 말고 (나만의) 느낌에 집중하기. 시의 본령은 지식의 확장이 아니라 삶의 결을 무한히 펼치는 데 있다. 시가 아무리 어려워도 처음 읽을 때는 참고도서를 들춰보지 말자고 당부했다.

디자이너로 일하는 이십 대 학인은 출퇴근 시간에 버스에서 시를 읽고 이해가 안 되면 소리 내서 읽는다고 했다. "처음에 읽었는데 무슨 말인지 하나도 모르겠는 거예요. 그래서 또 읽었죠. 또 읽고 계속 들여다봤어요. 그런데 이런 뜻 같아요." 그렇게 하면 된다고, 여러 번 읽으면 가슴에서 올라오는 게 있다고 나는 추임새를 넣어가며 동조했다. 우리에게 필요한 건 느낌의 시행착오다. 그 오락가락과 아리송함을 통과하면서 느낌은 단련된다.

어쨌거나 느낌을 말하기는 꽤나 어색하다. 느끼지 않고 사는 사람은 없지만 느낌을 말하고 나누는 기회는 드물다. 우리는 김수영이라는 시인 덕분에, 한 존재의 좌절과 모멸과 사유와 열정의 몸부림이 남긴 흔적인 시를 통해, 느낌의 풍요를 누릴 수 있었다. "나는 내 사색의 개화를 참관하고 있습니다"라고 노래한 시인 랭보처럼 저마다 느낌의 발화를 참관하고 서로의 사유의 개화를 목도했다.

첫날 자기소개 시간에 "내가 말을 하고서도 내 말 같지가 않아서 시를 읽으러 왔다"던 한 학인은 이런 후기를 남겼다.

"일요일 오후 6시, 다음날 출근해서 해야 할 일들로 늘 꽉 차 있던 머릿속이 자기모순, 자유, 사랑, 모욕, 뼈, 오만, 시간, 경계, 익어가는 설움, 향로, 풍자, 피곤함, 휴식, 헬리콥터, 유리창, 포로, 시대의 희생자, 거리, 모자…… 들로 채워졌다."

직장을 다니며 중학생 딸을 키우는 학인은 "낮엔 산업전선에서 밥벌이를 하고 출퇴근 버스에서는 김수영의 글 한 줄이라도 읽고 퇴근해서는 집안일 후다닥 마치고 다시 책을 읽거나 과제물 조금씩 정리해 본다"며 삶의 풍요가 별게 아니더라고 고백했다.

내 마음도 꼭 그와 같았다. 평소에 쓰지 않던 언어를 사용하면 색다른 느낌이 사르르 피어난다. 그런 경험이 쌓이면 천석꾼 부럽지 않게 든든하다. 어쩌면 우리는 안다는 것보다 느낀다는 것에 굶주린 존재인지 모른다.

글쓰기 수업이 끝났지만 악몽 같았던 그 봄날과 달라진 건 없다. 남쪽바다에는 아직도 실종자가 잠들어 있고 진실은 미궁이다. 직장에 매인 몸은 여전히 어정쩡하지만 두렵지는 않다. 하지만 김수영 덕분에 지극히 시시한 것의 발견이 우리를 즐겁게 하는 여름밤을 살 수 있었다.

호기심, 나로부터 벗어나는 일

사람은 무엇을 알고 무엇을 모르는지 자신은 모릅니다.
알고 있었다고 믿었는데 모르고 있는 것은 얼마든지 있어요.
그런데 모르고 있다고 믿었는데 실은 알고 있는 것도 있거든요.
이 영역이 제가 글을 쓰는 장소라고 생각해요.

– 후루이 요시키치 –

좋은 책을 소개시켜 달라는 부탁을 가끔 받는다. 평소 대화가 많고 취향을 아는 사이라면 선뜻 권해줄 수 있지만 그렇지 않으면 난처하다. 책은 기호품이거나 의약품이다. 배경 지식, 관심 분야, 자기 욕망, 독서 습관 등에 따라 또 현재 당면 과제와 자기 아픔에 따라 읽히는 책도 필요한 책도 다르다. 나의 좋음이 남의 좋음과 꼭 일치하지 않는다는 게 핵심.

나는 서점에 산책을 나가보라고 권한다. 서가와 서가를 어슬렁거리면서 내 몸이 어떤 책에 반응을 보이는지 살펴보기. 이는 번화가를 지날 때 몸에 당분이 부족하면 생크림 듬뿍 딸기 케이크에, 목이 마르면 시원한 아이스 아메리카노에 눈이 가는 것과 마찬가지다. 우리 몸은 필요한 것을 감각적으로 끌어당긴다. 우체부는 편지를 배달하려는 집의 우편함을 멀리서도 알아차릴 수 있다는 말도 있지 않은가.

우체부가 우편함을 알아차리듯이, 내가 시를 만난 계기가 그랬다. 1980~90년대는 주변에 시가 흔해 즐기기 쉬웠다. 당시 국민 시였던 서정윤의 「홀로서기」를 문학소녀들은 거뜬히 달달 외웠다. 인터넷 문화가 흥하면서 시의 열풍이 가라앉았는데, 마치 우후죽순처럼 생겨났던 찜닭 집 간판이 교체되듯 시가 생활권에서 사라졌다. 더 이상 사람들은 시를 읽지 않았다. 나는 남몰래 시를 꼭 쥐고 있었다. 시를 읽을 때 영혼이 한들한들 피어나던 좋은 기억 때문이다. 서점에 갈 때마다 시집 서가에 갔다. 빽빽하게 꽂혀 있는 시집들. 그 좁다란 책의 등에는 가장 곱고 정갈한 언어가 새겨져 있었다. 눈물이라는 뼈, 악의 꽃, 게 눈 속의 연꽃…… 같은 시집의 제목들. 유혹하는 말들. 코를 킁킁거리며 냄새를 맡고 손이 가는 시집을 들춰봤다. 내키면 샀다. 막상 집에 와서 찬찬히 살펴보면 솜사탕처럼 볼품없이 쪼그라드는 시집도 있었고 별 기대 없었는데 통째로 필사하고 싶은 시집을 만나기도 했다.

"낭독을 하겠습니다. 나는 이 책의 저자를 알지 못하지만, 킁킁 짐승의 냄새를 맡듯이 책의 숨소리, 문체의 숨결을 느낄 때./내가 이 책을 쓰고 있다고 생각해요."

김행숙의 시 「이 책」에 나오는 구절대로다. 나만의 리스트가 쌓이면 주변 사람들이 책을 자발적으로 소개한다. 가방에 항상 시집이 있는 걸 보고 이 시집도 한 번 읽어보라 권하기도 하고, 생일 선물로 시집을 선물하기도 한다. 요즘처럼 인터넷 서점이 있어 책을 검색하면 관련 서적이 자동으로 뜨는 시스템이 없던 시절, 아날로그식 귀엣말의 도움을 받은 것이다. 오랜 시간 다양한 통로로 시를 접하면서 좋음과 덜 좋음, 그저 그러함이라는 느슨한 분류 기준이 생겼다. 나만의 꿋꿋한 취향이 만들어진 것이다.

고백하자면 내게도 도통 읽히지 않는 시도 있었다. 통칭 미래파라고 칭하는 2000년대 이후 젊은 시인들의 시적 경향을 보이는 시들이다. 시점의 혼동, 시제의 이탈, '덕후적' 문화코드로 이루어진 시 세계는 카오스 그 자체였다. 물구나무를 서서 읽어야 할 것 같았다. 내가 말귀를 못 알아듣는 사람처럼 시구를 못 알아듣는 게 속상하고 답답했다. 감각이 딱딱하게 굳어버린 꼰대 같은 어른이 되어버린 기분이 들었다. 미묘한 충동이 일었다. '그래 봤자, 시 아닌가.' 호기심이 일었다. 미래파 시도 궁금했지만 무엇보다 내가 궁금했다. 어떤 반응을 보일지. 그래서 시 세미나에서 동료들과 함께 미래파 시집 열두 권을 한 계절 동안 꾸준히 읽었다. 젊고 발랄한 감각의 친구들, 섬세한 촉수를 가진 예술하는 친구들의 도움닫기로 미래파 시에 가닿을 수 있었다. 취향을 만드는 일은 탈취향을 향하는 과정이기도 했다.

푸코가 『성의 역사 2』 서문에서 말한 호기심이 이것이구나 싶었다. "알아야만 하는 것을 제 것으로 만들고자 하는 호기심이 아니라 자기 자신으로부터 벗어날 수 있게 해주는 호기심" 말이다. 푸코는 이어

"앎에 대한 열정이 지식의 획득만 보장할 뿐 어떤 식으로든, 그리고 되도록이면 아는 자의 일탈을 확실히 해주지 않는다면 무슨 소용이 있겠는가?" 물었다.

독서 (탈)취향. 참 매력적이면서도 위험하고도 수고스러운 말이다. 무려 일 년간 장기 베스트셀러에 오르는 책들이 있고 특정 영화가 천만 관객을 돌파하는 사회 분위기에서 자기 선택을 만들어가기도, 지켜가기도 쉽지 않다. 눈만 돌리면 들어오는 광고가 정보를 제공해주는 단순한 중개자가 아니라 우리 시대의 이데올로기가 되었다는 건 누구나 안다. 그래도 먹고사는 건 바쁘고 문화생활은 해야겠으니 가까운 데에, 익숙한 것에 손이 간다. 영화는 흥행 영화로 책은 베스트셀러로. 『어린 왕자』에 나오는 여우가 일찍이 일침을 가했다.

"사람들은 이제 시간이 없어서 아무것도 알지 못하게 되었어. 상점에 가서 다 만들어진 물건들을 사는 거야. 하지만 친구를 파는 상점은 없으니까 사람들은 이제 친구가 없어."

대다수 사람들이 보는 책, 인구의 사분의 일이 선택하는 영화라는 게 얼마나 자기모순적인가. 대량생산 대량소비는 경제의 법칙이다. 문화의 핵심은 보이지 않는 것의 발견, 감정의 세분화, 다름의 향유다. 모든 감정의 평준화를 양산하는 건 결코 좋은 문화가 아니다.

양띠 해를 맞아 여기저기서 캠페인이 많던데, 서점에서 길을 잃은 양이 되어보자는 캠페인을 상상했다. 양이 풀을 뜯듯이 한가롭게 책을 뜯어먹고 고르고 후회하고 그 책을 징검다리로 또 더 좋은 책을 만나고……. 그 과정은 시간 낭비가 아니라 자기 취향이 무르익는 시간이고 자기 서사가 만들어지는 고귀한 체험이다. 고유한 취향을 가진 사람들이 많을 때 사회적 서정이 높아지고, 타자를 이해하는 감수성이 길러지지 않을까. 그러면 온갖 끔찍하고 야만적인 갑질 사건이 잦아드는 사회가 되지 않을까.

합평, 역지사지의 신체 변용

산다는 것은 타인의 견해를 가지고 코바늘뜨기를 하는 것이다.

– 페르난두 페소아 –

글쓰기 비법으로 흔히 삼다(三多) 원칙을 말한다. 다독, 다작, 다상량(多商量). 많이 읽고, 많이 쓰고, 많이 생각하라. 이 세 가지 과정의 앙상블이 '합평'이다. 책 보고 글 써서 토론하기. 합평은 글쓰기 수업을 하루로 치면 오후 2시의 태양에 해당한다. 가장 뜨거운 시간이다. 매주 두세 명의 학인이 자기 글을 소리 내어 읽는다. '읽는 주체'가 되어 자기 글을 말하고 동시에 듣는다. 자기 객관화의 시간이다. 학인들은 읽으면서 자기가 쓴 글이 어디에서 잘못되었는지, 어디가 과하고 무엇이 덜한지 동료들이 지적해주기 전에 본인이 먼저 알아차린다. 발표자가 아닌 나머지 학인들 역시 새로운 임무가 주어진다. 동료의 글을 듣고 나서 소감을 이야기할 것. 단순히 글이 '좋다', '나쁘다'에서 나아가 어떤 부분이 어째서 그런지 의견을 구체적으로 표현해야 한다. 이 역시 쉽지 않다. 타인의 글-삶에 개입하는 것은 필연적으로 윤리적인 문제를 동반한다. 그리고 윤리란 좋음과 나쁨에 대한 판단이다.

합평을 하다보면 매번 동료애가 샘솟아 어떤 글에도 적극 공감하는 훈훈한 상황만 발생하는 게 아니다. 저마다 살아온 배경과 자원과 성향과 기질이 다른 사람들이 모인 자리다. 한 사람에게 절실한 문제가 다른 이에게는 배부른 투정으로 보일 수 있다. 한껏 공들인 문장이 누구에게는 유치한 감성놀음으로 여겨질 수 있다. 이럴 때 솔직히 말해도 문제, 말 안 해도 문제다. 우리가 서로 격려하고 부추기며 덕담이나 나누자고 모인 건 아니므로. 그러면 남는 게 없으므로. 자기 이야기를 솔직히 쓰는 것만큼이나 남의 글을 잘 읽고 솔직히 표현하는 것도 공부다. 강좌 초반에는 글쓰기가 서툴 듯 말하고 표현하기도 초보자다. 이럴 때 나는 "봉합된 우정보다 드러난 적대가 낫다"는 까칠한 니체의 말을 빌려 우정의 비평을 권한다. 학인들도 영혼 없는 위로의 말 잔치보다 진실 말하기(parrhesia)가 글쓰기에 더 도움이 된다는 것을 인식한다. 파국과 혼돈을 초래할 위험을 무릅쓴 진실 말하기. 당장은 불쾌하고 불편해도 적절한 자극이 없으면 자기 글을 냉철하게 볼 수 없다.

합평을 통해 우리는 배운다. 읽는 사람은 불쾌함 없이 자신을 부끄러워할 수 있는 능력을 키우고, 듣는 사람은 타인을 배려하고 존중하며 말하는 기술을 익힌다. 합평은 그렇게 서로의 삶에 개입하고 서로의 말을 참조하는 공론의 장으로 기능했다.

예를 들면 이렇다. 아우슈비츠 생존자인 프리모 레비의 『이것이 인간인가』를 읽고 한 학인이 써온 글이다.

"아우슈비츠를 세운 건 괴물이 아니라 학문과 예술을 사랑한 보통의 독일인이었다. 그러므로 아우슈비츠는 언제 어디서나 생겨날 수 있다. 때로 우리 집도 아우슈비츠가 된다. 왜 그래야 하느냐고 따지는 아이에게 '엄마 방식을 따르지 않으려면 딴 데 가서 살아'라고 말하는 나. '이곳에 이유 같은 건 없어'라고 말하는 수용소 감독자의 말과 똑같지 않은가."

고등학생 딸아이를 둔 오십 대 학인의 글이다. 이 글을 계기로 물꼬가 터졌다. 자녀가 느끼는 부모의 억압 사례, 부모가 느끼는 고된 육아의 실상, 주부로 살아가는 설움 등 이야기가 일파만파로 번진다. 여성은 가부장제 사회에서 타자로 살아왔다. 여성의 경험은 사적 경험으로 할당된다. 자기 삶의 궤적이 보편 경험이 되지 못하는 소수자들은 늘 언제 어디서나 할 말이 많은 법. 그런데 수업 시간에 오가는 이런 '시시콜콜'한 말들은 수다일까 토론일까? 영양가 있는 말과 없는 말의 분할선은 누가 긋고 정하는 걸까? 한 번은 물리학을 전공하는 스물세 살 남학생 학인에게 넌지시 물었다. 이런 일상적인 대화가 지루하지 않은지, 시간이 아깝다는 생각을 하는지. 그가 대답했다.

"우리 엄마도 저런 기분이겠구나, 할머니 때문에 그래서 힘들었겠구나, 사는 게 갑갑했겠구나, 이해하게 됐어요."

나는 이것을 역지사지(易地思之)의 신체 변용이라고 생각한다. 타인의 삶의 자리에 자기 몸을 들여놓아보는 상상적 행위가 이루어지는 것 말이다. 나이가 들수록 작은 관점 하나 바꾸기도 얼마나 어려운가. 관성적 사고와 법칙에서 벗어나 자기 갱신을 촉구하는 어떤 강력한 긴장이 합평 시간에 자연스레 조성된다. 세상에 알려진 유명 작가의 책을 읽고 토론하는 것만큼이나 학인들이 쓴 글, 서툰 글을 읽고 서로에게 최초의 독자가 되어 이야기를 나누는 이 시간도 값진 독서 체험이다.

PART 3

사유 연마하기

자명한 것에 물음 던지기

오 나의 육체여,
나로 하여금 항상 물음을 던지는 인간이 되게 하소서

– 프란츠 파농 –

"우리는 늘 어떤 시대, 어떤 지역, 어떤 사회 집단에 속해 있으며 그 조건이 우리의 견해나 느끼고 생각하는 방식을 기본적으로 결정한다. 따라서 우리는 생각만큼 자유롭거나 주체적으로 살고 있는 것이 아니다. 오히려 대부분의 경우 자기가 속한 사회 집단이 수용한 것만을 선택적으로 '보거나, 느끼거나, 생각하기' 마련이다. 그리고 그 집단이 무의식적으로 배제하고 있는 것은 애초부터 우리의 시야에 들어올 일이 없고, 우리의 감수성과 부딪치거나 우리가 하는 사색의 주체가 될 일도 없다."

일본의 철학자 우치다 다쓰루가 '구조주의'를 설명하면서 한 말이다. 우리는 스스로 판단하고 행동하는 자율적인 주체라고 믿고 있지만 사실 그 자유나 자율성은 상당히 제한적이라는 이야기다.

사람은 자신이 경험하지 않은 것에 대해서는 지배 이데올로기나 대중매체에서 떠드는 것 이상을 알기 어렵다. 제도 교육이나 미디어를 통해 축적된 정보는 세계관과 가치관을 만드는 토대가 된다. 슬프게도 한 인간의 우주가 미디어를 통해 완성된다. 그래서 우리가 도덕, 상식, 통념이라 부르는 가치 체계는 워낙 당대의 것일 수밖에 없다. 그러니 글을 쓸 때는 사람들이 이미 알고 있는 그것에 정당성을 부여하는 대신 어떻게 어느 만큼까지 다르게 생각하는 것이 가능할지 알려고 해야 한다. 언론매체에서 떠드는 상식에 도전적인 질문을 던지는 자, TV에서 커트된 무수한 삶을 '감히 알려고 하'는 자가 작가다.

예를 들면 가난은 불행하다는 믿음, 가난은 도와야 한다는 믿음이 오늘날 우리 도덕의 큰 줄기를 형성하고 있다. 그런데 그들을 돕는다고 밥 굶는 사람이 줄어들까. 그 어느 때보다도 기업의 사회공헌이 확산되고 빈민구호단체가 번성하지만 역으로 우리나라 절대 빈곤층과 지구촌 빈민층은 고착, 확대되고 있다. 이 현상은 어떻게 설명할까. 세상에 불쌍한 사람은 늘어만 가는데 그런 것들에 점점 무감각하고 무기력해져가는 현실에 한숨만 쉬던 내게 "동정은 이 세상의 고통을 증대시킨다"는 니체의 발언이 천둥처럼 다가왔다.

"동정은 쾌락을 포함하고 우월함을 적게나마 맛보게 하는 감정으로서, 자살의 해독제가 된다. 그것은 우리 자신을 잊게 해주고 우리의 마음을 충만하게 해주며 공포와 무감각을 쫓아버리고 말을 하게 하고 탄식하게 하며 행위를 하도록 자극한다. 동정에는 무언가 고양하고 우월감을 주는 점이 있다."

니체의 말대로라면, 동정의 수혜자는 불쌍한 사람이 아니라 동정하는 자 자신이다. 나는 사보 일을 할 때 미담 취재를 주로 다녔다. 윤리경영이라는 트렌드에 따라 사보에는 미담 기사가 꼭 들어갔다. 봉사하는 직원이나 일반 시민들을 만날 기회가 많았다. 그때 만난 사람들은 말한다. 봉사는 마약이라고. 처음엔 의무적으로 했지만 이젠 봉사하는 낙에 산다고 마치 사랑에 빠진 사람처럼 말한다. 저마다 봉사에 임하는 자세는 다르겠지만 동정이 우월감을 준다는 사실은 부정할 수 없다. 실제로 어떤 분은 "봉사를 하고 오면 그래도 나는 행복하다는 생각이 든다"며 "크고 작은 불평불만이 싹 없어진다"고 고백하기도 했다. 이를테면 장애아 시설에 다녀오면 우리 아이는 공부는 좀 못해도 사지가 멀쩡해서 다행이라며 위안받는 식이다. 이것을 니체는 "동정적인 행위에 세련된 자기방어가 존재한다"고 말한다.

"우리가 보다 강력한 사람, 돕는 사람으로 나타날 수 있을 때, 박수갈채를 받을 거라고 확신할 수 있을 때, 불행에 빠진 사람들과는 반대로 우리가 얼마나 행복한지를 느끼기를 원할 때, 혹은 불행에 빠진 사람들의 모습을 보면서 권태에서 벗어나기를 바랄 때, 우리는 이러한 모습을 보는 것을 피하지 않기로 결심한다."

니체는 오늘날처럼 "동정적인 사람들을 선한 사람이라고 부르는 것"

은 어떤 시대를 지배하는 도덕적 유행일 뿐이라고 말한다. 반대의 유행이 한때 그리고 오랫동안 지배했던 것처럼. 니체의 말이, 놀랍고 아팠다. 불편하고 한편 시원했다. 정희진의 말대로 "여성주의뿐만 아니라 기존의 지배 규범, '상식'에 도전하는 모든 새로운 언어는 우리를 행복하게 하지 않는다. 하지만 우리 삶을 의미있게 만들고, 지지해준다." 그래서 니체는 "추락할 것이 두려워 경직된 듯 서 있을 게 아니라 도덕을 넘어 떠다니며 유희할 수 있어야 한다"고 말했다.

좋은 글은 질문한다. 선량한 시민, 좋은 엄마, 착한 학생이 되라고 말하기 전에 그 정의를 묻는다. 좋은 엄마는 누가 결정하는가, 누구의 입장에서 좋음인가, 가족의 화평인가, 한 여성의 행복인가. 때로 도덕은 가족, 학교 등 현실의 제도를 보호하는 값싼 장치에 불과하다. 일상의 평균치만을 관성적으로 고집하며 살아가는 순치된 개인을 길러낸다. 하지만 평균적인 삶도 정해진 도덕률도 없다. 천 개의 삶이 있다면 도덕도 천 개여야 한다. 자기의 좋음을 각자 질문하면서 스스로 자신을 정의할 수 있는 힘을 갖는 게 중요하다. 작가는 그것을 촉발해야 한다. 삶에 존재하는 무수한 "차이를 보편으로 환원하는 것이 아니라, 차이로부터 기존의 보편을 끊임없이 해체하고 재구성"하는 글이 생명력을 갖는다. 내가 쓴 글이 숨 막히는 세상에 청량한 바람 한 줄기 위안이 되는 것도 좋지만, 사막을 옥토로 만들 물음의 씨앗을 품고 있다면 더 좋을 것이다. '질문하는 글'은 '생성하는 삶'으로 이어진다.

왜라고 묻는 글, 자신을 다양한 존재로 개방하도록 등 떠미는 글, 도덕 위에서 춤추도록 깨달음의 오르가슴을 선사하는 글. 모든 글(책)의 최종 목적은 '감동'이다. 그리고 진정한 감동은 신체가 바뀌어 이전으로 돌아갈 수 없음이다.

자기 입장 드러내기

첫 번째 판단을 버려라.
그것은 시대가 네 몸을 통해 판단한 것이다.

– 니체 –

글쓰기 수업을 준비할 때다. 삶의 최전선에서 쓰는 글의 모범 답안을 전태일에 두었다. 그러고는 '요즘도 누가 이런 책을 읽을까' 싶어 인터넷 서점에서 『전태일 평전』을 검색해보았다. 세일즈 포인트가 생각보다 높았다. 무슨 단체의 필독서로 선정되어 꽤 많이 꾸준히 읽히고 있었다. 의외였다. 노동 이슈가 불거질 때면 드러나는 반(反)노동정서와 대조적인 상황이었다. 이주노동자에게는 "너네 때문에 우리나라 사람들의 일자리 없으니 너네 나라로 돌아가라"고 말하거나 대기업 노동자의 투쟁에 대해 "돈 많이 버는 귀족 노조가 더 받으려고 한다" 등의 증오 섞이고 배타적인 논리들, 그도 아니면 노동 문제에 대해 극도로 무관심한 태도들은 어찌된 일일까 싶었다.

더 알고 싶었다. 독자들은 이 책을 어떤 지점에서 어떻게 감동받아 읽었는지 서평을 찾아보았다. 수십 페이지에 달했다. 그런데 서평의 내용이나 구절이 대동소이했다. 전태일은 노동운동의 출발점이고, 열악한 노동운동 환경을 알렸고, 가난을 딛고 공부하고 약자 편에 선 훌륭한 사람이라는 것이다. 끝까지 인내심으로 읽으면서 그래도 조금 '다르게' 자기 경험과 관점에서 쓴 글을 몇 편 만났다. 전태일에 대한 판에 박힌 표현의 글과 자기 관점이 있는 글을 다섯 편 골랐다. 어떤 글이 제일 나은지 가늠해보라고 수업 시간에 읽어준다.

A는 전태일은 1948년 8월 26일 대구에서 태어났고 1970년 11월 13일에 노동계의 권익을 위해 분신자살했다는 백과사전류의 글이다. '우리나라 노동계의 아버지'라는 표현, 전태일 덕분에 우리가 지금 이나마 나아진 환경에서 산다는 식의 착한 글이다.

B는 대학생의 필독서라서 의무감으로 읽었다는 고백으로 시작한다. 전태일을 모르는 사람은 없지만 젊은 나이에 분신자살을 했다는 것 외엔 우리가 그에 대해 아는 게 없다고. 책을 읽었지만 마음의 부대낌만 남고 역시나 더 알게 된 건 없다며 이렇게 말한다. "나는 그를 외로웠던 사람으로 기억한다"고. 분신자살이라는 극단적인 선택이 살인적인 노동시간을 못 견뎌서 혹은 동료들이 불쌍해서가 아니라, 그런 현실을 아무도 들어주지 않는 것을 견딜 수 없어서가 아닐까라고 말한다.

C는 노동법에 관심이 있는 법학도로서 전태일을 알아야 할 것 같아

서 읽었다고 한다. 그런데 읽고 나니 파장이 크다고, 그의 어린 시절을 읽고 나니 지금의 나로서 못 할 것이 없어졌다며 비장하게 말한다. 삶의 진정한 의미에 대해서 되새겨 보는 계기가 되었다고.

D는 노동운동사에서 전태일이 차지하는 비중을 다뤘다. 가난하고 평범한 노동자가 근로기준법을 세상에 알리는 엄청난 일을 했다는 게 놀랍고 자랑스럽다고 썼다.

E는 친구의 경험에서 시작한다. 고등학교 때 교사가 "너희 공부 열심히 안 하면 공사장 인부가 되거나 그런 인부의 아내가 될 거다"라고 했는데 친구의 아버지가 인부였단다. 성실하고 책임감 강한 가장을 이 사회의 낙오자로 취급하는 것에 분노했다고. 『전태일 평전』을 읽으며 그 사건이 떠올랐다는 것이다. 약자에 대한 무시가 팽배한 세상. 그러면서 전태일과 평전을 기술한 조영래 변호사의 사랑과 투쟁과 지혜에 깊은 감동을 느낀다고 마무리했다.

학인들은 거의 B 아니면 E를 좋은 글로 고른다. 나도 그 두 편이 인상 깊었다. 적어도 '어떤 인격'과 '어떤 상황' 그리고 '어떤 느낌'이 보이는 글이다. 전태일을 자기 삶의 문제와 연결지어 보고 자기 목소리를 내었다는 점이 돋보였다. B를 고른 학인들은 전태일을 외로운 사람이라고 정의내린 점을 높이 샀다. 나도 그랬다. 어떤 존재를 '외로운 사람'으로 볼 수 있다면 마음이 따뜻한 사람일 것 같았다. 전태일은 실제로도 열악한 노동환경을 알리고 개선을 촉구하는 자기 싸움을 돕고 지지할 동지를 원했다. 그래도 평화시장에서 분신자살한 투사 이미지로 고정된 전태일에게서 외로움이란 단어를 추출해내기가 쉽지 않았을 텐데 B는 어떻게 외로움을 보았을까. 수업 시간에 학인들에게 물어보면 한두 명은 답한다. "자기가 외로워서요."

남의 속내를 알 수 없지만 아마도 그렇지 않을까 추측한다. 누구나 자기 렌즈로 세상을 본다. 눈물이라는 렌즈로 보아야 타인의 눈물이 보인다. 내가 외로워야 남의 외로움도 눈에 든다. 언젠가 나는 길 가다 손등으로 눈물을 훔치며 전화 통화를 한 적이 있다. 남들이 나를 보는 것 같아 창피했지만 눈물이 멈추지 않았고 전화를 끊을 수도 없었다. 그 뒤로 길가에서 눈물지으며 통화하는 사람들이 가끔 보인다. 기형도의 시구대로 "기억할 만한 지나침"인 것이다.

살면서 이런저런 지나침을 통과하다 보면 정서의 결이 생겨나고 그 결에서 글이 빚어진다. 어떤 글을 읽어보았을 때 필자가 무슨 일을 경험했고 무슨 생각을 하고 사는지 알 수 있어야 좋은 글이라고 나는 생각한다. 딱딱한 말로 하자면 일종의 '당파성'인데 어느 '편'에 서는 입장, 곧 자기가 서 있는 자리가 분명히 드러난다는 뜻이다. 당파성은 지지 정당이나 이념의 문제라기보다 내가 무엇에 분노하고 무엇에 동조하는지에 가깝다.

'전태일은 노동계의 아버지'라는 빤한 말을 늘어놓는 것처럼 지루한 글은 없다. 그보다는 괄시받는 노동자 아버지를 둔 자식의 글이 훨씬 마음을 움직인다. 글쓰기는 이미 정해진 상식, 이미 드러난 세계의 받아쓰기가 아니라 자기의 입장에서 구성한 상식, 내가 본 것에 대한 기록이다. 그래야 세상에서 하나밖에 없는 글, 그 사람만 쓸 수 있는 고유한 글이 나온다. 논술 담당 교사에게서도 비슷한 이야기를 들었다.

큰아이 고3 여름방학 때의 일이다. 입시설명회를 단 한 번도 안 가보고 고3 엄마를 졸업할 셈이냐는 지인의 질책을 받고, 또 나도 입시제도를 너무 몰라 까막눈이 된 것처럼 답답해서, 또 마침 우리 동네 구민회관에서 열린다고 하여 지인을 따라 간 적이 있다. 계단까지 엄마아빠들이 꽉 찬 광경에 첫 번째로 충격을 받았고 수십 가지 유형의 입시제도의 복잡성에 두 번째로 충격을 받았다. 직업적 입시 전담 요원으로서의 엄마를 두어야 관문을 통과할 수 있는 입시제도였다. 아무튼 국내에서 서울대 진학률이 가장 높다는 고등학교 진학 담당 교사가 나와서 입시 사정관 제도 대비법을 설명했다. 자기소개서에 가장 감명 깊게 읽은 책에 대한 독후감을 쓰는 지면도 있는 모양이다. 그 교사는 서울대 들어간 제자가 김훈의 『칼의 노래』를 읽고 쓴 글을 사례로 들었다. 인간 운명의 수동성이란 주제를 자기 처지, 곧 이혼한 부모의 손에서 자라야 했던 개인의 실존적 고민과 엮어서 썼다고 했다. 그러면서 강조했다. "네이버 지식인에서 베껴 쓰는 독후감은 아무 소용없습니다. 세상에서 나만 쓸 수 있는 글을 써야 합니다."

한참 자라는 아이들에게 자소서(자기소개서)가 아닌 자소설을 쓰게 하고, 자기 상품화의 격전장에 내보내기 위해 동원된 논리라는 것이 못마땅하긴 했지만, 자기만의 글을 쓰라는 원칙은 새겨들을 만했다.

얼마나 다르게 생각할 수 있는가

사유의 가치는 사유가 친숙한 것의 연속성과
얼마만큼 거리를 두고 떨어져 있는가를 통해 가늠된다.

– 아도르노 –

"내가 많은 사진을 찍은 서커스단의 기형인들은 내게 있어서 최초의 테마들 중의 하나였고, 내게 엄청난 흥분을 가져다주었다. 나는 정말로 그들을 존경했으며, 그리고 지금도 그것은 변함이 없다. 그들은 마치 느닷없이 당신을 불러 세우고는 수수께끼를 풀라고 요구하는 신화 속의 인물과도 같다. 대부분의 사람들은 일생을 통하여 외상(外傷)의 경험에 대한 끊임없는 불안을 안고 살아간다. 그러나 기형인들은 외상과 함께 태어난다. 그들은 이미 삶의 시험을 통과한 사람들이다. 그들은 귀족이다."(디앤 아버스)

위의 인용문은 자기만의 생각, 자기만의 관점이 담긴 글이다. 기형인들을 천하게 여기는 일반적 통념에 반하는 다른 해석이다. 기형인을 정상성에서 결여된 자가 아닌 영감의 원천, 존경의 대상으로 본다.

디앤 아버스는 왜소증, 거인, 다모증 등 기형인들과 함께 살면서 그들을 정면으로 응시하는 사진을 찍은 작가로 유명하다. 디앤 아버스의 자전적 영화 〈퍼(fur)〉가 보여주듯 그들과 같이 부대끼고 그들의 삶에 감응하였기에 존경과 사랑을 바칠 수 있었을 것이다. 이처럼 예술가는 기성의 관념, 도덕, 규범을 끊임없이 의심하고 뒤집으며 기존의 가치 체계를 흔드는 사람이다. 디앤 아버스의 사진처럼 좋은 작품은 물음을 던진다. 자기 시대가 떠받드는 가치 체계에 커다란 물음표를 던져서 자기 삶을, 주변 사람을, 이 세계를 낯설게 바라볼 수 있는 계기를 제공한다. 철학자도 마찬가지. 철학이란 이미 알고 있는 것을 정당화하는 대신에 얼마나 다르게 생각하는 것이 가능한지 알려고 하는 것이라고 푸코는 말했다.

나는 좋은 글의 본령도 이와 같아야 한다고 생각한다. 경험은 다다익선이다. 하지만 세계 일주를 한다고 해서, 더 다양한 종족과 관계하고 더 낯선 이방인과 접속한다고 해서 인간에 대한 이해가 '저절로' 깊어지는 건 아니다. 무엇을 경험하느냐가 아니라 경험한 것을 통해 무엇을 느끼느냐이다. 글쓰기가 자기 경험의 줄거리를 구체적으로 친절하게 풀어내는 작업이라고 했지만 일상적 경험을 기록한다고 해서 전부 글이 되지는 않는다. 어떤 것은 글이 되고 어떤 것은 글이 되지 못한다. 애초에 글감이 될 만한 사건이 따로 있다는 게 아니다. 전태일처럼 가난과 저항의 불굴의 인생, 스콧 니어링처럼 자연친화적이고 금욕적인 삶, 체 게바라처럼 르네상스적 인물만 소재가 된다면 이 세상에는 위인전만 남을 것이다. 갑남을녀의 일상, 희로애락의 흐름, 너무 사소해서 아무도 주의를 기울이지 않는 것들은 좋은 글감이다. 하지만 고통 그 자체, 여행 그 자체, 불륜 그 자체는 글이 될 수 없다. 모든 풍경이 사진이 되지 않는 것과 마찬가지다. 어떤 각도에서 어떤 문제를 다루는가, 고유의 관점과 해석 능력이 중요하다. 그래서 작가는 뛰어난 관찰자여야 한다. 기자는 쓰레기통에서도 특종을 건져낸다는 말도 있다. 작가든 기자든 글 쓰는 사람에게는 평범한 대상에서 비범한 그 무엇을 찾아내는 안목, 모두가 당연하게 여기는 것을 비틀어 보고 뒤집어 생각하는 훈련이 요구된다.

에세이, 칼럼, 논문 등 모든 글에는 하나의 메시지, 하나의 질문이 담겨 있어야 한다. 문제의식이 없는 글은 요란한 빈수레와 다름없다. 메시지가 없는 미사여구의 나열은 공허하다. 지식은 넘치고 지혜가 빈곤한 글은 무료하다. 전문적 지식과 현란한 수사로 빼곡하지만 정작 다 읽고 나서도 필자의 생각을 알 수 없는 글이 일간지에서도 눈에 띈다. 이는 독백이다. 글이란 또 다른 생각(글)을 불러오는 대화와 소통 수단이어야 한다. 울림이 없는 글은 누군가에게 가닿지 못한다. 말하고자 하는 바를 알 수 있어야 좋은 글이다. 그러니 글쓰기 전에 스스로를 설득해야 한다. '이 글을 통해 나는 무엇을 말하고 싶은가.' 글을 쓰기 전에 스스로에게 중얼중얼 설명하면서 자기부터 설득하는 오붓한 시간을 갖자. 두툼한 책이든 한 페이지 글이든 한 줄로 정리하고 시작하는 것이 글에 대한 예의다. 내가 지금 하고 싶은 말을 요약하면 이것이다. '관습적 해석에 저항하는 글을 재미있게 쓰자.'

나만 쓸 수 있는 글을 쓰자

아무렇게나 끄적거리고 시를 토하며
'이것이 나다'라고 외칠 수 있는 어떤 영역, 한 점을 찾아 헤맵니다.
제가 그저 하찮은 것이 아니라는 것을 저 자신에게 증명하기 위해서…….

– 체사레 파베세 –

프리랜서로 글 쓰는 일을 시작하고 아마 세 번째 취재를 나갔을 때다. 나를 사보업계에 소개해준 선배가 취재 일정이 치과 예약과 겹쳤다며 대신 가달라고 부탁했다. 당시의 나는 휴대전화를 힐끔거리며 취재 의뢰가 오기를 학수고대할 때라 주저 없이 나섰다. 사보 취재는 거의 사진기자와 동행한다. 그날 나온 사진기자는 유명한 다큐멘터리 작가였다. 내가 누구의 후배이고 대타로 나왔으며 일을 시작한 지 얼마 안 됐다고 했더니 취재 장소로 이동하는 사이에 이런저런 이야기를 들려주었다. 아직도 귓전을 울리는 말이 있다.

"프리랜서의 세계는 냉정해요. 두 가지를 꼭 지키세요. 하나는 글에서 자기 색깔을 보여주고, 또 하나는 약속을 잘 지키세요. 약속은 편집자와의 약속, 사진기자와의 약속, 취재원과의 약속을 다 포함하죠."

그의 조언은 훗날 프리랜서로 일하는 동안 두고두고 영향을 끼쳤다. 약속은 사회생활의 기본 수칙이다. 특히 생활인의 감각이 몸에 밴 나로서는 약속 준수가 쉬웠다. 마감을 잘 지켰고 외려 원고를 하루이틀 먼저 보내는 편이었다. 그랬더니 선배가 너무 일찍 보내지는 말고 이틀 정도 묵혔다가 원고를 검토하면 또 고칠 게 있으니 한 번 더 퇴고를 하고 마감일에 보내라고 충고했다. 그 말이 백번 옳았다. 원고를 빨리 주는 것보다 좋은 원고를 주는 게 중요하니까. 취재를 갈 때도 가급적 먼저 근처에 도착해서 커피를 마시거나 책을 읽으며 시간을 보냈다.

자기 색깔을 보여주는 것은 창작자의 임무이다. 창작 분야 종사자 중 '대체 가능한 존재'는 살아남지 못한다. 내가 아니어도 남이 할 수 있으면 그건 누구나 할 수 있다는 뜻이다. 내가 쓰는 글은 나만 쓸 수 있어야 한다. 박완서의 글은 김훈이 흉내 낼 수 없다. 문학평론가 김현은 "나는 내가 쓰고 싶은 글을 썼을 뿐이며, 남들도 다 쓸 수 있는 것을 삼갔을 뿐이다"고 했다. 내가 글을 쓸 때 꼭 염두에 두는 말이고 학인들에게도 자주 당부하는 말이다. 이 세상에는 나보다 학식이 높은 사람, 문장력이 탁월한 사람, 감각이 섬세한 사람, 지구력이 강한 사람 등 '글을 잘 쓰는 사람'이 많고도 많다. 그런 생각을 하면 기운이 빠진다. 이미 훌륭한 글이 넘치므로 나는 글을 써야 할 이유가 없다. 그런데 내 삶과 같은 조건에 놓인 사람, 나와 똑같은 생각을 하는 사람,

나의 절실함을 대신할 수 있는 사람은 아무도 없다. 내가 쓸 수 있는 글은 나만 쓸 수 있다고 생각하면 또 기운이 난다. 글을 써야 하는 이유다.

나를 온전히 담아내는 글은 어떻게 쓸 수 있을까. 앞서 『전태일 평전』 서평에서 보았듯이 어떤 주제에 대해 글을 쓰라고 하면 모범답안처럼 특정한 해석이 쏟아진다. 대다수가 자신의 생각을 쓰기보다 무난한 모범답안을 제시한다. 어디선가 들어본 이야기를 되풀이하는 글이 "안전하다"고 여긴다. 그 불안함, 두려움의 근원이 무얼까. 모난 돌이 되고 싶지 않은 마음일 수 있다. 그러나 글쓰기는 둥그스름한 돌에서 모난 돌로 자신을 깎고 벼리는 일이다. 더 섬세하고 더 고유하게 감각을 다듬어야 한다. 하늘 아래 새로운 것은 없다. 단지 해묵은 것을 새롭게 보는 시각이 있을 뿐이다. 이 세상에 컵 자체는 없다. 노란 컵, 플라스틱 컵, 종이컵, 깨진 컵만 있을 뿐이다. 사실은 없다. 해석된 사실만이 존재한다. 내가 만약 어떤 괴로움에서 벗어날 수 있다면 괴롭히는 대상이 없어져서가 아니라 그것을 받아들이는 나의 태도가 달라졌기 때문이다. 그렇게 작가는 보편적 관점을 변화시키고, 알고 있는 것의 지평을 변화시키고, 약간 옆으로 비켜서 보는 사람이어야 한다. 어떤 경험을 했을 때 다른 시각으로 생각하고 내 진짜 느낌에 집중하려는 노력이 글을 참신하게 한다. 어떤 글이 읽힌다면, 독자의 눈길을 붙들었다면 그것은 진부하지 않다는 뜻이다.

또 흔히 나는 글재주가 없다, 개성이 없다고 말하는데 많이 써보지 않아서 그럴 수 있다. 나의 삶을 숙고하고 나의 경험을 나의 언어로 말하는 훈련을 반복하기 전에는 '글재주'와 '고유성'은 드러나지 않고 드러날 수도 없다.

사건이 지나간 자리 관찰하기

이것은 지식의 문제가 아니라 '예민성'.
무언가 관심의 흐름 안으로 헤엄쳐 들어왔을 때
그것에 대해 떠올린 것을 얼마나 꼼꼼하게
옮겨 적을 수 있느냐의 문제다.

– 수전 손택 –

"일부러 문제의식을 뺀 건 아니에요. 제가 뭘 말하고 싶은지 저도 모르겠어요."

글쓰기 합평이 끝나고 한 학인이 다가와 머뭇거리며 말했다. 그날 과제를 발표한 학인이다. 과제 내용은 이랬다. 학인은 외할머니 발인이 끝나자마자 그길로 면접시험에 달려갔을 정도로 영화의 미술팀 일을 열망했다. 다행히 면접시험에 합격했고 두 달간 촬영 현장에서 고생하며 일했다. 미술팀이 하는 일을 소개하고 개나리 진달래도 져버린 오월에 손난로가 필요했을 만큼 추운 산속에서 보낸 어느 하루의 에피소드를 그려냈다. 말로만 듣던 영화 스태프의 실상인데, 오죽하면 그 작품에 출연하는 배우가 그랬단다.

"너네 왜 이렇게 좆같은 일로 먹고사냐?"

그 학인의 글은 위의 인용구로 짧고 강렬하게 마무리되었다. 마치 카메라로 훑은 듯, 묘사는 글에 대한 집중력을 높였으나 어쩐지 아쉽고 미진했다. 아니나 다를까. 발표가 끝나자 이 글이 무엇을 말하려는지 잘 모르겠다는 비판이 한 동료에게서 나왔다. 발표자 학인은 머뭇거렸다. 그는 무엇을 말하고 싶었을까. 영화 스태프의 열악한 노동환경? 그러기에는 글이 느슨하고 행복했다. 영화 미술팀에 대한 나의 로망? 한 사람의 꿈에 공감하기엔 필자의 자기 발언이 부족했다. 본디 글의 핵심을 말한다는 게 간단한 문제는 아니다. 할 말이 분명하고 확신에 차서 써도 쓰다 보면 엉뚱한 곳으로 빠지기 십상인 게 글이다. 지도가 있어도 길을 헤매는 것처럼.

글에는 적어도 세 가지 중 하나는 담겨야 한다. 인식적 가치, 정서적 가치, 미적 가치. 곧 새로운 지식을 주거나 사유의 지평을 넓혀주거나 감정을 건드리거나. 발표자의 글은 영화 산업 관련 종사자의 열악한 노동조건을 보여준 르포르타주도 아니고, 그 일에 대한 오랜 열망을 품은 이가 직접 경험하고 나서의 보람을 고백한 산문도 아니다. 직업에 대한 정보가 알차다고 하기엔 부족하고, 독자가 부럽다거나 화가 난다거나 하는 정서를 유발하지도 않으며, 새로운 사유의 전환이 일어날 만한 비판적 시각이 담긴 것도 아니다. 조금씩 다 애매했다.

비슷한 사례가 있다. 방송작가를 꿈꾸는 친구가 있었다. 지방대학에서 국문과를 졸업하고 수차례의 도전 끝에 서울의 방송국에 입성한 경험을 써왔다. 거기에는 시험공부를 위한 눈물겨운 노력, 합격의 기쁨은 묘사되어 있었지만 왜 하필 그 직업을 욕망하는지, 그 세계에 들어가서 누리는 안락과 쾌락은 무엇인지, 수모와 소외는 무엇인지, 방송국에서 일하며 추구하고 싶은 가치가 무엇인지, 어떻게 살고 싶은지가 빠져 있었다. 수업 시간에 직접 물어보았다. 왜 방송작가가 되고 싶었느냐고. 어릴 때부터 나고 자란 지방에서의 단조로운 일상에서 벗어나고 싶어서, 그 정도의 직장이면 부모님을 기쁘게 해드릴 수 있을 것 같아서, 라고 답했다. 사는 이유가 별거 없듯 대수롭지 않은 소소한 이유이다. 그런데 그 별거 없는 삶, 시시한 욕망을 밀도 있게 찬찬히 담아내면 특별한 글, 진솔한 글이 된다.

좋은 글에는 '근원적인 물음'이 담겨 있다. 나는 왜 언제부터 그 일을 알게 되었는지, 구체적으로 어떤 꿈을 갖게 되었는지, 일을 하는 동력은 무엇인지, 일에 대한 환상이 어떤 지점에서 깨졌는지, 이 일을 계속 할지 말지를 정하는 기준은 무엇인지……. 어떤 느낌, 어떤 감정에 사로잡혔을 때 그것을 당연시하는 게 아니라 왜 그런 기분을 느꼈는지 더 깊고 진지하게 파고드는 작업, 그게 문제의식이다. 우선은 나를 향해 '왜'라고 질문하는 것 말이다.

사건이 지나간 자리에 무엇이 돋는가. 꽃들이 피거나 폐허가 되거나 돌이 굴러 와 뿌리를 내리거나 할 것이다. 관찰하면 신비롭다. 살면서 무수히 겪게 되는 별의별 일들, 소소하든 대수롭든 그것을 통과한 신체는 변화를 겪는다. 이 같은 일상의 풍경과 생각과 느낌이 별처럼 은은히 차오른 글은 구체적인 '한 사람'을 선명히 보여준다. 그럴 때 그 글이 다른 이의 경험이나 감정과 겹치고 공감을 낳는다. '남'의 글에서 억눌러놓은 '나'를 보았을 때, 미처 몰랐던 자기의 욕망을 알아차렸을 때, 사람들은 그 글을 좋은 글이라고 느낀다. 고마워한다. 내가 게을러서 혹은 두려워서 아니면 막막해서 미처 들쳐보지 못한 마음의 자리를 누군가 살뜰히 드러내주면 덩달아 후련해지기 때문이다.

나는 늘 궁금했다. 왜 무엇이 한 사람을 그 자리에 데려다놓았을까. 그 사람은 왜 지금 거기에 있을까. 의사나 판사, 연예인같이 돈이나 명예나 보상이 따르는 인기 직종에 관해서라면 정보가 넘친다. 당사자가 직접 책을 써서 알리거나 매스컴에서 그들의 삶과 일을 조명한다. 사회적으로 소위 '성공'한 이들의 정보는 차고 넘치는 반면, 영화스태프나 장애인 야학교사나 비전향 장기수, 경비원 등 수입이 높지 않은 이들, 일부러 찾지 않으면 잘 안 보이는 사람들의 사는 이야기는 찾아보기 힘들다. 집단적으로 무시(無視)한다. 눈여겨보지 않는다는 뜻이다.

문제의식이란 거창하지도 까다롭지도 않다. 사람들이 눈여겨보지 않는 것에 대한 관심이다. 의문이다. 원래부터 그 자리에 놓인 것처럼 자연스럽게 흘러가는 세상의 풍경들, 예를 들면 엄마가 매일 일어나

밥하는 일, 마트 종업원이 기계적인 인사를 건네는 일, 괜히 싫은 감정이 드는 것 등 상황과 감정에 집중하고 관찰하고 질문하는 일이다. 가슴에 물음표가 많은 사람이 좋은 글을 쓸 가능성이 많다. 작은 자극에도 촉발을 받고 영감을 얻을 것이기 때문이다. 그 물음표가 어느 순간 느낌표로 변하고 다른 삶의 국면을 통과하면 그 느낌표는 또 다시 물음표가 된다. 내가 이렇게 믿었는데 그게 전부가 아닌가 보다, 하는 생각이 찾아드는 것이다. 그 물음표와 느낌표의 반복과 순환이 자기만의 사유를 낳는다.

여럿이 읽어야 하는 책, 니체

니체의 작품을 읽은 뒤
나는 그림으로 표현될 수 있는 이상하고 알 수 없고
외로운 수많은 것들이 있다는 것을 깨달았다.

– 조르조 데 키리코 –

니체의 『차라투스트라는 이렇게 말했다』를 처음 읽었을 때 가장 먼저 눈에 들어온 구절은 이것이다. "삶은 한낱 노역과 불안뿐이거늘." 이 부분에 형광펜을 진하게 그었다. 삶에 관한 본질적 정의라고 느꼈다. 실연당한 사람이 〈헤어진 다음날〉 같은 노래 가사에 기대듯 나는 니체의 말에 의지했다. 나중에 니체를 공부하고 나니 '노역'이나 '불안' 같은 말은 긍정의 철학자인 니체가 쓰는 어휘가 아니었다. 저 구절을 다시 찾아보았다. 소제목이 '죽음의 설교자들에게'였다. "삶은 한낱 노역과 불안이라는 둥 삶을 무겁게 만드는 온갖 말을 퍼뜨리면서도 그 한낱 고난의 연속에 불과한 생을 끝내지도 않고 달라붙어 있다"며 꼬집은 것이다. 그런 것도 모르고 나는 맥락을 무시하고 저 구절만 취했다. 병든 자의 눈으로 읽어낸 것이다. 니체가 비판하는 말인지 옹호하는 말인지도 분간 못 했다. 이렇게 니체의 글은 위험하다. 자신의 건강에 따라, 체험에 따라, 욕망에 따라 다르게 들리고 다르게 보인다. 내가 회복기의 환자가 되었을 때는 이런 문장에 꽂혔다. "고뇌하는 모든 것은 살기를 원한다." 아, 이거였구나, 싶었다. 아이들 둘 키우고 집필 노동하면서 거기다가 공부 좀 해보겠다고 등골이 휘는, 나의 실존적 뒤척임은 살기 위한 몸부림이었을까.

나는 사로잡혔다. 정확한 뜻과 내용을 파악할 수는 없지만 니체의 말들이 거대한 초록색 그물처럼 몸을 덮쳤다. 갈피마다 행간마다 섬세하면서도 격정적인 문체, 날카로운 통찰의 언어가 춤을 추고 있었다. 정념 과잉의 언어, 생의 의지를 고양시키는 말들, 폭포처럼 떨어지는 아포리즘은 그대로 시였다.

『차라투스트라는 이렇게 말했다』를 교재로 삼아 글쓰기 수업을 시도했다. 나에게 생각하는 법을 가르쳐준 책, 글쓰기를 자극한 그것을 나누고 싶었다. 여럿이 읽으면 어떤 해석들이 쏟아질지 몹시도 궁금했다. 『차라투스트라는 이렇게 말했다』 함께 읽기는 니체의 요청이기도 하다. 직접 그의 말을 들어 보자.

"언젠가 하인리히 본 슈타인 박사가 내 『차라투스트라는 이렇게 말했다』의 말은 한마디도 이해할 수 없다고 정직하게 불평했을 때, 나는 그에게 그게 당연하다고 말했었다. 『차라투스트라는 이렇게 말했다』에 나오는 여섯 문장을 이해했다는 것이 의미하는 바는 그 문장을 체험했다는 것이고, 사멸적인 인간 존재의 최고 단계에 '현대'인으로서 이를 수 있었다는 것이다."

각자 자기 삶의 몫으로 이해할 수 있는 문장이 있다는 것. 글쓰기 수업에서 시도하는 함께 읽기의 취지와 효용에 정확히 부합하는 지점이다. 니체의 철학을 '완전 정복'하고 있지 못한 나로서는 두렵기도 했지만 기대가 컸다. 용기를 냈다. 니체에게 배운 대로 자기초극의 의지가 가동되는 느낌이랄까. 니체 철학에 등장하는 초인, 곧 위버멘쉬는 '자기 자신을 넘어감'이라는 뜻의 독일어다. 나는 위버멘쉬를 '자기초극의 운동성'으로 이해한다. 어떤 완벽한 인격체라는 뜻이 아니라 삶에 대한 호기심으로 시도와 모험을 행하는 자가 채택하는 삶의 원리와 태도가 위버멘쉬라고.

『차라투스트라는 이렇게 말했다』 수업에 학인들이 모였다. '니체'와 '차라투스트라'에 대한 관심을 가득 안고 수업을 시작했다. 저마다 분량을 읽고 각자 해석하고 영감 받아 글을 썼다. 모든 좋은 책이 그렇듯 이 책 역시 서문이 본문을 압축하고 있다. 니체 사상의 정수가 담겼다. 기존의 도덕, 관습, 통념, 제도에 대한 '위대한 경멸'을 촉구하는 언설들로 가득하다. 낡은 습속, 헛된 열망, 오랜 집착 같은 내 것이 아닌 판단들을 모조리 태우라는 것이다. 학인들은 어리둥절 당황했다. 첫 장부터 쉬이 페이지를 넘기지 못했다. 어느 학인이 아래 문장에 밑줄을 그어왔다.

"나는 사랑하노라. 상처를 입고도 그 영혼이 심오하며, 하찮은 사건으로도 파멸할 수 있는 자를. 나는 사랑하노라. 자신을 잊을 만큼, 그리고 자신 속에 만물을 간직할 만큼 넘쳐흐르는 영혼을 지닌 자를. 이렇게 하여 만물은 그에게 멸망의 계기가 될 것이다."

하찮은 사건으로도 파멸한다, 만물이 멸망의 계기가 된다는 게 좋은 것인지 나쁜 것인지 도무지 모르겠다는 것이다. 다른 이가 대답했다. 만물에게 영향받을 수 있다면 세계를 품은 사람이 아니겠느냐며 고귀한 사람이라는 뜻 같다고. 만물의 사례가 이어졌다. 길가에 버려진 고양이부터 이주노동자, 아프리카 대륙의 가난한 아이들까지. 우연히 마주한 타인의 고통을 자기 것으로 받아들이고 존재의 결단을 내린 채 약한 자들 곁에서 평생 살아가는 위인전의 이야기가 나왔다. 인간은 원래 감응할 수 있는 존재이지만 대부분 '먹고살기 바빠' 그 능력을 잊고 산다, 감응력을 소수만이 타고난 능력으로 생각한 것 같다고 말했다.

"나는 격류 옆에 있는 난간이다. 누구든 잡을 수만 있다면 나를 잡아도 좋다! 그러나 나 너희들을 위한 지팡이는 아니다"라는 니체의 문장에서 난간과 지팡이의 차이로 토론을 벌이기도 했다. 전적으로 의지하는 것과 위험한 길을 통과하는 데 잠시 기대는 것은 다르다는 것. 부모 자식의 관계가 이래야 한다고 수험생을 둔 학부모 학인은 경험으로 풀이했다.

"더-이상-의욕하지 않기, 더-이상-평가하지 않기, 그리고 더-이상-창조하지 않기! 아, 이들 크나큰 피로가 나를 떠나 아주 먼 곳에 머물러 있기를!"

이 부분은 의욕도 창조도 (가치)평가도 하지 않는 무기력증이 얼마나 '크나큰 피로'인가, 그래서는 안 된다고 말하는 부분이다. 니체에게 삶은 곧 힘에의 의지 자체이기에, 행하지 않음은 삶에 대한 방기다. 그런데 한 학인은 니체가 '너무 의욕 부리지 말라'고 충고하는 대목인 줄 알고 밑줄을 그었다고 했다. 자신은 평소에 나는 꼭 행복해야지, 나는 잘 살아야 해, 라며 다짐을 일삼았다고, 그리 살아보느라 등골 휘었다고 했다. 창조적 오독이지만 분명 생각해볼 부분이 있었다.

우리는 행복해야 한다는 지상명령에 심신을 혹사시키곤 한다. 어떤 게 나를 행복하게 하는지, 자기 욕망과 능력을 알아가면서 자기만의 행복을 만들어가기보다 행복이라고 이미 규정된 사회적 모델을 추구한다. 그러다 보면 정말 크나큰 피로가 덮친다. 그런 의욕-하기, 곧 노예적 의욕 하기라면 아주 멀리 해야 하는 게 맞다. 그래서 "인간은 행복조차 배워야 하는 짐승"이라고 니체는 말했다. 무작정 행복만 원하지, 정작 어떤 삶이 행복한 삶인지에 대한 물음은 없다는 것이다. 랭보의 시구에도 비슷한 구절이 있다. "행복은 나의 숙명, 나의 회한, 나의 벌레였다." 행복이 무엇인지 묻지 않고 행복만을 바랄 때 벌레처럼 삶을 파먹는다는 이야기가 아닐까.

니체의 이웃사랑 비판도 수업에서 쟁점이 되었다. 니체에게 '이웃사랑'은 편협한 자기애의 표출이다. 나를 가꾸기보다 이웃을 돕는 일이 더 표 나고 쉬운 측면이 있기 때문이다. 그러한 타인 지향적 헌신의 정체는 알고 보면 자기로부터의 도피가 아니냐고 니체가 묻는다. 그렇다고 니체가 이웃을 사랑하지 말라고 한 게 아니다. 보다 먼 이웃을 사랑하라고 말한다. 자기 생활의 자장권에만 맴돌지 말고 조금씩 시야와 관심을 넓혀가라는 충고다. 장소적으로 먼 곳에 있는 사람들, 시간적으로 앞으로 태어날 사람들에 대한 사랑을 실천하는 일.

니체를 읽고 글을 쓰는 수업에서 한 학인은 돌바기 아기를 데리고 수업을 들었다. 다행히 그때 연구실 공부방이 마루에 좌식이어서 가능했다. 학인들은 둥글게 책상을 펴고 공부를 하고 아기는 엄마 옆에서 자거나 품에 있거나 아니면 공부방 가운데를 기어 다녔다. 물론 학인들의 동의로 가능했다. 나는 그 상황이 참 니체적이라고 생각했다. '아무도 가지 않은 길'을 간다는 점에서 그렇고, 악조건이지만 일단 행한다는 점에서 그렇고, 그리고 아기를 데리고 수업에 임하는 선례를 남겨놓는 것이 다른 육아인들, 예비 주부 학인들에게 공부의 물꼬를 터준 셈이 되므로 이야말로 보다 먼 이웃사랑이 아닐까 생각했다. 먼 이웃을 사랑하라. 이 니체의 정언명령은 장정일의 시구와도 맞닿아 있었다. "학교에서 세상을 배우고 있을 때/세상에는 어떤 일들이 벌어지는 걸까".

『차라투스트라는 이렇게 말했다』를 통과하는 동안 다양한 경험과 시선과 대화와 감성이 어우러졌다. 들뢰즈 말대로 '철학적 오페라'를 경험했다. 이론가의 목소리 대신 예언가의 목소리가 혼재된 내용에 패러디, 상징, 비유가 넘쳐 어렵기도 했지만 속을 후련하게 해주는 문체와 잠언의 황금어장인 니체의 말에 감동의 표정도 지었다.

〈글쓰기의 최전선〉 10기 수업에서는 니체의 자서전인 『이 사람을 보라』를 읽었다. 한 학인은 내용이 어렵긴 하지만 글이 너무 아름답다며 이런 말을 남겼다.

"아, 문장 사이사이에 꽃을 달아주고 싶었어요."

PART 4

추상에서 구체로

짧은 문장이 무조건 좋을까: 단문 쓰기

언어도 우주처럼 부름과 응답의 세계이다.
밀물과 썰물, 합일과 분리, 들숨과 날숨의 세계인 것이다.

– 옥타비오 파스 –

글쓰기 수업을 마칠 즈음이면 뭔가 빚쟁이의 심정이 된다. 학인들에게 도움이 되었을지, 아니라면 무엇이 부족했는지 궁금하다. 하루는 뒤풀이 자리에서 넌지시 물어보았더니 한 학인이 얼른 대답했다.

"끊어치기요."

끊어치기가 업무에도 도움이 된다며 하는 말이, 같이 일하는 동료가 공문을 작성했는데 문장이 길게 늘어져 내용이 제대로 전달되지 않았단다. 끊어쳐서 다시 써보라고 충고했더니 한결 낫더라는 것이다. 끊어쳐라, 단문을 써라, 간결한 문장을 써라, 한 문장에 한 가지 사실만 담아라, 일문일사(一文一事). 거의 같은 의미, 다른 표현이다. 글쓰기 수업 첫날부터 과제 합평 때마다 수시로 강조했더니 각인이 된 모양이다. 내 앎을 남과 나눌 정도가 되었으니 말이다.

단문 쓰기는 글쓰기의 기본기다. 단문이란 주어와 목적어와 동사로 이루어진 최소 형식의 문장을 뜻한다. 그런데 이 단문 쓰기가 말처럼 쉽지 않다. 문장 훈련이 되어 있지 않은 경우, 곧 글쓰기를 막 시작하는 사람이 생각나는 대로 이것저것 쓰다보면 문장이 마냥 길어진다. 이런 경우다.

"故 김학순 할머니의 증언 이후, 일본 대사관 앞에서 이루어지는 수요집회가 이미 1992년 1월에 시작되어, 오늘에 이르고 있다는 것 역시 모르고 있었음을 반성하며, 23년이 넘는 시간을 매주 수요일에 거리에 나와 여전히 증언하고 규탄하는 오늘에도 100년 전과 다르지 않은 국내외 정세와 더불어, 여전히 해결되지 않고 사과하지 않는 위안부 할머니들의 문제에 안타깝고 몸 둘 바를 모르겠다."

이 글을 쓴 학인은 이 안타까운 현실을 알리고 싶은 절박한 마음에 한달음에 써내려갔으나 문장이 길다. 내용이 복잡하다. 독자들은 한 줄 한 줄 읽어나가면서 정보를 처리하는데 문장이 덩어리로 있으면 혼란스러워 대개는 중도에 포기해버린다. 안타깝게도 독자들은 아무에게나 해석 노동을 자처하지 않는다. 더군다나 당장의 실존을 위협하지 않는 (것처럼 보이는) 사회정치적 현안에 대해서라면 더욱 인색하다. 마땅히 알아야 할 당위로 접근하여 일방적 정보 전달이 이루어질 경우, 자칫 계몽적 태도로 보일 수 있다. 내 생각을 타인과 나누기 위해서는 섬세한 노력이 필요한 법. 함께 손잡고 같이 생각의 징검다리를 건너듯이 한 문장씩 가는 게 시작이다. 위의 글은 문장 하나에 여섯 가지 사실이 들어 있다. 이렇게 나눌 수 있다.

"故 김학순 할머니가 위안부 최초로 증언했다. 1992년 1월부터 일본 대사관 앞 수요집회가 열리고 있다. 그 사실을 모르고 있었음을 나는 반성한다. 23년간 매주 수요집회가 열려도 100년 전과 국제 정세는 다르지 않다. 위안부 문제는 여전히 해결되지 않고 있다. (그들은 사과하지 않는다.) 이 사실이 안타깝고 몸 둘 바를 모르겠다."

주어와 목적어와 동사로 이루어진 최소 단위의 문장 만들기. 이는 독자만이 아니라 필자에게도 이롭다. 글쓰기는 생각 쓰기다. 머릿속 생각을 구체적으로 풀어내는 작업이다. 문장이 길면 생각이 엉키고 문법이 틀리기 쉽다. 주어와 동사는 연인이다, 가까이 있게 하라, 는 말이 있다. 문장이 길수록 주술 관계가 어긋나기 쉽다. 문장이 간소해야 내용이 한눈에 들어온다. 내가 하고 싶은 말이 다 들어갔는지, 빠진 부분은 무엇인지, 부연할 요소는 무엇인지 잘 알 수 있다.

일전에 『대통령의 글쓰기』라는 책을 보았다. 노무현 대통령이 당부했다는 연설문의 원칙에는 단문 쓰기가 강조되어 있었다.

"한 문장 안에서는 한 가지 사실만을 언급해주게. 헷갈리네." "문장은 자를 수 있으면 최대한 잘라서 단문으로 써주게. 탁탁 치고 가야 힘이 있네." "짧고 간결하게 쓰게. 군더더기야말로 글쓰기의 최대 적이네."

아마 조심스럽게 추측하자면 시중에 나온 거의 모든 글쓰기 책이 단문을 권유하고 긴 문장을 글쓰기 최대의 방해 요소로 간주하는 것 같다. 맞는 말이다. 하지만 단서가 있다. 단문 쓰기는 글쓰기 훈련의 어느 단계까지에 해당하는 비법이 아닐까 싶다. 글쓰기 수업에서 가끔 '단문 쓰기' 신공을 펼치는 학인들을 본다. 단문의 빠른 전개는 속도감 있게 읽히지만 때로 너무 끊어져서 이야기가 시작되다 끝나버리는 허무감을 주기도 한다. 특히 낭독해보면 금방 안다. "지금은 삶이 내 것인지 두렵다" "사람을 만날수록 외로워졌다" 같은 경우처럼 "~했다" "~이다"라는 문장이 잇달아 나오는 글은 흐름이 탁탁 끊겨 이야기가 흩어진다. 복잡한 문장과 마찬가지로 앙상한 문장도 메시지 수용에 혼란을 초래하는 것이다.

『잃어버린 시간을 찾아서』의 작가 마르셀 프루스트의 문장은 길고 난해하기로 유명하다. 유럽권 작가는 거의가 만연체다. 꼬리에 꼬리를 무는 생각을 밀고 나가는 데 주저함이 없다. 오랜 시간 형성된 지적 풍토와 문화에서 형성된 문체가 아닐까. 쓰는 사람도 읽는 사람도 꼬리가 긴 글에 어려움을 덜 느끼는 것이다. 그러니 짧은 문장이 선이고 긴 문장이 악이라고 단정하면 곤란하다. 문장의 길이가 좋은 글을 가늠하는 절대적 척도라는 건 억지스러운 주장이다. 글쓰기에서는 좋은 문장이 있고 덜 좋은 문장이 있을 뿐이다. 지금 우리의 현실에서는 대체로 간결하고 재미있고 친절하고 유익할 때 좋은 문장으로 본다.

문장이 길든 짧든 나는 이런 글이 좋다. 사유가 촘촘해서 문장이 흐름을 타고 미처 생각지 못한 부분을 건드리며 인식의 틀을 흔들어놓는 글. 하나의 메시지나 하나의 문장, 하나의 단어라도 남으면 그건 좋은 글이다. 그럼에도 자기만의 글쓰기에 익숙지 않은 사람에게는 단문 쓰기가 글쓰기를 여는 문이다.

글 쓰는 신체로: 베껴 쓰기

문장 깊숙이에는 프로이트나 라캉이 말하는
'언어의 환각' 같은 그 무엇이 있다.

– 롤랑 바르트 –

"인간은 어떤 경우에도 아름답지 않은 것에 사랑을 느끼는 법이 없다. 모든 사랑은 아름다움으로부터 출발한다." 이외수의 말이다. 이 대목에 밑줄을 긋고 노트에 옮겨 쓴다.

"아름다움에 압도되는 능력은 놀라울 정도로 억센 것이라, 아무리 무자비하게 정신을 흩뜨리는 것이 있다고 하더라도 이겨낸다." 이것은 수전 손택의 책에서 본 글귀다. "아름다움에 압도되는 능력"이라는 말이 좋아서 그것만 쏙 골라서 쓴다.

"지난 10년을 통틀어 내가 가장 하고 싶었던 것은 정치적인 글쓰기를 예술로 만드는 일이었다." 조지 오웰의 『나는 왜 쓰는가』에 나온 구절인데, 아이처럼 "저두요" 소리가 나온다. 가슴에 손을 대며 조용히 동요한다. 정치적인 글쓰기를 예술로 만드는 일! 이것을 나의 화두로 품는다. 한 자 한 자 꾹꾹 눌러서 베낀다.

“인간의 사는 힘은 강하다. 인간은 모든 것에 익숙해질 수 있는 것이다. 나는 이것이야말로 인간에 대한 가장 훌륭한 정의라고 생각한다.” 도스토예프스키 어록이다. 동감한다. 인간이 그래서 위대하고 그래서 징그럽다고 생각한다.

세상에는 아름다운 글이 많다. 아름다운 글만이 마음을 흔든다. 아니다. 마음을 흔드는 글이 아름다운 글이다. 소녀 시절 누구나 문구용품에 매료되듯 나 역시 그랬다. 아빠의 낡은 만년필로 뭔가를 베껴 쓰고 끼적이기 좋아했다. 예쁜 엽서를 만들기도 했다. 요즘도 글이 안 써질 때, 심심할 때, 심란할 때, 책에서 본 한 줄 잠언에 전율할 때, 인터넷 댓글에서 삼라만상의 진리가 읽힐 때, 유독 그 단어가 섹시해보일 때, 수첩을 펴고 노트를 열어 그대로 따라 쓴다. 긴 글도 마다하지 않는다. 이는 일종의 백팔 배를 하는 심정과 비슷한데 의식의 따라감은 없고 관절의 움직임만으로 시간이 채워지는 충만함이 좋다. 군더더기 없으면서도 빠뜨린 것 없는 지적인 글의 권위에 압도당하는 기분이 달콤하고, 멋진 글을 보면서 모처럼 질투심과 소유욕에 휩싸이기도 한다.

베껴 쓰기는 무엇보다 엉덩이의 힘을 키운다. 글쓰기는 정신적인 영역이면서 육체적인 노동이다. 베껴 쓰는 동안은 책상에 앉아 있으니 책상과 한 몸 되어 무엇을 생산해내는 기쁨 체험에 익숙해질 수 있다. 그렇게 모은 글. 금쌀처럼 귀한 나의 일용할 양식을 담은 노트를 가방에 넣고 다닌다. 오지 않는 버스를 기다리면서, 창가에 턱 괴고 앉아 커피를 마시면서, 잠을 청하면서 '노트'를 훑는다. 화분에 물을 주듯이 그것들에 눈길을 붓는다. 이티와 소년처럼 손끝을 맞대고 있다. 베낄 당시엔 큰 감동을 준 단어가 시시해져 얼굴이 붉어지기도 하고 다시 보아도 감동이 물결치는 문장이 있어 형광펜을 긋기도 한다. '매일매일 조금씩'의 위력은 참으로 크다. 신체에 각인된 그 문장, 단어, 금언, 감각, 뉘앙스, 느낌, 향기, 리듬, 파장이 글을 쓸 때면 슬며시 되살아남을 느낀다. 영감을 주고 논지를 잡아준다. 단어 하나 표현 하나 살짝 비틀어 재활용하는 것만으로 밋밋한 글에 활기가 돈다. 베껴 쓰기는 정신에 군불을 때주는 일용할 땔감이다. 베껴 쓰기는 그러니까 기타리스트가 되기 위해 록 역사상 최고의 기타리스트로 꼽히는 지미 핸드릭스의 연주법을 따라 해보는 것과 같다. 철학자 김영민은 모방의 필요성 및 중요성에 대해 이렇게 말했다.

"모방은 물듦이다. 진정한 모방의 힘은 충실하고 충실해서 마침내 그 모방을 뚫어내는 길 속에 있다. 그러나 착실하게 모방의 길을 걸어보지 못한 자라면 냉소마저 허영일 뿐이다. 가령 프로이트에 충실한 라캉의 생산성이 그러하고, 라캉에 충실한 지젝의 생산성이 그러하지 않던가."

마음에 걸리는 일 쓰기: 모티브 찾기

당시에는 지긋지긋했지만 이제 그 기억은
내 마음이 뜯어먹기 좋아하는 좋은 풀밭이 되었다.

– 조지 오웰 –

이런 일이 있었다. 아이의 머리를 자르기 위해 단골 미용실에 들어간 모 여인. 손님이 꽉 찼다. 소파에서 차례를 기다렸다. 한 남자 손님이 들어왔다. 원장 손놀림이 더 빨라진다. 모 여인은 단골 가게니까 직접 커피를 타 마시려고 일어섰다. 그 찰나 원장은 "에구, 커피도 못 타드리고"라며 남자 손님을 힐끗 바라봤다. 모 여인은 평소 친분이 있는 원장을 도울 겸 또 혼자 마시기 뭣해서 하는 김에 남자 손님의 것도 탔다. 이를 본 원장이 하는 말, "젊은 여자가 타주는 커피가 더 맛있지? 거봐 스트로스칸 총재도 어쩔 수 없잖아. 돈 있고 권력 있는 놈들은 어쩔 수 없지." 순간 모 여인은 난감하다. 젊은 여자가 타주는 커피라는 묘한 뉘앙스가 목에 탁 걸린다. 웃지도 못하고 화내지도 못하는 애매한 상황. 이유를 조목조목 설명할 수는 없지만 기분이 나쁘다.

환대와 호의가 엉뚱하게 빗나가는 상황. 예의를 갖추어 화나는 마음을 전달하고 싶은데 어렵다. 이후 원장과의 관계가 서먹해지는 건 아닌지 머리가 복잡하다. 이런 경험을 어떻게 글감으로 풀어낼까.

한 학인이 수업 시간에 터놓은 고민이다. 좋은 글감이다. 살면서 이런 일을 똑같이 겪지는 않겠지만 얼마든지 다가올 수 있는 문제이고 정리가 필요한 사안이다. 이게 글감이 될 수 있는 이유는 '내 마음에 걸렸기 때문'이다. 왠지 지나쳐지지 않는 일, 나와 불화하는 감정이나 사건은 모두 좋은 글감이다. 한 가지씩 붙잡고 써보자. 첫째, 미용실에서 생긴 일의 전말. 원장과 남자 손님의 행동, 표정, 대화를 정리한다. 둘째, 당시 나의 기분이 나빴던 이유를 생각해본다. 다방 종업원으로 취급한 것 같다, 아줌마라 얕본 것 같다 등등 솔직하게 날것 그대로. 셋째는 원장의 입장에서 이해해보려고 노력한다. 아마도 손님을 직접 응대하지 못한 미안한 상황을 무마하려고 무리수를 둔 듯하다는 식으로. 원장은 남자는 돈 벌고 여자는 밥 하는 가부장제 이성애 성별 분업에 익숙한 세대이고 끊임없이 감정 노동을 수행해야 하므로 젠더 감수성을 키우기 어려운 직업이다 등등. 마지막으로 나의 불만을 원장에게 말할 경우와 말하지 않는 경우를 가정해서 득실을 써본다.

이렇게 글을 쓰면서 생각을 정리하면 일어났던 일이 없어지는 건 아닌데 마음은 한결 가벼워진다. 막연한 불쾌함에서 이유 있는 반발로, 사람에 대한 이해로, 관계에 대한 문제로 고민이 성숙해질 수 있다.

다음에 비슷한 일을 겪으면 덜 당황스러울 수 있다.

그렇다면 이 글의 주제는 무얼까. 여자한테 커피 심부름 시키지 말자? 말 조심하자? 남녀노소 자기 먹을 것은 스스로 챙기자? 독자에 따라 다를 것이다. 나는 이런 에피소드가 글감이 되는 게 이 글의 주제이자 의미라고 생각한다. 사소할 수 있는 일상의 오가는 말들을 글감으로 상정하고 사유하고 발언하는 것. 누구나 자기감정에 충실하고 타인을 이해하려고 노력하며 자기 존엄을 지켜갈 수 있게 하는 방편으로서의 글쓰기 말이다.

정리해보자. 글쓰기는 파편처럼 흩어진 정보와 감정에 일종의 질서를 부여함으로써 '주제'를 부각하는 행위다. 단계가 있다. 마음에 걸리는 것 일단 쓰기. 어지러운 생각들을 자유롭게 마구잡이로 풀어놓는다. 그리고 편집하기. 중요한 것과 중요하지 않은 것을 판단해서 덜어내고 보완한다. 행동 표정 대화를 떠올리고 그대로 묘사하여 글에 생기를 불어넣는다. 이런 식으로 차분히 앉아서 하나씩 써나가는 거다. 내가 쓰고자 하는 화제에 대한 사전적이고 교훈적인 정의를 내리기, 가령 여자에게 커피 심부름 시키지 맙시다가 아니라 '나에게 그 화제의 의미가 무엇인지'를 발견해야 한다. 나의 경험의 의미는 미리 주어지지 않는다. 글 쓰는 과정에서 만들어가는 것이다.

추상에서 구체로: 글의 내용

이제부터 인생이 무어냐고 묻거든
허튼 삶 삽질하는 힘이라고 말해둬

– 고정희 –

"관념적이고 모호한 표현을 피하세요." 글쓰기 수업에서 학인들에게 가장 자주 하는 말이다. 처음 쓴 과제는 거의 관념적인 언어로 설명하듯이 생각을 전개한다. 철학 용어나 개념어를 넣기도 한다. 글재주가 있는가도 싶지만 대개는 만져지는 게 없는 붕 뜬 글이다. 왜 그런 추상적이고 현학적인 표현을 쓸까. 두 가지 이유로 짐작한다. 하나는 생각을 멋있게 쓰고 싶어서다. 또 하나는 있는 그대로 다 말할 수 없어서다. 지키고 싶은 것이 있을 경우 자기 검열, 사회적 검열로 글이 활발히 써지지 않는다. 용기가 필요하다. 그런데 없던 용기가 생기려면 삶의 조건과 존재의 형질이 변해야 하는 문제이므로 어쩔 수 없다. 생각을 멋있게 쓰려는 의지는 금세 바꿀 수 있다. 그렇게 몇 편 써보면 스스로 안다. 자기 글이 남들에게 안 통한다는 사실을.

생각을 멋있게 쓰는 것은 좋은 글이 아니다. 말이 장황해지고 설명하거나 강요하는 어조가 된다. 가령, 학인들이 과거를 성찰할 때 자주 등장하는 표현이 있다. "내 삶은 내 나이와 어긋나고 있었다" "실존적인 고민이 시작되었다" "내가 원하는 방식의 삶을 살고 싶다" 등등. 이런 표현은 일반적이고 모호하다. 한 사람의 고유한 개성과 상황을 느끼지 못하면 독자는 글에서 멀어질 뿐이다. 처음 보는 사람이 이유도 말하지 않고 내 앞에서 한숨만 쉬고 눈물만 닦고 있는 격이다. 그보다는 한 대로, 본 대로, 느낀 대로 구체적인 줄거리를 써야 한다. 이런 식으로.

"어느 날 대학원 수업을 듣는데, 비평가로 유명한 우리 독문과 교수 한 분이 아무 말씀도 없이 두 시간을 늦었다. 교수실에서 기다리던 나는 학생들과 나가자고 했다. 아무도 감히 따라 나가려고 하질 않았다. 혼자 나가기도 그렇고 해서 어금니를 물고 기다리는데 교수가 왔다. 아무 사과도 없이 오늘 수업은 늦어서 못 하겠단다. 어이가 없어진 나는 고개를 빳빳이 들고 '교수님, 다음엔 저희가 두 시간 수업에 늦겠습니다' 했다. 교수는 안경 너머로 눈꼬리를 각지게 추켜올리며 단호히 '안 돼!' 한다. '왜요?' 하니 '나는 교수고, 너희는 학생이니 안 돼' 했다. 그때 이미 나는 결심했다. 이 더러운 판을 떠나리라."

이 학인은 대학에 남아서 공부하려다가 학자의 길을 접고 귀농하여 농사를 짓기까지 '방황'의 시간을 기록하면서 위의 사례를 들었다. 글이 하도 생생하여 설득이 절로 됐다. 이런 상황 묘사 없이 단 한 줄로 "교수들의 안하무인적 태도와 대학 사회의 권위적 질서에 염증을 느꼈다"라고 쓰면 좋은 글이 아니다. 필자의 개성과 글의 메시지가 드러나지 않으며, 신문 사설용 언어와 차별성도 없다. '설명하지 말고 보여주어라'는 내러티브 제1원칙에 해당하는 말이다. 추상에서 구체로 갈 수 있는 좋은 팁이다. 전태일은 이렇게 썼다.

"아버지께서는 매일 폭음을 하시고, 방세를 못 준 어머니께서는 안타까워하시고, 동생은 방학책 값, 밀린 기성회비 때문에 학교에 안 가겠다고 아침마다 울면서 어머니의 지친 마음을 괴롭힐 땐, 나는 하루가 또 돌아온다는 것이 무서웠다."

기교를 부리지 않았지만 울림이 크다. 특히 마지막 문장으로 아름다워진다. 나는 고통스럽다거나 나는 살기 싫다고 쓰지 않고 하루가 또 돌아온다는 것이 무섭다고 썼다. 자기 몫의 고통 값을 정확하고 고유하게 표현했다는 점에서 미문이다. 그가 처한 암담한 상황을 아빠, 엄마, 동생 등 가족의 사례를 나열하여 공감의 지점을 만들어주었다. "가족들이 모두 나를 힘들게 한다"는 식으로 한 줄로 요약하는 건 설명하는 문장이다.

"국토 종단 자전거 여행 이후 나는 예전의 내가 아니었다." 이런 문장은 설명하는 문장이다. 예전의 나와 지금의 나의 변화된 모습을 보여주어야 한다. 일찍 일어나게 되었다든지, 표정이 밝아졌다는 말을 자주 듣는다든지, 걸음걸이가 느려졌다든지, 말수가 적어졌다든지 등등 일상의 다각적인 측면에서 예시를 들어줄 때 독자는 알아차린다. 필자가 자전거 여행 이후 변화되었다는 사실을.

내 글이 누구에게 도움을 줄까: 글의 위치성

몸을 가진 것들은 걸린다
걸려본 발이 길을 알리라
– 이원 –

우연히 라디오에서 디제이가 하는 이야기를 들었다. 처음 방송할 때 청취자가 보이지 않는 상태에서 가상의 존재를 상정하고 말하는 일이 어색하여 마이크 앞에 친구나 가족사진을 붙여놓는다고 한다. 그곳에 눈을 맞추면서 친구와 이야기하듯이 진행한다는 것이다. 나는 부엌일을 할 때 클래식에프엠에 채널을 고정시켜놓는데 하루 종일 틀어놓으면 여러 진행자를 만난다. 좋은 디제이는 바로 나한테만 이야기하는 것처럼 말한다. 소곤소곤 말을 건네는 어조나 내용이 연인 같은 친밀감을 제공한다. 글쓰기도 마찬가지다. 디제이가 사진을 붙여놓듯이 내 글을 들려주고 싶은 구체적 대상을 정하고 써야 한다. 그래야 글이 어떤 상황 속으로 들어가서 살아 있는 이야기가 풀려나온다.

교장 선생님 훈화 말씀과 주례사가 재미없는 이유를 생각하면 이해가 쉽다. 불특정 다수를 대상으로 하는 객관적이고 보편타당한 말들이 특정 개인에게 와닿을 리 없다. 공부 열심히 해라, 사이좋게 지내라, 부부가 대화를 많이 해라, 서로 이해해라 등등. 그 사람이 처한 상황과 조건을 배제하고 나오는 말들은 공허하다. 듣는 사람에게 공감의 연결고리가 생기지 않는다. 버스나 택시에서 흘러나오는 라디오 사연이 재미있는 이유는 반대다. 깨알 같은 상황 묘사와 인물 묘사와 대사가 살아 있어서 어수선한 상황에서도 몰입하고 공감할 수 있다.

강준만은 자신의 책 『글쓰기의 즐거움』에서 마케팅 용어를 빌려 '포지셔닝'이라고 표현했다. 이 제품이 무엇을 할 수 있는가, 그리고 누구를 위한 것인가 고민하는 마케팅 전략이 글쓰기에도 그대로 적용된다는 이야기다. 가령, 사브(SAAB)는 뚜렷한 특징이 없는 자동차였으나 '겨울을 위한 자동차'로 포지셔닝하여 성공을 거두었다고 한다. 글쓰기도 대상 독자와 의미가 규정되어야 한다.

어느 출판사 대표도 비슷한 이야기를 했다. 어떤 책을 낼 것인가 말 것인가 늘 판단의 기로에 서게 되어 머릿속이 복잡한데, 이를 결정할 수 있는 아주 간명한 기준 하나를 만들었다고 한다. '이 책이 누구에게 어떤 도움을 줄 수 있을까?' 이 물음을 던져보면 출판 여부의 판단이 쉽다고 했다. 매 순간 나도 고민한다. 내가 쓰는 글의 포지셔닝은 무엇인가. 관계 맺고 살아가는 삶을 위한 감응의 글쓰기다. 삶은 춥다. 추울 땐 황제펭귄이 허들링을 하듯이 모여 살아야 옳다. 사브의 포지셔닝을 빌리자면 '삶의 겨울을 나는 글쓰기' 정도 되겠다.

내 입으로 이야기하기 쑥스럽지만 나의 산문집 『올드걸의 시집』을 읽은 독자에게 '꼭 나한테 하는 이야기 같았다'는 반응이 있었다. 특히 여성들이 공감했다. 대한민국에서 '엄마'의 자리에서 책을 내는 경우는 특목고 보낸 경험담 같은 교육 관련 책이다. 그도 아니면 사회적 명성을 얻은 전문직 워킹맘의 고충을 담은 에세이다. 전문직도 아니고 자식을 특목고에 보낸 것도 아니면서 나는 책을 냈다. 아이 둘 키우는 주부이면서 자기 욕망에 충실하게 본성대로 살려는 한 여성이 겪는 내적 동요와 갈등을 글로 풀었다. 출판사에서는 이런 민망한 슬로건을 달았다. '연애, 결혼, 일로부터 수시로 울컥하는 여자들을 위한 셀프구원의 기록.' 내용상 헐거운 부분이 있겠지만 어떤 일상적이고 구체적인 상황에 들어가서 쓴 건 맞다. 나와 같은 처지의 사람들에게 최소한 공감의 지점은 마련해준 것 같다. 글을 쓰면서 생각해야 하는 부분이다. 내 글이 누구에게 가닿길 바라는가. 어떤 도움을 줄 수 있을까. 먼저 걸어가고 느낀 자로서 무슨 이야기를 건넬까. 그런 물음에 대한 응답 장치가 사진 한 장 붙여놓고 글을 쓰는 일이다. 좋은 사연을 들려주고 좋은 음악을 틀어주는 디제이처럼 글쓰기도 나와 닮은 영혼에 말 걸고 위로를 건네는 일이다.

별자리적 글쓰기: 글의 구성

예술작품은 하나의 감각 존재이며, 다른 그 무엇도 아니다.
그것은 그 스스로 존재한다.

- 들뢰즈 · 가타리 -

"글쓰기에는 두 가지가 있다. 하나는 건축적 글쓰기. 건축에는 먼저 설계도가 있다. 그 설계도에 맞추어서 건축자재들이 수집되어 맞추어지면 집이 된다. 또 하나는 별자리적 글쓰기. 별들은 저마다 홀로 빛나며 흩어져 있다. 그 별들 사이에 먼 눈으로 금을 그으면 별자리는 태어난다. 흩어져 빛나는 별들 그대로, 그러나 나만이 알고 있는 금긋기를 통해서 별들 사이에서 태어나는 그 어떤 조형. 명멸하는 먼 별들이 없으면 나의 금긋기도 없다. 나의 금긋기가 없으면 별들의 별자리도 없다. 내가 생각하는 글쓰기는 이런 글쓰기가 아닐까. 그러나 별보다 더 멀어서 아득하기만 한 글쓰기."(김진영, 철학자)

너는 어느 쪽이냐 묻는다면, 나는 별자리적 글쓰기라고 답하겠다. 위의 글을 읽고 내가 그랬구나 알아차렸다. 별자리적 글쓰기라는 이름이 무척 마음에 든다. 별처럼 반짝이는 하나의 생각을 본다. 계속 응시한다. 어떤 생각은 사라지고 어떤 생각은 태어난다. 다른 생각들도 이것저것 반짝인다. 생각과 생각을, 경험과 경험을 잇는다. 금긋기를 통해 그려지는 어떤 조형. 나의 글쓰기가 완성되는 것이다. 별보다 더 멀어서 아득한 글쓰기 그것이.

그럴 수밖에 없었다. 내가 워낙 구조적이고 치밀한 설계에는 무능하다. 쓰는 것만이 아니라 사는 것도 그렇다. 그때의 상황과 충동에 맡기는 편이다. 몇 살에 무엇을 하고 얼마를 모으고 언제 어디를 가고 그런 계획은 한 번도 세운 적 없다. 저축을 하던 시기에도 정기적금이 아니라 자유납입식을 선호했다. 삶에 어떤 틀이 정해지는 게 갑갑하다. 플랭클린 다이어리는 나의 본성에 위배되는 상품이다. 다이어리를 쓰지만 계획보다 반추와 기록 위주다. 삶이 계획대로 살아진다는 건, 외부에서 어떤 변수도 발생하지 않는다는 전제가 필요하다. 진공 상태의 삶에는 예측 가능한 변화만 일어난다. 그걸 변화라고 할 수 있을까. 내 인식과 관점의 틀로 잡아놓은 삶의 밑그림이란 편협할 수밖에 없지 않을까. 그렇게 살아가는 게 행복일까 불행일까. 불안도 없지만 재미도 없을 것 같다.

마찬가지로 우연에 기대는 글쓰기는 불안과 재미를 동시에 준다. 가령, 내일 마감인 원고가 있다. 더 이상 미룰 수 없다. 써야 한다. 선배가 밥이나 먹자고 한다. 누군가와 밥을 같이 먹는 일은 글 쓰는 일만큼 중요하다고 생각한다. 망설이다가 나간다. 밥 먹고 이야기를 나누면서 한쪽 뇌에서는 원고를 계속 생각한다. '밥만' 먹고 재빨리 귀가하여 쓴다. 그러고 나면 책상에서 낑낑댈 때는 안 풀리던 문장이 잘 풀리기도 한다. 밥이라는 별의 반짝임, 선배가 던진 말의 빛같이 불현듯 나타난 유혹에 금을 긋고 다른 생각과 정보를 이어 글을 한 편 완성한 것이다. 글쓰기가 글을 '짓는다'는 의미에서 건축적 요소가 없다고 말할 수는 없겠으나 설계도를 완벽하게 짜놓고 쓰느냐 조금 더 헐겁게 몇 가지 별같이 반짝이는 물음을 안고 쓰느냐의 차이가 있다.

별자리적 글쓰기는 벤야민의 글쓰기이기도 하다. 벤야민은 이렇게 말했다.

"좋은 산문을 쓰는 작업에는 세 단계가 있다. 구성을 생각하는 음악적 단계, 조립하는 건축적 단계, 그리고 마지막으로 짜 맞추는 직물적 단계다."

음악적 단계는 대략적인 글의 주제와 톤을 정하는 게 아닐까 싶다. 실연당한 이야기를 덤덤하게, 혹은 청년 실업의 이야기를 밝게 써볼까. 김기덕 영화의 느낌을 가져와 거칠게 등등. 조립하는 건축적 단계는 레고 블록처럼 생각과 정보를 모아놓는 것이다. 직물적 단계는 별자리를 연결하듯 촘촘히 이음새를 엮고 모양새를 지어 완성하는 것이다. 음악이나 건축물이나 직물처럼, 글짓기도 삶의 쓰임을 위한 창작 행위다.

더 잘 쓸 수도, 더 못 쓸 수도 없다: 힘 빼기

글을 쓴다는 것은 시간의 부재의 매혹에 자신을 맡기는 것이다.

– 모리스 블랑쇼 –

영원한 나의 시인 이성복의 강연을 간 적이 있다. 대중강연에 좀처럼 모습을 드러내지 않는 분인 데다가 오래 존경해온 시인이니 놓칠 수 없었다. 나는 좋은 시가 있으면 베껴 쓰곤 하는데 시집 한 권을 통으로 필사한 건 이성복의 『남해 금산』이 유일하다. 스스로 만든 자부심이 크다. 나는 사인을 받으려고 『남해 금산』 시집을 챙겨들고 두근거리는 마음을 안고 찾아갔다. 역시 최고의 시인 강연답게 성황이다. 일찍 도착했는데도 이미 강연장 앞자리가 북적북적했다. 오륙십 대 중년 여성으로 보이는 그들은 시인의 오랜 깊은 독자인 듯했다. 쉬는 시간에 보온병에서 진한 한방차를 따라서는 시인에게 건네기도 했다.

이성복 시인의 첫 느낌은 갓 깎은 검은 연필 같았다. 검은 외투에 검은 바지, 유달리 깊은 먹색 눈동자에 콧날은 연필심처럼 날카로웠다.

시인의 시처럼 몽환적인 긴장이 전신에 흘렀다. 마냥 편하지 않은 분위기, 쉽지 않은 강의라고 내가 느낀 것인지 진짜 그랬는지 분명치 않다. 나는 다만 랭보나 보들레르 같은 신비로운 느낌을 갖던 '시인'을 직접 뵈니 평상심으로 앉아 있지는 못했던 것 같다.

그 두 시간 강의 중 기억에 남는 건 글쓰기에 관한 말씀이다. 시인은 글을 쓸 때 국화빵 기계에 밀가루가 들어가고 팥앙금을 짜는 것처럼 한 단락씩 채워간다고 했다. 또 글이란 본디 자기 능력보다 더 잘 쓸 수도 없고 더 못 쓸 수도 없다고 했다. 글 쓰는 사람은 보는 관점이 달라야 한다며 무슨 조감도 같은 그림을 칠판에 그렸다. 나는 시인의 말을, 글을 쓰다가 막힐 때마다 유용하게 되새김질했다. 특히 "나보다 더 잘 쓸 수도 없고 더 못 쓸 수도 없다"는 말은 잘 쓰고 싶은 욕심에 눈앞이 흐려져서 문장이 한 줄도 나아가지 못할 때 특효약이다. 얼마나 명확한가. 나의 역능만큼 써진다는 엄정한 진리. 영감 가득한 아름다운 문장으로만 채워진 글은 날로 기대하지 말라는 일침. 뭔가 전율을 가져오는 '신의 한 수' 같은 문장들로 이뤄진 글은 갈망의 산물이 아니라 습작의 결과다.

어디선가 골프 칠 때 어깨에 힘을 빼는 데만 3년이 걸린다는 말을 보았다. 글쓰기 역시 어깨의 힘을 빼고 나의 말로 꾸밈없이, 한 문장씩 정직하고 정확하게 써내려가는 게 중요하다는 점에서 골프 치는 법과 닮았다. 중언부언 수식 과잉의 문장이 아니라 군더더기 없이 정교한 문장이 좋은 문장이라는 걸 깨닫기까지 나는 생각보다 오래 걸렸다. 내가 쓴 글이 추상적인지 구체적인지, 잔뜩 멋 부렸는지 진실한지는 바로 알기 힘들고 남이 쓴 글과 내가 쓴 글을 읽으면서 감각으로 익힐 수 있다.

나보다 더 잘 쓸 수도 없고 못 쓸 수도 없다는 말은 희망적이다. 적어도 뿌린 대로 거둘 수 있다는 게 아닌가. 살아가면서 투입 대비 산출이 정확한 일이 거의 없었다는 점에서 고무적이다. 예전에 아는 사진작가가 백 장 찍으면 좋은 사진 한 장 건질 수 있다고 했는데, 글도 열 번쯤 고쳐본다면 좋은 글이 건져질 것이다. 글쓰기에 요행은 없다. 요행처럼 보이는 일이 있을 뿐.

글은 삶의 거울이다: 끝맺기

가던 길 나는 좋아 한 뿐새로 가노라

– 한설야 –

나는 살림이랑 애증관계다. 할 만하다와 못해먹겠다가 변덕을 부린다. 어느 날은 양말을 개고 빨래를 접는데 할 만했다. 집이 좁아 청소기를 쓰지 않고 비질을 했는데 방 안에 덮여 있는 미세먼지와 머리카락을 쓸어 쓰레받이에 담는 일을 하면서 묘한 쾌감을 느꼈다. 내 정신의 찌꺼기도 쓸어담아 버리는 기분이 들었다. 매일 개미처럼 쓸고 닦았던 친정 엄마도 생각났다. 그때는 몰랐다. 엄마의 노동이 보이지 않았다. 내가 편했다면 남이 힘들었단 뜻인데 몰랐다. 삶이란 누군가의 노동에 빚지고 살아가는 것이구나 싶고, 아무튼 그날 하루 내가 의젓해지는 기분이었다. 덤덤히 글로 썼다. "나를 힘들게 하는 게 나를 철들게 한다더니 살림이 그렇다"고. 그런데 만약 내가 한참 살림과 육아에 지쳤을 때 누가 "살림이 널 철들게 할 거야"라고 당위처럼 말했으면 반감이 들었을 것이다. 글 쓸 때 주의해야 하는 지점이다. 살림이 구질구질한 노동이지만 가족을 행복하게 하는 일이므로 가사노동에 즐겁게 임하자, 라고 쓰면 위험하다. 손에 물 마를 새 없는 날들 속에서는 싱크대에서 자신을 떨어뜨려 사고할 수 없다. 그래서 계몽, 곧 도덕적 마무리는 위험하다. 상황을 단순화시켜버린다. 감정을 평준화한다.

깨소금 일화가 떠오른다. 친구의 어머님은 모든 요리에 꼭 깨소금을 친다고 했다. 깨소금이 음식을 맛있게 한다는 믿음을 가진 분이다. 그 음식을 먹고 자란 자식, 곧 내 친구는 "모든 음식 맛이 비슷했다"고 회상한다. 잘 뿌린 깨소금이 화룡점정이 되기도 하지만 음식 고유의 향과 질감을 해치기도 한다. 글도 마찬가지다. 깨소금을 치듯 글도 기어코 '교훈'으로 마무리하는 사람이 있다. 오늘 하루도 참 알차게 보냈다, 오늘도 참 재미있었다 같은 '그림일기형' 엔딩 처리인데 글이 식상해지는 지름길이다. 기껏 자기 경험과 생각에 근거해 잘 써놓고 교훈적인 이야기로 마무리하면 글이 평범해진다. 그런데 이 교훈적인 마무리도 습관이다. 그걸 보여주는 일화가 있다.

글쓰기 수업 첫 시간에 돌아가면서 자기소개를 한다. 직업을 말하는 사람도 있고 말하지 않는 사람도 있다. 나도 웬만하면 말하지 않은 것은 묻지 않는다. 글쓰기 수업에서는 '글'에 드러난 이야기를 통해 사람을 차차 알아가는 재미가 있거니와 직업, 나이, 거주지 같은 것들은 실상 그 사람을 알아가는 정보를 준다기보다 속단하는 편견을 심어준다. 그게 싫어 직업 공개를 꺼리는 경우가 있다. 교사나 판사나 의사, 공무원 같은 직업을 가진 학인들. 사람들이 선망하는 직업이기도 하지만 편견이 많은 직업이기도 하다.

3차시 즈음, 아직 서로의 직업을 모르고 있는 상태에서 한 학인이 글을 발표했다. 합평이 끝나고 발표자가 옆 사람과 수군거리고 있었다. 나는 두 사람이 무슨 이야기를 그리 재미있게 하느냐고 물어보았다. 사연인즉, 옆 사람이 발표자에게 "공무원이시죠?" 하고 물어봤다는 것이다. 발표자는 어떻게 알았느냐며 깜짝 놀랐단다. 알고 보니 점쟁이처럼 용한 그도 공무원이었다. 공무원이 공무원을 알아본 셈이다. 우리는 박장대소했다. 도대체 어떻게 알아차렸는지 물었더니 그 옆 사람이 말했다.

"마지막에 글의 결론을 요약하는 걸 보고 알았어요. 공문서 쓸 때 주로 그렇게 하거든요."

한 가지 사례로 '공무원은 다 그래'라고 일반화하는 건 위험하지만 나는 글이 삶을 '크게' 벗어나긴 힘들다는 걸 새삼 느꼈다. 글을 보면 삶이 보인다. 글에도 인격이 있다. 지식인의 인격이 있고 공무원의 인격이 있고 운동가의 인격이 있다. 하지만 예외는 있다. 건조한 글을 쓸 것 같은 공무원, 딱딱한 논리만 전개할 것 같은 지식인, 거친 문장을 구사할 것 같은 운동가가 누구보다 섬세한 어조로 글을 쓰는 경우도 있다. 김진숙 전국민주노동조합총연맹 지도위원은 노동운동으로 잔뼈가 굵은 투사이지만 탁월한 문학적 감수성을 가졌다. 그가 쓴『소금꽃 나무』는 좋은 르포르타주다.

직업과 역할의 통념에 눌려 있던 예술가적 본성을 회복할 때 누구나 좋은 필자가 될 수 있다. 좋은 글은 그 자체로 다른 생각의 자리, 다른 인격의 결을 보여준다. 글은 삶의 거울이다. 글은 삶을 배반하지 않는다. 그것이 글 쓰는 사람에게는 좌절의 지점이기도 하고 희망의 근거이기도 하다.

PART 5

르포와 인터뷰 기사 쓰기

노동 르포: 조지 오웰, 그 혹독한 내려감

음지를 이야기하는 사람은 진실을 말하는 자이다

– 파울 첼란 –

저절로 이루어지면 악, 힘들게 얻어지면 선이라는 말이 있다. 이거다 싶었다. 내가 처한 안위 속의 불안을 설명해주는 듯했다. 내가 있는 여기가 과연 '삶의 최전선'인가. 수유너머R에서 '글쓰기의 최전선'이란 문패를 걸고 수업을 진행하면서 늘 가슴에서 붉게 어룽거리는 화두였다. 강좌가 매번 마감이 되고 성황을 이룰수록 좋으면서도 착잡했다. 인문학공동체에 자유로이 접속하고 유료 강좌를 선택하려면 정보와 돈이 있어야 한다. 오는 사람들도 주로 중산층(의 자녀들)이다. 갓 스물을 넘은 학인들은 "엄마가 보내서" 오기도 했다. 마치 영어처럼 글쓰기도 스펙 쌓기의 한 요소가 되어버렸다. '글쓰기는 꼭 필요하다'는 확고한 믿음. '왜'가 없는 자기계발 담론을 내면화한 학인을 마주하는 일은 더러 당혹감을 안겨주었다.

회의하고 흔들렸다. 내가 하는 일이 이미 자원과 자본을 가진 기득권 계층의 이익에 복무하는 것은 아닐까. 자기 목소리를 내지 못하는 이들, 언어를 갖지 못한 사람들, 그래서 이 사회에서 점점 삶의 지분이 줄어드는 이들과 글쓰기 수업을 해야 하는 게 아닐까, 하는 주제 넘은 고민이 마음 한편에 자리잡고 있었다. 좋은 글은 삶의 현장, 거기서 살아가는 사람의 이야기에서 나온다는 걸 무슨 신앙처럼 믿고 있었다.

그러다가 조지 오웰의 『위건 부두로 가는 길』, 바버라 에런라이크의 『노동의 배신』, 『한겨레21』 기자들이 쓴 『4천원 인생』 등 몇 권의 책을 읽자 가슴이 벅찼다. 기사는 신속하지만 딱딱하고, 소설은 아름답지만 허무했다. 비문학에도 순문학에도 온전히 마음 붙이지 못하던 참인데 르포르타주에서 문학의 가능성을 보았다. 르포르타주는 기록이라는 뜻의 불어다. 구체적인 현장에서 구체적인 사람과 대면하며 쓰는 기록 문학을 뜻한다. 사실에 근거한 취재에 배경지식과 비판의식을 더한 글이다. 그런 점에서 르포르타주는 글쓰기의 한 장르가 아니라 글쓰기의 기본 준칙이자 윤리에 가깝게 느껴졌다. 현장, 사람, 기록. 이것은 늘 내 가슴을 뛰게 하는 세 가지가 아닌가.

일전에 글쓰기 수업에서 어느 비혼 여성이 '일요일의 하루'를 글로 써왔다. 직장인인데 아픈 엄마를 모시고 살기 때문에 휴일날 쉬지도 못하고 아침에 눈 떠서 세탁기 돌리고 장보고 반찬 만들고 청소하고 다림질하는 등등 집안일 하느라 저녁까지 눈코 뜰 새 없이 바빴다. 그 글을 읽고 적잖이 놀랐다. 나는 그간 비혼 여성의 삶을 동경했다. 남편과 자식이 없는 홀가분한 삶으로 간주했다. 그런데 휴일의 노동 강도가 4인 가족의 주부인 나와 거의 다르지 않았다. 차이가 있다. 아이를 돌보는 일은 힘들어도 웃을 일이 간간이 있겠지만 노모를 돌보는 일은 우울하다고 그 학인은 고백했다.

기혼이든 비혼이든 가부장제 사회에서 돌봄노동은 결혼 여부와 무관했다. 어디서나 힘든 일은 그 조직의 가장 약자에게 돌아간다. 마음에 걸렸다. 노령 인구 증가와 여성의 돌봄노동 문제는 '가려진 영역'인데 갈수록 중요한 사회문제가 될 것 같았다. "나는 이 세계가 앓는 질병의 징후"라고 말한 니체의 진단대로, 각자 개인적인 체험을 구체적으로 쓰다 보면 어떤 구조적 모순이 드러나게 마련이고 그 작업을 같이 해보고 싶었다. 생활 르포. 일상 말하기이면서 진실 말하기.

고민 끝에 글쓰기 수업에서 '노동' 이슈 위주의 교재로 범위를 좁혀서 '르포르타주 글쓰기'로 강좌를 개설했다. 나에게 영감을 주었던 위의 르포르타주 문학을 교재로 택했다. 독일의 여성 15인이 자신의 사랑과 성(性)과 일에 대한 이야기를 담은 『아주 작은 차이』, 유년과 일상을 기록한 시집 『마징가 계보학』 등을 넣었다. 제주 4·3 항쟁, 쌍용자동차 해고 투쟁, 용산 철거민 투쟁, 삼성 백혈병 노동자의 실상 등 역사적 사건이나 사회적으로 쟁점이 되었던 르포르타주 관련 책은 일부러 제외했다. 우선은 내가 매일 접촉하는 것들 안에 서서 관찰하고 기록하는 생활 르포로 범위를 한정했다. 수업에 참여한 학인의 면면은 이전과 크게 다르지 않았다. 현장 활동가나 비정규직 노동자가 참여 의지를 밝혔으나 결정적으로 경제적·시간적 여유가 없어 시도하지 못하거나 참여했다가도 중도 포기했다. 한국 사회에서 글쓰기라는 행위 자체가 일하는 사람들에게 어려운 작업이라는 걸 실감했다.

르포르타주 글쓰기는 작게나마 성과가 있었다. 노동 이슈에 관해 집중적으로 쓰고 읽고 토론하는 귀한 시간을 가졌다. 한 학인은 정치학 석사 과정을 마치고 공부를 계속하던 중 글쓰기 수업에 왔다. 어떤 마음의 변화가 일어났는지 공부를 그만두고 24시간 패스트푸드점에 취직했다. 그것도 심야로. 3개월간 야간 아르바이트를 하면서 르포르타주 강좌에 참여했다. 고단하다는 말로는 다 담아내기 어려운 맵고도 신산한 노동의 체험을 글로 낱낱이 풀어냈다. 그곳에서 만난 '십 대 아르바이트생' 세 명을 인터뷰했는데, 그들이 야간 노동에 투입되어야 하는 처지와 일상이 그대로 드러났다. 그 글을 써와서 발표하던 학인은 읽는 도중 눈물이 쏟아져 낭독을 중단하고 자리를 떠야 했다. 먹먹한 시간이었다.

또 다른 학인은 백화점 의류 판매원으로 일하는 엄마를 인터뷰하여 '감정 노동자'의 고단한 현실을 담아왔다. 밸런타인데이에 초콜릿 공장에서 단기 포장 아르바이트를 했던 대학생 학인의 글은 소기업의 난망스러운 노동 조건을 그대로 폭로했다. 인간에 대한 인간의 크고 작은 횡포와 타락한 현실에 가슴 철렁하고 가슴 쓸어내리길 반복했던 시간이었다.

르포르타주 문학은 나에게 시린 꿈처럼 남아 있다. 접시 닦이, 노숙, 부랑자 생활 등을 자처했던 조지 오웰은 "글쓰기에서 가장 중요한 것은 글의 주제, 곧 마땅히 표현해야 될 바를 표현하는 일인데 그건 경험하지 않으면 실상을 드러낼 수 없다"고 단언했다. 일단 현장에서 써야 한다는 것. 동의한다. 오웰은 또한 표현의 방식과 스타일 등 넓은 의미의 작품성은 그다음에 따라오며 그건 고통스러운 반복 작업과 훈련을 통해 이루어야 한다고 충고했다고 한다. 동의한다. 현장에서 보고 느끼고 말한다는 것. 현장으로 내려갔기에 잘 쓴 게 아니라 충실한 경험에서, 곧 삶에 밀착한 경험에서 좋은 글이 나온 것이다. '삶이 쓰게 하라'는 것. 작가의 윤리와 책무에 헌신하고 글로 생산하는 작가에게 존경이 솟는다. 그래서 나는 글이 힘을 잃고 지리멸렬해진다고 느낄 때 조지 오웰을 읽는다. 그의 맵시와 유머와 기품이 어우러진 문장을 부러워하며 '혹독한 내려감'에 존경을 보낸다.

사람을 이해하는 시간, 인터뷰

'이해'란 타인 안으로 들어가 그의 내면과 만나고,
영혼을 훤히 들여다보는 일이 아니라,
타인의 몸 바깥에 선 자신의 무지를 겸손하게 인정하고,
그 차이를 통렬하게 실감해나가는 과정일지 몰랐다.

– 김애란 –

"자기만의 길을 가는 이는 누구와도 만나지 않는다"고 니체는 말했다. 사람들은 거의 비슷하지만 모두 다르게 살아가고 있다. 삶의 환경과 유전자가 다르고 똑같은 사건을 겪었어도 수용하는 자세와 기억하는 부분에 따라 삶의 모양과 의미는 변한다. 장미와 민들레만 봐도 그렇다. 피고 지는 시기도 제각각이며 빛과 바람에 따라 다른 향기와 빛깔이 만들어진다. 고양이를 키우면서 알았다. 통칭 '야옹이'로 보였던 고양이의 종류가 그리도 많은지. 어느 것이 더 우월하다 말할 수 없듯이 삶도 마찬가지다. 그런데 우리 사회는 좋은 삶에 대한 기준이 편협하다. 화원에서 파는 꽃과 동물도감에 나오는 고양이의 사진은 그 종류가 아무리 많아도 딱 그만큼이다. 척도에 의해 선별되는 것은 그보다 훨씬 많은 것들을 보이지도 못하게 한다. 삶도 그와 같다. 가령 학

벌, 돈, 직업, 외모 등 극히 물질적인 것을 척도로 삼아 그것이 충족될 때 성공한 삶이라고 말하고 미달할 땐 무시한다. 무시는 보지 않는다는 뜻이다. 없는 듯이 취급한다. 이 가려진 부분, 삶의 진실을 드러내는 게 글 쓰는 이의 역할이다. 작가는 삶에 대한 옹호자다. 모든 생명은 그 땅의 최상이고 그 세월의 최선이었음을 기록하는 것이다.

삶에 대한 옹호. 나는 이 말을 글자로 써놓았을 때 야물고 동글한 어감이 좋다. 삶은 사람을 포갠 모양이고 옹호는 얼굴을 맞댄 형상이다. 사람끼리 속삭인다. 삶에 대한 옹호는 저절로 이뤄지는 게 아니라 얼굴 마주할 때 가능한 관계이자 부단한 접촉을 통해 우러나는 감정이므로 옹호를 연습하기 위해 나는 글쓰기 수업에 인터뷰를 넣는다. 학인들에게 인터뷰 과제를 내준다. 인터-뷰(inter-view)는 마주하기다. 온몸이 귀가 되어 상대방의 이야기를 듣고 그 이야기를 나의 언어로 번역하고 정리하는 일이다. 글 공부가 곧 사람 공부라고 할 때 인터뷰는 두 가지를 아우르는 최고의 방법이다. 그래서 맨 마지막 차시에 배치한다. 10주가량 배운 글쓰기 실력을 발휘하는 시간이며 사람에 대한 태도를 검증하는 자리이다. 인터뷰의 첫 단추이자 가장 중요한 결정 사항. 인터뷰이로 누구를 할 것인가는 저마다 다르다. 학인들은 엄마, 딸, 할머니, 남편 같은 가족이나 직장 동료, 예술가 친구, 교회 오빠, 스승 등 가깝고도 먼 당신을 정한다.

한 학인은 친할머니를 인터뷰했다. 서울에서 네 시간 거리의 산간지방에 살고 있어 명절 때나 뵙던 할머니다. 할머니는 인터뷰를 하러 온 손녀에게 30년 동안 한 번도 하지 않았던 일제강점기와 한국전쟁이라는 험난한 한국 현대사를 통과한 당신의 젊은 시절 이야기를 들려주셨다. 손녀는 살아온 세월이 기적인 삶의 용사로서 할머니를 보게 되고, 할머니는 과거에 관심을 가져주는 손녀가 "그저 고맙고 거듭 고맙다". 그 인터뷰 글을 본 우리도 괜히 할머니의 삶에 죄송하고 또 고마웠다.

40년 동반자 남편을 잃고 우울증이 심해 밤이고 낮이고 전화를 걸어 딸을 괴롭히던 엄마를 인터뷰한 학인은 이렇게 말했다.

"그전에는 엄마가 하소연할 사람이 저밖에 없으니 그냥 들어주었거든요. 인터뷰를 계기로 들어주는 게 아니라 정말 듣게 된 거죠. 내용도 깊게 들어가고 질문도 많이 하고 그러니까 엄마도 단순히 푸념이 아니라 자기 생애를 차근차근 말하게 되었고요. 엄마가 점점 좋아지더니 1년이 지난 지금은 우울증 약을 거의 안 드세요. 엄마는 자기 이야기를 들어주고 당신을 알아주는 사람이 필요했던 것 같아요."

인터뷰를 하고 나면 우리는 느낀다. 누군가의 이야기를 들어주는 일의 가치와 아름다움을. 누구를 안다고 말하는 것의 조심스러움을. 할머니나 엄마의 인터뷰처럼 가족의 배치에서 벗어나 사람과 사람으로 만날 때 더 극적이다. 반전의 맛이라고 할까. 늘 가족을 위해 희생하던 엄마가 아니라 한 존재의 실존적인 고투를 엿보게 되면 그 삶의 진실함에 숙연해지고 만다. 본래적 존재로 살아가려는 힘이 삶의 진실함이다. 이런 식으로 학인 열댓 명의 인터뷰를 잇달아 읽고 나누는 마지막 합평 시간은 버겁고 그래서 좋았다. 각각의 삶을 집중적으로 받아 안고 읽어내는 강도 높은 '감응 훈련'을 하는 거니까.

나의 경우는 그랬다. 수많은 인터뷰를 하고 학인들의 인터뷰를 읽고 토론하면서 사람을 보는 눈이 조금씩 달라졌다. 보이는 것 너머 이면을 상상한다. 가령 경복궁 역 앞에서 검은콩이랑 감자랑 귤 같은 것을 놓고 파는 할머니를 보아도, 단지 '불쌍한 존재' 혹은 '실속 있는 알부자'가 아니라 노점은 언제부터 하셨을지, 저렇게 번 돈으로 자식 몇 명을 길러내셨을지, 자기 삶에 대한 원망은 있을지 없을지 생각하게 된다. 타인에 대한 상상력이 길러졌다. 한 존재를 바라보는 '겹의 눈'이 생기는 것이다. 인간은 서로의 도움 없이 삶을 지탱할 수 없으며 정신을 배양할 수 없다는 점에서 인터뷰 경험은 소중하다. 지금 내 앞에 있는 사람을 인생의 스승으로 보게 하니까. 앞서 할머니를 인터뷰한 학인은 글쓰기 수업 과정을 마치고 다음 기수 수업에 놀러오면서 맛난 케이크를 사왔다. 케이크 귀퉁이에 들어 있는 카드를 열어보니 글쓰기 수업이 계속 생각난다며 이렇게 썼다.

"사람에 대해, 삶에 대해 생각해볼 수 있는 시간이었습니다."

인터뷰는 사려 깊은 대화다

관계란 기억의 교환이다.
다른 사람에게 평범한 기억밖에는 만들어줄 수 없는 사람은
'그 사람'이 될 수 없으며, 자신의 기억을 갖지 못하는 인간은
다른 사람의 기억 속으로 들어갈 수 없다.

– 황현산 –

남녀가 수줍게 내외하며 서로를 알아내려 집중하는 모습을 나는 카페 옆자리에서 종종 목격한다. 소개팅 장면일 텐데 인터뷰 장면이 꼭 그와 유사하다. 인터뷰는 짧은 연애다. 두세 시간 정도 진행되는 그 시간이 데이트처럼 설레고 긴장된다. 또 내용적인 면에서도 연애적이다. 우리는 한 사람을 사랑할 때 그간 몰랐던 세계를 경험한다. 그가 좋아하는 음악을 찾아 듣고 그가 마시는 낮술을 같이 먹고 그가 쓰는 말투를 따라한다. 인터뷰도 한 사람의 우주로 들어가는 행위이다. 새로운 말들을 접하면 자기 속성이 변한다. 흔히 인터뷰를 소통 행위라고 생각한다. 그럴까? 인터뷰는 그저 상대방의 생각을 듣고 정리하는 그런 소극적인 절차가 아니다. 사람과 사람이 만나 감전되고 화학반응을 일으키며 감각이 달라지는 뜨거운 일이다. 좋은 연애가 서로를

성장시키듯이 좋은 인터뷰도 쌍방의 주체적 변화를 이끌어낸다.

사려 깊은 대화로서의 인터뷰. 그런데 초면에 자발적으로 속마음을 털어놓는 사람이 몇이나 될까. 자기 이야기하기는 원래 쑥스럽고 어색한 일이다. 휴먼 스토리를 쓰고자 한다면 그 사람의 신발을 사흘 이상 신어보라는 말이 있는데 일정 기간 그의 처지에서 생각하고 그와 함께 생활해보아야만 마음을 이해할 수 있다는 뜻이다. 그 정도로 공을 들여야 한다는 말이다. 아는 척하거나 거짓으로 둘러대는 게 제일 위험하다. 창피해도 모르는 건 모른다고 말하고 배우고 넘어가야 한다. 내가 솔직하고 진지한 자세로 대할 때 상대방도 같은 각도로 몸을 기울여 대화에 임한다. 또 상대방에게 눈을 떼지 말고 '흐름'을 읽는 일이 중요하다. "자세히 보아야 이쁘다. 오래 보아야 사랑스럽다. 너도 그렇다"라는 시구처럼 주의를 흩뜨리지 않을 때 이야기 속으로 들어갈 수 있다. 진정한 발견은 새로운 풍경이 아니라 새로운 눈을 통해 이루어진다고 하지 않나. 사람 풍경도 마찬가지다. 사람을 바라보는 나의 귀가 얼마나 열렸는지, 사람의 이야기를 받아내는 내 마음의 토양이 어떠한지에 따라 채집할 수 있는 말과 피워낼 수 있는 글은 얼마든지 달라진다. 위대한 사랑이 대상을 창조하듯이 좋은 인터뷰어도 인터뷰이를 아름답게 창조한다.

또 하나. 직업적으로 사람을 만나는 사람은 사람 사이에 위계를 두지 말아야 한다. 우리나라가 유독 직업에 대한 귀천이 명확하게 나뉘어 있어 의도적으로 노력해야 하는 부분이다. 기업 회장이건 경비원이건 사회적 역할이 다를 뿐 모두 다 같은 동료 시민이다. 당연한 이야기이지만 편견이 거의 무의식처럼 작동하다 보니, 학인들에게도 인터뷰 전 한 번씩 상기시키곤 한다. 그런데 인터뷰를 직접 하고 남의 인터뷰를 듣고 나면 자연스레 터득하는 부분이다.

나만의 민중 자서전 프로젝트

삶은 평가하는 것이 아니라 살아내는 것이다.

– 안도현 –

나는 한때 '민중 자서전'을 만들고 싶어서 몸이 달았다. 인터뷰의 재미에 푹 빠져 있었기 때문에 제법 진지했다. 제목도 정했다. 21세기 민중 자서전. 이 이야기를 주변에 하면 하나같이 웃었다. 뜻은 갸륵하나 제목부터가 '시대착오적' 발상이라며 구박했다. 정말 이상한지 보려고 블로그 문패를 슬그머니 '민중 자서전'이라고 달아봤다. 그랬더니 정말 이상해서 얼른 바꿨다. 그래도 나의 의지는 꺾이지 않았다.

민중 자서전의 기획 취지는 이렇다. 자기 시대가 떠받드는 가치에 휘둘리지 않고 자기만의 길을 묵묵히 가는 사람들의 사는 이야기를 널리 알리는 것이다. 첫 번째 주자가 수유너머R의 연구원 고병권이었다. 책의 저자로 이름만 알다가 연구실에 공부하러 다닐 때 보았는데, 사는 모습이 좋아 보였다. 사는 게 좋기만 할 리는 없으니 어떤 고민이 있는지 그 고민을 어떻게 풀어가는지 궁금했다. 그런데 어떻게 인터뷰를 하자고 해야 할지 막막했다. 내가 언론사 소속 기자도 아니고, 프리랜서지만 지면을 할애받은 기사도 아니고, 어디에 쓸지 계획도 없이 의욕만으로 시작하는 그저 '개인 작업'이다. 며칠을 망설이다가 민중1로 점찍어둔 그를 연구실에서 마주쳤을 때 용기 내 말을 걸었다. 있는 그대로 솔직하게 말하는 것 외에 달리 방법이 없었다. 나는 글 쓰는 사람이고 민중 자서전이라는 큰 구도하에 사람들을 만나서 인터뷰를 하고 싶으며 당신이 처음이었으면 좋겠고 등등. 고병권은 흔쾌히 응했다. 그와 두 번에 걸쳐 인터뷰를 진행했다. 나는 동료 사진가를 꼬드겨서 사진 작업도 같이 진행했다. 인터뷰를 마친 후 원고를 정성 다해 썼고 사진도 받아서 나의 블로그에 올려놓았다. 이 목적 없는 인터뷰, 원고 매수 제한이 없는 인터뷰는 글 쓰는 호흡을 길고 깊게 해보는 실험 무대가 되었다.

두 번째 민중으로 택한 사람은 우리 아파트 경비원 아저씨였다. 인터뷰이가 철학자라서 더 망설이고 경비원이라서 더 수월하지 않았다. 섭외는 여전히 쑥스러웠다. 섭외를 하면서 나를 설명하고 내 욕망을 드러내야 하기 때문이다. "21세기 민중 자서전을 쓰고 싶어서 그러는데요." 이런 말을 우리가 쉬이 주고받으며 살지는 않으니까. 상대방은 거절할 수도 수용할 수도 없는 애매한 표정이 되어버릴 수 있는 거였다. 여튼, 경비원 아저씨에게도 한 달 정도를 살피다가 겨우 용기 내어 섭외를 시도했다. 아저씨가 저녁을 드시고 심야 순찰을 돌기 전인 오후 9시 즈음이 가장 한가한 것 같았다. 그때 경비실 문을 두드렸다. 주머니에 수첩과 볼펜을 쑤셔넣고. "저 아저씨, 사실은 제가 글을 쓰는 일을 하는데요……."

내가 그랬듯이 인터뷰 과제를 내주면 학인들은 섭외부터 걱정이다. 만날 보는 엄마라도, 아니 만날 보는 엄마라서 섭외가 어렵다. 다른 인격, 다른 관계로 만나는 일이므로. 엄마든 교수님이든 지인의 소개를 받는 것보다 직접 연락하라고 학인들에게 권한다. 메일, 전화, 블로그, SNS 등 채널은 많다. 아는 사람 부탁으로 만남이 성사되면 인터뷰이의 태도가 은근히 불성실할 위험이 있다. 거절할 수 없어 나왔으니 대충 대답하고 끝내려 한다. 마음의 문을 열고 나와도 어려운 게 인터뷰인데 마음의 문을 반쯤 닫고 나온 사람과의 인터뷰는 진땀 빠지지 않겠는가. 직접 상대방에게 연락을 취하고 인터뷰를 성사시키기 위해 설득하고 약속을 잡는 것부터가 감응의 노력이고 인터뷰의 시작이다.

그다음은 사전조사. 인터뷰의 목적은 첫째는 정보, 둘째는 상대방의 생각과 느낌을 알아내는 것이다. 그것들 중 정보는 미리 준비해갈 수 있다. 그런데 충분한 사전조사가 대화를 풍요롭게도 하지만 지나친 '뒷조사'가 편견을 만들기도 한다. 미리 준비하는 질문은 약이 되기도 하고 독이 되기도 한다. 기초적인 부분을 예습해서 '말귀를 알아듣고 모르는 것을 모른다고 말할 수 있는 수준에서' 준비하는 게 좋다. 유명 저자의 경우 그가 쓴 책을 읽고 가면 되고, 가족이나 경비 아저씨처럼 가까이서 지켜본 인물은 익히 알던 사람이어서 오히려 좀 낯설게 보려는 준비가 필요하다.

나는 준비가 소홀해서 혹은 과다해서 곤경에 빠진 경험이 각각 있다. 한 번은 성공한 젊은 창업자였는데 고생할 때 이야기를 이것저것 물어봤더니 "내 책도 안 읽어보고 왔느냐"고 말했다. 당혹스럽고 무안했다. 자기계발서류의 성공담을 담은 책을 읽고 가면 다 아는 이야기라서 지루하거나 대화가 빤한 층위에서 맴돈다. 나는 유명인에 대해 이미 알고 있는 사실들, 편견일지도 모르는 그것들만 확인하는 게 가장 나쁜 인터뷰라고 생각한다. 인터뷰이에게서 이야기가 샘솟도록 마중물을 부어줄 수 있을 정도의 준비가 적당하지 않을까 싶다. 인터뷰이가 쓴 책을 읽고 가면 한결 자신감 있게 대화에 임할 수 있지만 인터뷰 주제에 따라, 사람에 따라 책은 하나의 선택 사항이다.

내가 인터뷰 갈 때 챙기는 건 따로 있다. 음료수나 케이크, 미니 화분 같은 작은 선물들이다. 환경 관련 시민단체에 매월 취재를 나가는 기획물을 맡았을 때, 시민단체에서 일하는 친구들이 생각났다. 그들이 얼마나 고생하는지 아니까 우정의 선물로 롤케이크나 화분을 하나씩 사가기 시작했다. 또 기업의 나눔재단 소식을 알리는 취재를 다니면 가정 형편이 어려운 이웃을 만나야 하는데 빈손이 민망했다. 그 중에서도 병원 재단에서 의료비 지원을 받는 희귀병과 난치병 환아를 만나는 일은 정말 괴로웠다. 의료비를 지원받더라도 자기 사연이 알려지지 않기를 바랄 수도 있다. 생판 모르는 나를 만나서 구구절절 자기가 얼마나 가난한지, 아이의 질병으로 얼마나 고생했는지 이야기하는 게 편하기만 할까 하는 생각이 들어서다. 원고를 쓰고도 원고료를 받고도 마음이 편치 않았다. 이 사회의 구조적 모순인 가난에 대해 표층적인 이야기를 둘러대고 그것으로 돈을 받자니 속상했다. 그래서 뭐라도 선물을 사가거나 원고료를 후원했다. 인터뷰 가는 곳이 유명한 떡집이라면 거기서 떡을 사고, 서점이라면 책을 한 권 반드시 샀다. 이방인 취급받지 않고 스스로 환대받기 위한 것이기도 하지만, 내 좋은 인터뷰가 그에게도 어떤 작은 실질적인 기쁨이나 의미라도 되길, 그래서 마음의 평형 상태를 이루길 바랐다.

섭외를 직접 하면서 인사를 나누고, 선물로 마음을 트고, 그러면 자연스럽게 인터뷰에 들어갈 수 있다. 본격 대화를 나누기 전에 이 인터뷰가 어떤 목적인지, 어떻게 쓰일 것이며 어떤 의미를 갖는 자리인지 맥락을 짚어준다. 나의 야심찬 민중 자서전 프로젝트도 그렇고 학인들의 경우를 봐도 그렇고, 인터뷰에 대해 사람들은 의외로 관대하다. 진지한 대화를 나누자는 프러포즈를 기꺼이 받아들이는 편인 것 같다. 아니, 안전하다고 판단하는 자리가 주어진다면 자기 이야기를 기꺼이 하고 싶어 한다. 자기 이야기가 잘 풀리기도 하고 안 풀리기도 하는데 상대방이 생각하고 기억을 복구할 수 있는 시간을 갖도록 인터뷰어는 침묵을 견뎌야 한다. 침묵이 너무 길어 대화의 맥이 끊길 수 있으므로 심리적 지원을 해주거나 적당한 시간에 다른 화제로 돌린다. 그러면서 섣불리 상대방의 말을 끊거나 생각과 느낌을 넘겨짚거나 알고 있는 듯이 행세해서도 안 된다. 이 모든 게 대화의 흐름을 읽고 감정을 살피는 섬세한 정서 노동이 필요한 일. 그래서 인터뷰가 연애와 비슷한 거다. 이심전심 오래된 연인들의 연애가 아니라 일거수일투족을 온갖 상징과 기호로 읽어내는, 시작되는 연인들의 연애.

모든 관계는 비대칭이다. 동등할 수 없다. 요즘은 연인 사이도 갑을 관계로 논하더라만 늘 더 사랑하는 사람(을)이 있고 덜 사랑하는 사람(갑)이 있는 것은 만고불변의 진리. 그렇게 따질 때 인터뷰어는 을이다. 더 사랑하는 사람의 자리가 인터뷰어의 몫이다. 그래서 자리를 파하고 인터뷰이가 시야에서 사라질 때까지 눈을 떼지 말아야 한다. 인터뷰가 끝났다고 생각됐을 때 긴장을 풀고 자기 본모습을 드러내는 경우가 많다. 말투, 표정들, 행동들만이 아니라 주변의 작은 것들에서 진실로 들어가는 힌트가 될 만한 단서가 나오게 마련이다. 연예인을 만날 때는 매니저들, 직장인을 만날 때는 동료, 가족 등도 인터뷰이에 대한 쏠쏠한 정보를 많이 준다.

주변의 디테일을 세밀하게 관찰해야 한다. 작업실, 사무실, 집 등으로 찾아갈 경우 그 사람의 취향 및 가치관을 알 수 있다. 서재를 잘 꾸민 집, 침실이나 옷 방이 화려한 집, 부엌을 신경 쓴 집, 마당이 아름다운 집 등에 따라 주인장의 개성은 저마다 다르다. "사람은 자신의 거처와 상당히 관계가 깊어서, 집을 잘 관찰하면 거기 사는 사람에 대해 많은 것을 알게 되게 마련이다"라고 괴테는 말했다. 인터뷰를 하다보면 절감한다. 특히 인터뷰를 글로 쓰려면 불필요한 것들이 하나도 없다는 걸 느낀다. 한 사람의 모든 게 정보적 가치를 지닌다는 게 아니라, 인터뷰는 한 사람을 주인공으로 삼아 세계를 읽어내는 일이기 때문이다. 눈이 내려서 나타샤를 사랑하는 게 아니라 나타샤를 사랑해서 눈이 푹푹 날리는 것처럼, 우주만물의 운행 질서가 그 한 사람으로 인해 재구성되는 것이 인터뷰다.

시시하고 사소한 것들의 중요성

질서란 허위다.
숨길 것을 숨기고 난 후의 묵계에 불과하다.

– 이수명 –

시시한 대화는 심오한 대화와 연결되어 있다. 시시콜콜한 이야기를 하다가 큰 싸움으로 순식간에 번지는 것처럼. 인터뷰하면서 많이 느낀다. 작은 부분에 진실로 들어가는 단서가 있다.

아침뉴스를 진행하는 앵커를 인터뷰할 때다. 방송을 마치고 나온 그와 카페에서 만났다. 오전 9시 반. 모닝커피 한 잔이 간절한 시간 아닌가. 그와 나와 그리고 사진기자까지 셋이 앉았고 음료를 주문하는데 그는 커피가 아닌 주스를 시켰다. 무심하게 물어보았다. 커피를 안 좋아하느냐고. 그는 그렇지 않다며 '주스를 시킨 이유'를 설명했다. 아침 7시 뉴스를 하려면 새벽 3시에 일어나서 출근하는데, 잠이 부족하므로 방송 마치면 잠을 한 번 더 자고 일어나서 낮에 활동한다. 그런데 지금 커피를 마시면 잠의 질이 떨어지므로 주스를 마신다고 했다.

사소한 커피 이야기를 통해 앵커의 일상이 어떻게 시작되는지 들을 수 있었다. 그의 말에는 두 가지 인상적인 표현이 들어 있었다. 새벽 3시에 일어난다기에 내가 깜짝 놀라니까 웃으며 이렇게 말했다. "스님 예불 시간에 일어나는 거죠." 그리고 커피를 마시면 선잠을 잔다, 푹 자기 힘들다, 뒤척인다가 아닌 "잠의 질이 떨어진다"는 표현이다. 시장에서 새벽 장사하는 할머니에게서는 나오기 쉽지 않은 표현으로 생생하진 않지만 정제된, 방송인에 걸맞은 언어 구사였다. 한 사람의 독특한 말과 행동을 통해 그를 가늠한다. 직업과 취향, 인생관을 파악한다. 긍정적으로 사는지, 부정적으로 사는지를 단어와 말투로 짐작한다. 그러니 어떤 단어를 주로 쓰는지, 욕설을 자주 하는지, 간결한 화법을 좋아하는지, 말끝마다 부연설명을 붙이는지, 심지어 문법적으로 수동형을 좋아하는지, 능동형을 좋아하는지, 사투리를 쓰는지, 말끝을 흐리는지 그대로 전하는 게 좋다. 또한 무의식적인 몸짓과 행동마저도 성격을 보여주는 단서다. 말을 하면서 헛기침을 해대는지, 여럿이 걸을 때 앞서 걷는지, 뒤로 처지는지, 아시다시피나 사실, 가령같이 자주 사용하는 말버릇이 있는지 그러한 디테일을 살리면 글의 생생함을 더할 수 있다. 만나서 헤어질 때까지, 유쾌한 농담에서 진지한 토론까지 하나도 놓칠 게 없다.

자그마한 실개천이 나오고 험준한 바위도 나오고 평평한 들판이 나오다가 절벽의 폭포도 보는 것에 등산의 묘미가 있듯이 글도 마찬가지다. 진지한 이야기, 소소한 일상, 가끔 먼 풍경을 돌아서 다시 그 사람의 내면으로 들어가는 등 변화를 주는 게 좋다.

특히 생소한 주제, 전문가를 만나는 경우는 초등학생에게 설명하듯이 이야기를 해달라고 부탁한다. 폴리아티스트를 인터뷰하면서 그 직업을 처음 알았다. 영화에 소리를 입히는 예술가다. 작업실은 온갖 물건이 가득한 만물상에 가까웠다. 그 물건들로 발자국 소리, 찌개 끓는 소리, 편의점 문 닫히는 소리 등 못 만드는 소리가 없었다. 그에게는 길거리 갈 때 무엇을 주로 보는지 물었다. 그는 사람의 걷는 모습이라고 했다. 뚱뚱한 사람, 마른 사람, 노트북 가방을 든 사람, 멘 사람 등 어떻게 다른지 구분하여 섬세히 보고 발소리를 듣는다고 했다. 일상을 살아가는 모습을 통해 직업적 특성과 자세를 본 것이다.

말을 잃은 백 세 할머니 인터뷰하기

마주치거나 부딪치지 않고 이해되는 것은 없다.

– 김현 –

"인터뷰할 때 가장 중요한 건 질문이죠. 잘 던진 공 하나가 게임의 승패를 가르듯, 잘 던진 질문 하나가 인터뷰 생명을 발하거든요."

수업 시간에 학인들에게 강조하는 말이다. 인터뷰의 핵심은 질문이다. 좋은 질문이 인터뷰의 맥락을 잡아준다. 그러나 인터뷰어는 듣는 사람이지 말하는 사람이 아니다. 상대방으로 하여금 충분히 말하게 하기 위해서는 질문은 간단할수록 좋다. 질문이 길면 대답은 예, 아니요의 단답형일 수밖에 없으니 인터뷰이의 자질로는 수다스러운 것보다 과묵한 게 낫다는 이야기로 마무리를 했다. 그랬더니 어떤 학인이 묻는다.

"제가 인터뷰하려고 하는 분이 백한 살 할머니인데요, 말을 거의 못 하시거든요."

그날 수업은 외부 강의였다. 한 동네에서 6년간 독거 어르신 반찬봉사를 한 이들이 그 어르신들을 인터뷰해서 책으로 묶어내는 프로젝트를 진행한다. 그를 위한 인터뷰 위주의 글쓰기 수업을 진행하던 참이었다. 인터뷰할 어르신들이 나이가 많다는 건 알았지만 백 살이나 된 분이 계신 줄은 몰랐다. 약한 치매에 노환으로 종일 잠만 주무신다는 거다. 과묵이 아니라 침묵하는 인터뷰이에게 어떻게 질문을 던지고 충분히 말하도록 유도하고 듣는 자세로 임한단 말인가. 이론은 현실 앞에 무기력하다. 나에게도 하나의 과제가 던져졌다. 말할 수 없는 사람과의 인터뷰.

비슷한 경우가 있었다. 말이 서툰 사람과의 인터뷰. 나는 〈위클리 수유너머〉에서 '전선 인터뷰'라는 꼭지를 진행했는데 뇌병변 1급장애가 있는 노들장애인야학 김호식 학생을 인터뷰한 적이 있다. 알다시피 뇌병변 장애는 뇌손상으로 인한 중추성 운동장애로 움직일 때 협응이 안 되고 말투가 어눌하다. 활발한 수다가 생래적으로 불가능하다. 인터뷰는 어떤 면에서 말의 궁합이다. 주거니 받거니 긴장을 타면서 합을 맞춰가는 일이다. 말이 자유로워야 한다고 생각했다. 다행히 그의 활동 보조를 맡은 사람이 연구실 동료라서 인터뷰할 때 통역자 역할을 해주기로 했다. 그래도 심히 걱정스러웠다. 두 가지다. 말이 서툰데 대화를 길게 이어갈 수 있을까. 논쟁적인 심도 깊은 대화가 가능할까. 겉도는 피상적인 이야기만으로는 인터뷰의 의미를 살릴 수 없다. 이런저런 우려를 안고 갔는데 예상과 달리 인터뷰는 그 어느 때보다 진지하고 즐거웠다. 그는 야학 과목 중에 철학을 가장 좋아하고 한창 루쉰 산문에 빠져 있었다. 말의 속도가 마치 더치 커피액이 한 방울씩 추출되듯 느리고 발음이 부정확할 뿐이지 솔직하고 신랄하게 자기 생각을 표현했다. 입가에 하얀 침이 고이도록 있는 힘껏 주장을 펴고 말을 이어갔다. 철학이 좋긴 한데 너무 머리를 써야 되니까 어렵다며, 가장 어려웠던 건 푸코, 가장 재밌게 공부한 시간은 니체의 『차라투스트라는 이렇게 말했다』라고 했다. 우화적으로 표현하는 내용들이 재미있었다며 "진실을 포장해놓은 거 같다"고 말했다.

"철학 공부 하고 나서 생각하는 것들이 많아졌어요. 그냥 지나가게 되는 것도 좀 생각이 많아졌어요. 예를 들면 원전사고 같은 거. 정부에서는 우리나라에 피해가 없을 거라고 하는데 피해가 왜 없겠어요. 그게. 지구에 어디가 구멍이 있는 것도 아니고. 지구에서 방사능이 퍼져 나가는데 피해가 없을 수가 없죠. 바람이 돌고 도는데. 그런 것들을 생각하게 되더라고요."

누구보다 세상을 예민하고 낯설게 느끼고 있었다. 자기 관점이 명확하고 자기감정에 정직하다는 점에서 그는 훌륭한 인터뷰이였다. 뇌병변 장애인의 지적 능력과 소통 능력을 '잘 알지도 못하면서' 과소평가한 나의 무지와 편견이 몹시 부끄러웠다.

어르신을 인터뷰할 학인들에게 나의 경험을 들려주었다. 그 일을 반면교사 삼는다면 말을 잃은 백 세 할머니도 인터뷰를 할 수 있지 않을까 싶다며 같이 고민해보자고 했다. 직접 만나보지 않고서 인터뷰의 가능성 여부를 예단하지 말기로 했다. 또한 말 아닌 표정, 몸짓, 눈빛, 손동작, 뒷모습 등 비언어적 대화만으로도 인터뷰는 가능하지 않을까. 나는 인터뷰라는 형식을 회의적으로 따져보기 시작했다. 인터뷰는 사람을 만나는 일이다. 사람? 사람! 사람의 기준은 무엇이란 말인가. 시대적 합의에 따른 인간의 조건이 있듯이 인터뷰이의 조건도 있는 걸까. 우리 사회에서 인간과 비인간의 경계는 '화폐 생산능력'이다. 돈을 못 벌면 사람 구실 못 한다고 비난한다. 하지만 돈을 못 벌어도 인터뷰이 노릇은 가능하다. 가령 노숙인은 기자나 작가들에게 늘 호기심의 대상이다. 그럼 인터뷰가 가능한 사람과 불가능한 사람의 경계는? 자기표현 능력의 여부일까. 굳이 자기가 표현하지 않아도 된다. 뇌병변 장애인이 활동 보조인의 도움을 받듯이 다른 사람의 능력을 빌려올 수 있으면 가능하다. 수화 통역사도 해당할 것이다. 백 세 어르신의 경우는 사정이 다르다. 표현 자체가 서툰 게 아니라 거의 없다는 점. 원본이 없으므로 다른 이가 번역할 수 없다. 어떻게 풀어갈까.

그 학인은 결단을 내렸다. 백 세 어르신의 집에서 하룻밤을 잤다. 일박 이일 어르신과 지내면서 본 것을 기본으로 반찬봉사 다니면서 뵈었던 기억을 복구하고 마침 집에 들른 어르신 따님과의 대화 등을 덧붙여서 글을 썼다. 제목은 '백 년 동안의 고독'. 내겐 너무 새롭고 아슬아슬한 인터뷰였다. 인터뷰이가 될 수 있는 사람과 못 되는 사람의 구분은 자기표현 능력이 아니었다. 사회적 관계의 여부다. 보이는 존재인가, 보이지 않는 존재인가. 관계의 끈이 없으면 자기를 규정할 수도 없고 존재가 드러날 수도 없다. 백 세 어르신에게 반찬봉사를 다니던 한 사람이 어르신의 누워 있는 등을 보고 삶을 읽어내고 번역했듯이 나를 가만히 응시하며 보아줄 사람이 있어야 한다. 사람들을 만날 때마다 느낀다. 가장 큰 가난은 관계의 빈곤이다. 관계가 줄어들면 자아도 쪼그라들고 관계가 끊어지면 자아도 사라진다.

인터뷰가 처음에는 사람을 만나는 일이었는데 갈수록 사람이라는 개념 자체를 뒤집어보고 사유하는 기회를 제공한다. 사람은 무엇이다에서 무엇이 사람인가로. 낯선 존재와 부딪칠 때마다 인식의 틀은 그렇게 흔들린다.

PART 6

부록

글쓰기 수업에 참여한 학인들의 글 세 편을 싣는다.

노동 르포르타주 「효주 씨의 밤일」은 강효주가 맥도날드에서 3개월간 일한 경험을 담은 글이다. 대학원에서 정치학을 공부한 그는 글쓰기 수업에 두 차례 잇달아 참여했고 그사이 현장에서 일하며 글을 썼다. 지금은 문화연대 활동가로 일한다.

박선미의 「침대에 누워 대소변 받아내도 살아 있어 괜찮았어」는 남편을 잃고 우울증을 심하게 앓던 엄마(희순 씨)를 인터뷰한 내용이다. 이 글은 오마이뉴스 가족 인터뷰 공모전에 당선되었다. 인터넷 매체에 자기 이야기와 젊을 때 사진이 오르고 딸과의 대화가 깊어지면서 희순 씨는 더 이상 우울증 약을 먹지 않는다.

「장수 씨」는 가족과 멀어졌던 아빠를 인터뷰한 글이다. 수업 시간에 "작가는 삶에 대한 옹호자이다"라는 문장을 보고 자신이 과연 아빠를 옹호할 수 있을까 궁금했다는 사은은 현재 아빠와 제사 준비와 벌초를 함께하는 팀원으로 편하게 지낸다.

노동 르포

효주 씨의 밤일

맥도날드 아르바이트 석 달의 기록

…

강효주

남색 모자를 쓴다. 검은색 머리망 사이로 머리카락이 빠져나오지 않게 머리카락을 구겨넣는다. 시선을 아랫도리로 옮긴다. 지퍼는 잘 닫혔는지, 신고 있는 신발이 검은 구두가 맞는지 확인한다. 의도한 건 아닌데 나도 모르게 지퍼를 내리고 있는 경우가 있어 민망할 때가 한두 번이 아니었다. 윗도리 검은색 티셔츠 OK. 검은색 깔맞춤 완성. 휴대전화를 보니 dfs9시 55분. 지금 내려가면 10시 정시 출근에 무사히 안착할 수 있다.

00구 00역 사거리에 있는 맥도날드. 줄여서 '맥날'이라 불리는 곳. 우리 매장 바로 건너편엔 롯데리아가 있고, 그 바로 옆에 KFC가 있다.

정크푸드의 절대 지존 자리를 빼앗기지 않기 위해 두 경쟁 상대와 미묘한 신경전을 벌이며 24시간 내내 풀가동하면서 37명의 아르바이트생을 닦달하는 곳[비정규직 37명(크루 27명, 라이더 10명), 정규직 5명]. 그 결과 한 달 매출 3억 원을 뽑아내는 곳. 난 여기에서 일한다. 그것도 심야 아르바이트생으로. 금, 토, 일 심야에 맥날의 카운터를 담당하며 햄버거와 음료를 챙기는 것은 물론 마감 청소와 다음날 영업 준비를 하는 것이 나의 주 업무다.

지문 인식과 함께 출근 완료. 일을 시작하기 전 반드시 지문 인식을 해야 한다. 그렇지 않으면 돈을 제대로 못 받는다. 몇 시에 출근하고 퇴근하는지, 언제 휴식하고 복귀하는지 지문 인식을 통해서 나의 움직임이 기록된다. 이것을 기준으로 내 월급이 나온다. 처음 일을 시작할 때 지문을 채취하기에 움찔 놀랐다. 우선 신체 정보를 사용해도 되는지 동의를 구하지 않았고, 무엇보다 지문 인식으로 출퇴근을 기록하는 게 낯설었다. 더구나 이렇게 기록된 내 지문이 전 세계 맥도날드 지점에서 공유되는 건 아닌가, 하는 걱정이 잠시 스쳤다. 불쑥 이건 인권침해, 라는 생각이 스쳤지만 한 푼이 아쉬운 상황에서 내 지문이 대수냐 싶어 그냥 넘어갔다. 여기에서 만난 아르바이트생이나 매니저 중에서도 이것을 큰 문제로 인식하는 사람을 만나지 못했다. 다들 제 시간에 지문 찍기에만 열중할 뿐이다.

그나저나 여기서 일한 지 벌써 석 달이 넘어간다. 이곳에서 난 '언니', '누나' 혹은 00으로 불린다. 동료들은 대부분 나보다 한참 어리다. 십 대 후반에서 이십 대 초반의 동료가 근무한다. 이들은 대체로 오전이나 저녁 시간대에 일한다. 낮 시간대에는 나보다 나이 많은 삼십 대 후반에서 사십 대 초반의 '언니'들이 근무한다. 대부분 이들은 1년 이상 또는 못 해도 6개월 이상으로 근속 개월이 나보다 많은 선배들이다. 그렇다고 이곳을 거쳐간 사람들의 평균 근속 개월이 많은 건 아니다. 갈 데가 없어 어쩌다 보니 본의 아니게 잔뼈가 굵어진 사람들이다. 밀물처럼 아르바이트생이 들이치고 썰물처럼 빠져나가는 것이 이곳의 특징이다. 일이 힘들기 때문에 견디지 못하고 도망가거나 이런저런 핑계를 대면서 3개월도 못 가서 그만둔다. 남은 자들은 돈벌이 수단이 이것밖에 없어 떠나지 못한 사람들이다.

저렴한 5,210원 내 인생

우리가 받는 시급은 한 끼 밥값도 안 되는 5,210원. 이 돈으로 맥도날드에서 가장 유명한 빅맥 세트(5,300원)도 못 사 먹는다. 직원 할인도 안 해준다. 쓸데없이 공평해서 5,210원이 더 밉살스럽다. 언젠가 영남이(K대, 20)에게 이 시급 받고 어떻게 사느냐고 투덜거렸던 적이 있다. 그 녀석은 같이 맞장구 쳐주기는커녕 그래도 이곳은 아르바이트생을 잘 챙겨준다고 옹호했다. "누나, 편의점이나 카페 아르바이트생들은

5,000원도 못 받아요. 돈을 떼이기도 하구요. 그래도 여긴 돈 떼먹진 않잖아요." 녀석의 말이 맞다. 맥도날드는 다른 곳에 비해 고맙게도 월급을 제때 주고, 비정규직법을 준수하려고 노력한다. 최소한 법에 안 걸리는 아슬아슬한 수준에서 시급을 준다. 심지어 심야 수당도 주고, 한 달 근무시간이 60시간이 넘으면 주휴 수당, 휴가비를 챙겨 준다. 간혹 드물긴 하지만 매니저들이 뭔가에 홀린 날엔 연장 수당도 준다. 그러나 휴일 수당이라든지 성과급이라든지 다른 수당을 받기 어렵다. 그런데 수당을 받으면 뭣하나. 4대 보험료가 월급에서 공제되어 나간다. 월급 명세서를 보면서 벼룩의 간을 내먹는 게 어떤 것인지 실감한다. 그래도 난 주 중 아르바이트생들보다 벌이가 낫다. 심야 수당이 적용되어 1.5배인 7,800원 정도 받는다. 수지(고2, 18)는 어서 학교를 졸업해서 심야 알바를 뛰는 게 소원이다. 한 달에 120~130시간 정도 일하지만 받는 돈은 70만 원 남짓. 야간을 하면 같은 시간 일을 해도 훨씬 많은 돈을 벌 것만 같다. 그래서 마주칠 때마다 수지는 야간 업무에 대해 꼬치꼬치 물으면서 꿈을 키운다. 내가 야간일이 힘들다고 한숨을 쉬고 있으면, "어차피 고생하는 거 좀 더 고생하죠. 주 중 뛰는 것보단 훨씬 돈 많이 받잖아요" 이런다. 그 아이는 어서 빨리 미성년자에서 풀려나길 바라며 법을 저주한다. 난 한 달에 110~120시간 정도 일하는데 80만 원 남짓 받는다. 이 세계에선 10만 원 더 버는 것도 간절한 꿈이 된다.

시급 5,210원을 받고 어떻게 사느냐고 광분했지만 살아보니 살아졌다. 죽으라는 법은 없다는 말 맞다. 하지만 삶이 저렴하고 비루해졌다. 어쩔 수 없이 모든 것을 벌이에 맞춰 생활해야 했다. 즐겨 먹던 커피 한 잔 값이 5,000~6,000원이었다. 한 시간 시급과 같은 가격. 일을 시작하고 며칠 뒤 커피숍에 갔는데 커피 한 잔이 삼겹살 한 근처럼 느껴졌다. 한 시간 동안 카운터에 서서 "안녕하세요, 맥날입니다"를 외쳤던 걸 떠올리니 차라리 안 마시고 한 시간 소리 안 지르지 싶었다. 대신 3,500원에 스무 번 먹을 수 있는 믹스커피로 바꿨다. 식당에서 사 먹는 한 끼 밥값에도 벌벌 떤다. 죄다 시급보다 비싼 5,000~6,000원. 그 밥을 먹고 나면 한 시간 더 일을 해야 한다는 부담감과 함께 나도 모르게 사치했다는 죄의식이 생긴다. 그래서 일을 시작한 후에는 편의점에서 삼각김밥과 라면을 사 먹는다. 배가 많이 고픈 날엔 삼각김밥 두 개와 사발면 하나. 그래도 2,500원 정도밖에 안 든다. 좋은 음식이 먹고 싶다는 생각이 들면 3,500원짜리 도시락을 사 먹는다. 이외에도 편의점에선 4,000원 이하로 배를 채울 수 있는 다양한 인스턴트 음식들을 섭렵하며 생존할 수 있다. 편의점은 나에게 저렴하게 생존하는 법을 알게 해주었다.

반면 다이소는 1,000원으로 알뜰하게 살림하는 법을 알려주었다. 그곳은 1,000원에 살 수 있는 온갖 생활필수품이 즐비하다. 베트남이나 중국, 인도네시아 등지에서 물 건너온 제품을 아주 싼 가격에 살

수 있다. 원산지를 볼 때마다 나보다 훨씬 싼 임금을 받고 땀 뻘뻘 흘리면서 일하는 먼 나라 노동자의 얼굴이 스치지만 눈을 질끈 감고 계산한다. 편의점과 다이소는 나의 삶을 지탱해주는 실질적인 지원군이다. 그것들이 없었다면 내 살림살이는 어땠을까? 상상이 안 간다. 이보다 더 나은 대안이 딱히 떠오르지 않는다. 시급이 더 오르지 않고, 물가가 하락되지 않는 한 난 '편의점'과 '다이소'를 벗어날 수 없을 것 같다. 이 두 곳은 내 삶의 필수요소가 되어버렸다. 내가 터득한 이 삶의 노하우를 귀중한 정보인 것처럼 주변 아르바이트생에게 알려주면, 그들은 하나같이 "언니도 그래요? 나도 거기만 가요" 이런다. 뭔가 뒤늦게 알고 뒷북치는 기분이 들어 멋쩍지만, 어쨌든 5,210원의 시급은 날 저렴한 세계로 인도했다.

"여기에서는 한시도 가만히 있으면 안 돼요"

출근하면 가장 먼저 하는 일은 커피 기계 청소다. '미쿡'에서 물 건너온 기계라 조심히 다뤄야 한다. 고장 나면 '미쿡'에서 부품을 받아야 하기 때문에 골치 아프다. 그것만 빼면, 스위치만 눌러주면 자체 청소 기능이 있어 커피 기계가 알아서 청소를 하기 때문에 편하다.

행주로 커피 기계를 닦고 있는데, 현아(고2, 18)가 와서 인사한다. "언니, 안녕하세요." 현아는 덩치에 맞지 않게 목소리가 가늘고 가냘

프다. 내게 인사하는 몇 안 되는 아이여서 이런 현아의 싹싹함이 고맙다. 하지만 이 아이가 인사할 때 썩은 앞니도 덩달아 내게 인사해서 마음이 불편해진다. 그것을 볼 때마다 괜스레 현아의 연애라든지, 취업에 대해 혼자 걱정하게 되는 것이다. 그 걱정도 현아가 인사하는 그 때뿐 이내 곧 잊어버리고 일을 한다.

커피 기계가 혼자 청소를 하는 16분 동안 지하 창고로 내려가 햄버거를 만들 때 쓰는 카라를 가지고 올라와야 한다. 빅맥을 먹어본 사람은 알겠지만, 카라는 버거를 고정시키는 종이다. 이것을 둥글게 접는 일을 한다. 평일에 열 트레이 정도를 만든다(한 트레이당 90~100개 정도의 카라가 들어간다). 주말에는 열다섯 트레이를 해야 한다. 오늘은 금요일이니까 열다섯 트레이가 목표량. 창고에 보니 비축량이 있다. 여덟 트레이 정도만 접으면 된다. 다행이다.

지민 언니(주부, 31)와 함께 야간 업무를 뛰는 날이니까 숨 좀 쉬면서 일할 수 있겠다. 언니는 주 중 야간 카운터를 담당한다. 스물세 살에 결혼해서 현재 초등학생, 유치원생 딸과 아들을 둔 서른한 살 주부다. 언니 말에 따르면, "아가들 학원비와 언니 쓸 용돈"을 벌려고 맥날에 와서 일한다. 애들이 잠들면 나와 깨기 전에 들어간다. 밤새 일을 하고 아침에 들어가 남편 출근 준비를 돕고 서둘러 애들을 학교와 유치원으로 보낸다. 낮에는 살림하고, 밤에는 일하고. 언니는 늘 3~4시간밖에 못 자 수면 부족이다. 그렇게 일해서 한 달에 120만 원 남짓한 돈을 벌어간다. 힘들어도 버틸 수 있는 이유는 1년 이상 일하면 나오는 퇴직금을 받아 아가들과 함께 홍콩 여행을 가겠다는 꿈 때문이다(언니가 매달 120만 원을 받으니 그 선에서 퇴직금이 나온다). 그 말을 들을 때마다 그 돈으로 부족하지 않을까 하는 생각이 들지만, 언니가 말할 때 끼어들 틈이 없다. 그때만큼 언니의 눈빛이 초롱초롱해지는 것을 본 적이 없다. 아가들에게 넓은 세상을 보여주고 싶다며 꼭 홍콩에 가겠다고 다짐하듯 여러 번 말한다. 여기서 일하는 아르바이트생은 언니의 꿈을 거의 다 안다. 난 그 넓은 세상이 왜 홍콩인지 궁금하지만, 언니의 꿈에 딴지를 걸면 안 될 것 같다. 그 꿈에 뭔가 초 치는 일을 한다면, 이 야밤에 언니는 일하다 말고 쓰러질지도 모른다. 그럼 나 혼자 일을 해야 한다. 생각만 해도 끔찍해 난 아무 말도 하지 않는다. 그저 그 꿈을 한 귀로 듣고 한 귀로 흘린다.

매장으로 올라와 커피 기계를 확인한다. 청소가 끝나려면 5분 정도 남았다고 알려준다. 고마운 녀석. 그래도 이 5분을 그냥 놀리면 안 된다. 신속하게 카라 접을 준비를 하고, 얼음통과 음료수대 청소를 준비한다. 카라를 접을 수 있도록 카운터 한쪽에 마련해두면, 아직 퇴근하지 않은 아르바이트생들이 와서 틈틈이 접어준다. 그러면 내 업무량이 아주 쪼금 준다. 내가 도움을 요청하지 않아도 아르바이트생들이 눈치껏 와서 카라를 접는다. 여기서는 1분 1초도 아르바이트생이 여유를 부리는 것을 용납하지 않는다. 처음 일을 배울 때 선배(여, 20)는 내게 이렇게 말했다. "언니, 여기에서는 한시도 가만히 있으면 안 돼요. 모니터 화면이라도 닦으세요. 가만히 있으면 점장님이 뭐라 그래요." 그래서 그런지 가만히 숨 고르고 있기만 해도 매니저들이 와서 혼낸다. 지민 언니와 나는 카라를 접는다. 동시에 햄버거 주문이 들어오면 햄버거 세트에 같이 나가야 하는 음료수를 뽑아 카운터로 가져다준다. 그러는 사이 커피 기계가 청소를 다했다고 삐삐거리면 난 음료수대와 얼음통을 잡는다(여기서는 청소를 '잡는다'로 표현한다). 이건 고도의 속도전을 요구한다. 이곳에선 매 순간 햄버거 세트가 나가야 한다. 청소한다고 잠시 햄버거 주문을 멈추지 않는다. 맥도날드에서는 주어진 시간에 들어온 주문을 얼마나 많이 뽑느냐가 중요하다. 이때 주문을 못 받는 불상사가 생기면 그날 장사는 그만큼 손해를 본 거다. 그래서 미리 여분의 음료를 재빠르게 만들어놓고 잽싸게 음료수대와 얼음통을 청소해야 한다. 이때 난 신경이 곤두서 있다. 깨끗이 꼼꼼하게 청소하는 것보다 무조건 빨리 청소를 해치워야 한다는 생각에 사로잡혀 있다. 맥도날드에서 일하면서 놀랐던 것은 철저한 위생 원칙을 가지고 있다는 점이다. 먹는 것에서부터 식기와 자재 등을 다루는 데 원칙이 있고, 심지어 청소도구와 세제도 구역에 따라 다르게 쓸 만큼 위생에 신경을 쓴다. 하지만 맥도날드의 시계는 위생에 반(反)한다. 만약 맥도날드에서 비위생적인 것을 보았거나 먹었다면, 이 세계의 속도에 쫓겨 아르바이트생이 실수를 했다는 말이다.

잽싸게 얼음통과 음료수대 청소를 마치고 매니저가 시키는 이런저런 일을 하고 나니 벌써 12시다. 이제부터 아름 언니와 나, 둘이서 주문을 받고 감자를 튀기고 음료수를 뽑고 햄버거를 포장해서 손님에게 전달까지 해주어야 한다. 이 모든 것이 60초 안에 끝나야 한다. 손님이 주문을 하는 동시에 빛의 속도로 감자와 음료수를 집어 와 손님 앞에 갖다놓는다. 카운터 아래 우리가 움직이는 동선 사이로 마치 레일이 깔린 것 같다. 손님의 주문과 함께 우린 음료수대, 감자통, 햄버거대를 무수히 왔다갔다 움직인다. 마치 자동 반복하는 기계처럼.

끼니도 마음대로 먹을 수 없는

1시. 휴식 시간. 그날 사정에 따라 휴식 시간대가 다르다. 어떨 때는 오자마자 쉬기도 하고 바쁠 때는 새벽 다섯 시쯤 쉰다. 근로기준법에 따르면, '8시간 근무 시, 1시간 휴식'을 원칙으로 하고 있기 때문에 꼭 쉬어야 한다. 한 시간 휴게 시간은 무급이다. 대신 햄버거 식사가 제공된다. 맥도날드에서 일하기 전 난 햄버거를 잘 먹지 않는 사람이었다. 처음 일주일 동안 바나나를 싸가지고 다니면서 먹기도 했다. 하지만 바나나 한두 개로 8시간 동안 서서 끊임없이 일하는 것은 무리였다. 나중에 너무 허기지고 체력이 달려 손님한테 줄 감자를 집어 먹고 싶은 충동에 사로잡히곤 했다.

할 수 없이 일하기 위해 햄버거를 먹기 시작했다. 그러나 모든 햄버거를 다 먹지는 못한다. 우리가 먹을 수 있는 건 맥도날드에서 파는 12가지 맛 햄버거 중 '치즈, 빅맥, 불고기, 맥치킨'뿐. 다른 건 못 먹게 한다. 식사 제공용 햄버거에 제한을 두는 이유가 무엇인지 잘 모르겠다. 다만 아르바이트생들 사이에서 다른 건 원가 대비 이윤이 많이 남지 않기 때문에 그렇지 않나 하는 억측만 돌고 돈다. 간혹 매니저의 호의로 다른 햄버거를 맛볼 수 있는 기회가 제공되지만, 먹을 복 없는 나는 그 호의를 맛보지 못했다. 내가 즐겨 먹는 건 맥치킨 아니면 패티 뺀 치즈버거와 감자, 사이다. 이렇게 햄버거 한 세트를 먹어도 6시쯤 다시 허기진다.

누가 내 삶을 구원해줄까

휴식 시간을 보내고 나면 다시 매장으로 나와 아이스크림 기계를 잡고 1층 홀을 청소한다. 1층엔 테이블이 두 개밖에 없어 나름 쉽다. 동시에 아이스크림에 환장한 손님을 내쫓는 일을 한다. 술 취한 이들 중에서 아이스크림을 먹으며 해장하는 이들이 은근 많다. 취객들은 500원짜리 아이스크림을 못 사 먹게 되면 괜한 욕을 뱉고 나간다. 나름 귀여운 손님들은 "그럼, 저기 롯데리아 간다?"라는 협박을 하기도 한다. 청소가 끝나면 틈틈이 손님 응대를 하면서 아이스크림 콘지를 끼워야 한다. 맥도날드에서 아이스크림을 먹어본 사람은 알겠지만, 콘 손잡이 부분에 맥도날드 마크가 새겨진 종이가 있다. 이 작업은 그 종이를 일일이 끼우는 것이다. 하루에 한 박스. 장사가 잘된 날엔 두 박스. 한 박스에 아이스크림콘이 510개 들어 있다. 이것을 손으로 일일이 끼우는 단순 반복 작업을 빠른 속도로 해야 한다. 이 일은 3시 30분 되기 전에 끝내야 한다. 그래야 30분 동안 아침 메뉴를 준비하고 4시 전까지 완료할 수 있다. 맥도날드는 새벽 4시부터 오전 10시 30분까지 아침 메뉴로 머핀을 판다. 콘지를 끼우고 나면 커피를 만들고 감자를 튀기고, 아침 메뉴판으로 바꾼다. 그러다 보면 시간이 4시를 지나가고 있다.

4시 30분. 이제 2층 홀 청소를 야간 라이더 남자 아르바이트생과 함께한다. 60평 정도 되는 공간에 5인용 테이블 8개, 4인용 테이블 9개, 8인용 테이블 2개가 있다. 내가 먼저 쓰레기통 정리와 테이블을 닦고, 의자를 올리고, 바닥을 쓴다. 그 뒤에 라이더가 쓰레기통을 씻고 대걸레질을 한다. 2층 청소를 하는데 70~80분 걸린다. 이 일이 힘들지만 오로지 이 일에만 집중할 수 있어 좋다. 1층에서 청소할 때는 손님도 받아야 해서 청소가 중간에 뚝뚝 끊겨 일의 속도가 더 느려지고 집중할 수 없다. 하지만 2층에선 그런 일이 없어 난 2층 청소할 때가 가장 좋다. 하지만 더러움을 맛보아야 한다. 이곳에서 햄버거를 먹는 사람들 중 삼분의 일 정도는 자기가 먹은 것을 그대로 테이블에 놓고 간다. 그 외에 사람들은 쓰레기통으로 가더라도 버리기 귀찮은지 자신이 먹은 잔재를 그 위에 살포시 얹어 두고 간다. 오늘같이 바쁜 날에는 그것들이 쌓이고 쌓여 거대한 탑을 이룬다. 탑을 제거할 때 1회용 컵, 캔, 햄버거 쓰레기, 종이와 정체불명의 쓰레기를 한데 모아 처리하는데, 이제 비위가 강해져 이 일도 아무렇지 않게 처리할 수 있다. 분리 배출은 먼 나라 이야기. 시간 때문인지 이곳의 환경 감수성이 제로여서 그런지 잘 모르겠다. 손님도 그것에 이의를 제기하지 않는다. 나 또한 아무런 말을 하지 않는다. 탑을 제거하고 나면, 테이블을 닦으면서 의자를 올린다. 의자는 왜 이리 무거운지. 누군가 의자에 벽돌 3개는 달아놓은 것 같다.

2층에서 청소할 때면 매니저들은 신나게 일하라고 '노동요'를 틀어준다. 노래의 국적과 장르도 다양해서 K-pop은 물론, 먼 나라 프랑스의 샹송까지 들을 수 있다. 대부분 내가 모르는 노래라서 일을 할 때 신나기는커녕 가끔 너무 크게 틀어줘서 귀에 거슬린다. 듣는 둥 마는 둥 해야 할 일들을 쓱쓱싹싹 해치운다. 하지만 유일하게 아는 노래인 케렌 앤의 〈Not going anywhere〉가 나오면 나도 모르게 비질을 멈추게 된다. 이땐 익명의 맥도날드 아르바이트생에서 불쑥 내가 되어 창밖을 바라보게 된다. 바깥세상은 아침을 맞기 위해 분주하다. 어스름한 새벽녘 간선버스가 다니기 시작하고, 청소부 아저씨도 나와 전단지와 쓰레기로 덮인 거리를 쓴다. 새벽 출근을 하는 사람들이 버스 정류장에 삼삼오오 서 있다. 그 모습을 보면 창밖 시간대와 다른 시간대를 사는 나의 위치가 불안해진다. 인생이라는 긴 항해 길. 어쩌다 난 이곳에 정박해 있는지. 저들의 시간대로 다시는 항해를 못 할 것 같은 두려움이 날 옥죈다. 돛을 올려 이곳을 빠져나가야 한다는 생각이 스치지만, 딱히 다른 대안은 떠오르지 않는다. 한국 사회에서 시급 5,210원으로 결혼도 하고 집도 사고 차도 산다는 것은 불가능한 일이다(그런 사람이 있다면 알려 달라. 〈세상에 이런 일이〉라는 프로에 나와 널리 인증받아야 한다). 이런 현실에서 기댈 수 있는 건 정치밖에 없다. 최소한의 선에서 법의 틀에 갇힌 시급을 상향조정해야 한다. 그렇지 못하다면, 이 삶은 지속될 것이다. 1,000만 가까이 된다는 나와 같은 비정규직들은 부당한 현실에 왜 이렇게 무력하게 순응하고 있는 걸까?

세상 논리대로 우린 경쟁에서 진 낙오자이기 때문에 이런 시급을 받고 일을 하는 게 정당한 것일까? 우리 삶의 대안이 되어야 할 정치는 뉴스로만 존재하고 실생활에서 잘 보이지 않는다. 뉴스에서 보이는 그들은 우리의 삶과 무관한 주제로 정쟁을 벌인다. 그들의 정치엔 우리의 삶 따윈 고려되는 것 같지 않다. 교차로 사거리에는 한나라당이 제안하는 국민을 행복하게 하는 다섯 가지 제안 중 하나인 "비정규직 차별 해소"라는 현수막이 크게 걸려 있다. 내 삶의 동선에서 뉴스 외의 공간에서 접할 수 있는 정치는 저것이 유일하다. 어찌된 일인지 다른 정당들은 보이지 않는다. 하지만 실생활에서 정치는 현수막으로 존재할 뿐이다.

계단까지 다 쓸면, 난 다시 1층 카운터로 복귀해야 한다. 복귀하기 전 씽크대 옆 세면대로 가서 손을 씻는다. 내 왼손 손가락 사이사이엔 습진이 퍼져 있다. 일하면서 생긴 피부병이다. 그날그날 상태를 확인하며 설거지를 하는 동원이(19)한테 나의 손을 불쑥 내밀며 보여준다. "동원아, 나 오늘은 이렇다. 넌 어때?" 하고 물으면 동원이는 일을 잠시 멈추고 손바닥을 내밀며 "누나, 전 오늘 여기를 다쳤어요" 하며 상처를 공유한다. 그러면서 실없이 누구의 상처가 더 큰지 견준다. 이곳에서 일을 하면 할수록 우리의 상처는 아물지 않고 번지고 커진다. 일을 그만두지 않는 한 이 상처는 사라질 것 같지 않다. 실없는 농담이 끝나면 1층 카운터로 돌아와 출근길 직장인의 허기를 달래주어야 한다. 그들은 맥모닝과 커피를 사서 사라진다. 오고 가는 이들을 한 시간쯤 응대하다 보면, 어느새 7시. 이렇게 나의 하루 노동이 끝난다.

인터뷰 1

"침대에 누워 대소변 받아내도 살아 있어 괜찮았어"

공주병 울엄마 희순 씨의 우울증 극복기

…

박선미

"내가 지들을 어떻게 키웠는데 지 아부지 없다고 날 알기를 우습게 알고, 지 아부지도 생전 가야 나한테 큰소리 한 번을 안 쳤는데 지들이 뭐라고 걸핏하면 짜증이고 잔소리야!"

"왜 또…… 응?"

화를 가라앉히지 못하는 희순 씨가 수화기 너머로 온갖 말을 신경질적으로 쏟아냈다. 전날까지만 해도 "응 딸이여?" 반색하던 다정한 목소리는 온데간데없다. 그사이 아들 셋 중 누군가와 또 다툼이 있었던 모양이다. 몇 년째 반복되는 별로 새삼스러울 것도 없는 레퍼토리다.

삼남 일녀 중 셋째이자 유일한 딸인 나는 어려서부터 늘 희순 씨의 화풀이 대상이고 하소연 대상이다. 아버지가 돌아가신 후로는 더 심해졌을뿐더러 아버지의 수술비와 병원비 부담도 적지 않았는데 매월 생활비까지 내 몫이 되었다. 이번엔 또 어느 아들에게 받은 상처로 내게 전화를 했을까. 그런 건 크게 중요하지 않다. 다툼의 시작은 늘 희순 씨니까.

회순 씨의 생일날 있었던 일이다. 아침 일찍부터 아무리 전화를 해도 받지 않아 결국 만나지 못했다. 다음날 또 전화를 했지만 자정 무렵 겨우 통화가 되었다. 생일상은 아들 며느리들이 차려줘서 잘 먹었고 "낮엔 친구들과 만나서 저녁까지 잘 지냈다"고 했다. 난 "찾아가지 못해서 미안하다"는 말을 전하고 끊었다. 그리고 이튿날, 희순 씨에게서 전화가 왔다.

"응. 엄마 왜?"

"니가 그러고도 딸년이니? 생일이면 하루 이틀 전날 미리 전화해서 온다고 약속을 잡든가 해야지, 당일에 전화하면 난 너만 기다리고 있을 줄 알았어?"

난 아무런 말도 하지 못했고 희순 씨는 고래고래 악을 쓰며 소리를 지르다 전화를 툭 끊었다. 내 휴대전화 발신 수신 목록에서 가장 많은 횟수를 차지하고 있는 '희순 씨'는 나의 친정 엄마다.

사 년 전 아버지가 돌아가신 뒤, 엄마에게 우울증이 왔다

엄마는 사 년 전 아버지가 돌아가신 후로 우울증을 앓고 있다. 간혹 내가 좀 소원하다 싶으면 혹시라도 당신의 우울과 슬픔을 내가 잊은 건 아닌지 악을 써가며 그때그때 알려준다. 남편을 잃은 고통도 견디기 힘든 일이겠지만 늘 곁에 있는 남편보다도 아버지를 의지하며 산 내게도 아버지의 부재는 마찬가지로 견디기 힘든 고통이었다. 엄마는 딸인 나의 슬픔이나 고통은 전혀 생각지 않는 사람 같았다.

큰소리 한 번을 안 치고 애지중지 키운 맏아들 큰오빠는 갑작스런 암 진단으로 직장을 잃어야만 했고 수술 후 건강은 점차 나아졌지만 경제적인 어려움을 엄마에게 기대려 했다. 엄마는 그 힘겨움을 내게 모조리 쏟아냈다. 무능력한 작은아들과의 갈등도 내게 쏟아냈고, 자기밖에 모르는 막내아들에게 받은 서운함과 화를 모두 내게 쏟아냈다. 나는 엄마의 샌드백이었다.

매번 엄마의 문제임을 알면서도 엄마의 편을 들어주고 다독이다가도 한 번씩 아들들의 편을 들기라도 하는 날이면, 마치 애초 화의 근원이 나였던 것처럼 내게 악을 쓰고 욕설을 퍼붓기 시작한다. 결국 듣다 지친 나는 같이 소리를 지르고 악을 쓰다가 남편에게 전화기를 뺏기는 것으로 싸움은 끝이 난다. 그런 후엔 한동안 연락 없이 조용히 지낸다. 하지만 그건 그리 오래가지 않고 다시금 반복된다.

어떤 날은 당신도 딸인 내게 심했다 싶은지 "미안하다. 내가 자꾸 왜 그러는지 모르겠다. 내가 너한테 아니면 누구한테 이야길 하겠니……" 하며 전화기 너머에서 흐느끼곤 했다. 가엾은 우리 희순 씨.

엄마는 아버지의 부재를 견디지 못하고 사 년째 우울증 약을 손에서 놓지 못하고 있다. 엄마는 남편을 잃은 슬픔을 자식들에게서 위로받고 싶어 했으나 아들들은 외면했다. 딸인 나 역시도 아버지를 잃은 슬픔을 혼자 삭이고 싶었다. 엄마도 나도 서로를 위로할 여유는 없었다. 엄마는 전에 비하면 어느 정도 안정을 찾아 우울증 약을 복용하는 횟수가 많이 줄었고 우는 날도 많이 줄었다. 지금은 그럭저럭 지낼 만하다고 한다.

아버지가 약주를 드시면 자식들 이름만큼이나 많이 부르셨던 이름이 "희순아"였다. 이름이 촌스럽게 희순이가 뭐냐고 자주 놀리셨지만 아버지의 희순이 사랑은 조용하고도 깊었다.

집 옆의 텃밭에서는 겨울 문턱까지 쉼 없이 채소들이 자란다. 봄 여름 가을, 계절의 흐름에 순서를 지키며, 때로는 날씨의 변덕으로 다음 채소에 일찍 자리를 내줘가며 온갖 채소들이 길러졌다. 가을날 흰콩과 검은콩을 수확하고 나면 김장에 쓸 배추와 무가 엄마와 아버지의 손길을 기다리고 있다. 콩을 수확하고 난 자리에는 이듬해에 수확할 마늘이 다시 심어졌다. 두 분은 늘 밭일을 함께했다. 언제나 곁을 함께하던 아버지의 모습은 없고 홀로 앉아 콩깍지를 까는 엄마의 모습이 아직도 낯설고 어색하기만 하다.

해방둥이 우리 엄마는 세상에 없는 귀한 딸

희순 씨는 외할아버지가 쉰 살이 되던 해에 태어난 45년생 해방둥이다. 사남 일녀 중 늦둥이 막내로 얻은 엄마는 눈에 넣어도 아프지 않은 세상에 없는 귀한 딸이었다. 부잣집 막내 외딸로 자란 엄마에게 세상엔 무서운 사람도 없고 자신보다 잘난 사람도 없었다. 언젠가 엄마의 처녀 시절 앨범을 들추다가 친구들과 함께 찍은 사진에 단아한 외모의 친구 분을 보며 참 미인이라고 했더니 대뜸 "이쁘긴 뭐가 이뻐. 사진이나 이렇지 실물은 나보다 훨씬 못했어"라고 하던 희순 씨.

희순 씨는 상당히 미인이었다. 내가 국민학교 시절 학교에 행사가 있어서 학부모들이 참관을 하던 날이면 난 멀리서도 날씬하고 큰 키에 이목구비가 시원시원한 엄마를 금방 찾을 수 있었다. 엄마는 아이 넷을 낳고도 미인 소리 듣는 것을 당연하게 생각했다.

아버지에게 시집가기 전까지 외할아버지는 종종 택시를 불러서 엄마를 읍내로 데리고 나가 옷을 맞춰 입히곤 했는데 그런 날은 꼭 사진관에 들러 사진을 찍어주곤 했다고 한다. 한 번은 사전에 허락 없이 사진관 쇼윈도에 엄마의 독사진을 걸었다가 외할아버지의 불호령으로 한바탕 난리가 났었다고 한다.

인근 지역에서 집안 좋고 미인으로 소문난 엄마에게도 스스로 견디지 못하는 약점은 있었다. 엄마는 소학교밖에 졸업하지 못했다. 그래서 늘 학력에 대한 자격지심을 안고 살았다. 소학교는 집에서 가까운 곳에 있어서 다닐 수 있었지만 중고등학교는 십오 리(6km)가 넘는 읍내까지 걸어서 다녀야 했는데 당시에도 성폭행 사건이 종종 있었던 터라 외할아버지의 반대로 결국 소학교만 마치고 더 이상 학교에 다니질 못했다고 한다.

"내가 아무렴 집에 돈이 없어서 중고등학교를 못 갔겠어? 그때만 해도 길이 얼마나 사나웠는지 시집갔다가 처녀가 아니라고 쫓겨 온 여자들이 제법 많았어. 중학교 보내달라고 울고불고 했는데 니 외할아버지가 절대 안 된다고 해서 결국 못 갔지 뭐."

그럼에도 불구하고 중매는 늘 고졸이나 대졸만 들어왔었다며 특유의 도도한 표정을 지으며 우쭐해했다. 외숙모들의 표현을 빌리면 엄마의 콧대는 그야말로 하늘을 찌를 정도라 했다. 사진 한 장만 보고 온갖 트집을 잡으면서 혼기가 차도록 시집갈 생각을 않는 엄마를 보면서 외할아버지와 외할머니는 속이 탔고 외숙모들은 그런 엄마가 꼴사나웠다고 했다.

"결혼식은 했는데, 삼 일만 살아보겠다고 했지"

스물두 살에 중매쟁이로부터 아버지의 사진을 받아 보고는 인물은 괜찮았지만 홀시어머니에 장남이라는 이유로 퇴짜를 놨고 엄마의 사진을 본 아버지는 한눈에 반해 외갓집 문지방이 닳도록 1년을 들락거렸다. 엄마는 아버지가 집에 오면 방문을 걸어 잠그고는 돌아갈 때까지 열지 않았고 그렇게 1년을 보내곤 결국 온 가족의 설득에 못 이겨 결혼을 결심했다.

"내가 외할아버지 성화에 못 이겨서 결혼식은 했는데 가서 삼 일만 살아보고 마음에 안 들면 다시 오겠다는 조건을 달고 했지. 근데 가서 살아보니까 니 아버지가 너무 잘해주고 좋더라고. 니 할머니도 잘해주고, 그래서 그냥 살았어. 시집가서 밥이며 반찬이며 다 니 할머니한테 배웠어."

희순 씨는 스물세 살에 아버지와 결혼식을 올리고 스물네 살에 큰오빠를 낳고 이듬해에 둘째 오빠를 낳았다. 손이 귀했던 집안에 아들을 연년생으로 둘을 낳았으니 홀시어머니였던 할머니의 기쁨은 말도 못 했다. 매번 산후 몸조리까지 손수 다 해주셨다.

이 년 후 딸인 나를 낳느라 산달이 다 돼서 엄마는 외갓집으로 갔고 셋째도 아들을 기대했던 할머니는 딸이라는 소식에 "대충 몸조리했거든 어서 집으로 오라"고 했다고. 엄마는 그때 처음으로 할머니에게 서운했다고 한다.

"집에 왔더니 니 할머니가 '그깟 딸년 낳느라 친정까지 갔냐'고 하는데 그렇게 서운할 수가 없었어. 니 아버지하고 난 딸이 낳고 싶었고, 널 낳고 얼마나 좋았는지 몰라. 니 아버지도 그렇게 좋아할 수가 없었어."

할머니는 두 손자만 예뻐하셨고 난 늘 옆집 손녀딸만도 못했다. 엄마는 그 점을 늘 못 마땅해했다.

"먹을 게 생겨도 니 오빠들 손에만 몰래 쥐어주고 넌 한 번을 안 주더라. 그래서 내가 너한테는 옷이며 신발이며 더 사주고 그랬어. 내가 너만 장날마다 데리고 갔던 건 뭐 사 먹이느라고 그랬지. 동네서 옷도 제일 잘 입혔어. 쬐그만 게 빨강이며 분홍이며 입고 뛰어다니면 그렇게 예쁘고 좋을 수가 없었어."

엄마는 내가 내 옷을 직접 고르기 시작한 후부터 절대 분홍, 빨강은 입지도 신지도 않는 걸 모른다.

엄마가 좋아하는 건 뭐든 다 좋다던 아버지

평소 흥얼거리며 노래하길 좋아하던 희순 씨는 노래자랑만 열리면 무조건 참가했다. 음색이 고와서 박자 음정이 대충만 맞아도 번번이 상을 받아왔다. 집 안 거실엔 아직도 '안성시민노래자랑' 시계며 액자가 걸려 있고 부엌에는 '주민노래자랑', '조합원노래자랑' 등등 듣도 보도 못 한 노래자랑 상으로 주방 살림살이가 즐비하다. 우리 남매는 그런 엄마가 창피하고 못마땅했지만 아버지는 늘 엄마 편이셨다. 엄마가 좋아하는 건 아버지도 뭐든 다 좋으셨다.

"니들이 하도 뭐라고 해서 난 노래자랑 안 나갈라고 해도 니 아버지가 괜찮다고 갔다 오라고 해서 나가고 했지. 난 별루였어."

노래자랑이 열린다는 소식이 들리면 아버지한테 슬며시 이야기를 하셨다.

"이번에 저기서 노래자랑이 열리는데 상품이 좋더라고. 근데 저것들이 못 나가게 해. 내가 자꾸 그런 델 다녀서 창피하다고 싫대. 그래서 이번엔 안 갈라고……."

풀 죽은 목소리로 아버지에게 이르면 아버지는 얼른 엄마를 다독였다.

"아녀 괜찮어. 갔다 와."

"그치 여보?"

엄마는 늘 그런 식이었다. 워낙 아버지 성품이 조용하시기도 했지만 생전 큰소리가 나는 일도 없었고 엄마의 부탁이나 청은 뭐든 다 들어주셨다. 살면서 아버지가 한 번은 미웠을 법도 한데 전혀 없었냐고 물었더니 그제야 이야기를 꺼냈다.

"십 년 전인가 바람은 아니었는데 니 아버지가 다른 여자랑 친하게 지내니까 미칠 것 같더라."

사연은 이랬다. 포도농장을 하고 있던 외갓집에 일손이 부족하면 아버지가 이따금 다니러 가신 일이 있다. 외갓집 포도농장에서 일하는 아주머니가 있었는데 그 아주머니가 자꾸 아버지에게 신세 한탄을 하는 모양인데 매번 받아주는 모습이 그렇게 밉고 싫을 수가 없었다고 한다. 하루는 참다못해 막내를 불러 외갓집 포도농장에 가서 아버지를 모셔 오게 했다.

"사실 화를 낼 일도 아닌데 나도 모르게 현관문 들어서는 니 아버지를 보니까 순간 부아가 치밀고 눈이 뒤집히더라. 멱살을 잡고 소리소리 질렀지 뭐. 그날 니 외갓집에 전화해서 아무리 일손 부족해도 니 아버지는 절대 부르지 말라고 난리를 쳤어. 그게 끝이었어."

돌아가시는 날까지 끔찍했던 아버지의 엄마 사랑

아버지는 돌아가시기 1년 전 지붕을 덮던 마당의 감나무며 은행나무를 베어냈다. 어찌된 영문인지 물었더니, "가을이면 마당에 감낭구잎 은행잎 잔뜩 쌓일 텐데 느 엄마 비질 할라믄 심들어. 나두 읎는데 누가 만날 마당 쓸겄니" 하셨다.

이미 두 차례의 암 수술을 받은 아버지가 그로부터 3년여의 세월이 흐르고 다시 암 선고를 받은 며칠 후의 일이다. 더는 회복이 힘들다는 걸 아셨던 모양이다. 아버지의 엄마 사랑은 돌아가시는 날까지 끔찍했다. 그런 아버지가 돌아가시고 3년하고도 반년의 세월이 흘렀다. 예순다섯에 혼자가 된 엄마는 예순아홉이 된 지금도 혼자라는 사실에 여전히 기가 막혀 한다.

"난 니 아버지가 암으로 수술을 두 번이나 했어도 금방금방 털고 일어났으니까 세 번째도 그럴 줄 알았지. 침대에 누워서 대소변 다 받아내게 해도 살아 있어서 괜찮았어. 가끔 니 아버지가 아픈 게 힘들어서 나한테 소리 지르고 화내도 잠깐은 서운했지만 얼마나 아프면 나한테 저러나 했어. 나 두고 혼자만 갈 거라는 생각은 안 했지."

아버지가 돌아가신 해 겨울 몇 달 동안을 엄마는 아버지 산소에 가서 우는 날이 많았다. 그런 엄마를 달래서 집으로 모시고 오느라 막내 남동생 내외가 여간 애를 먹은 게 아니다. 엄마는 고개를 숙인 채 콧물을 훔치며 콩깍지만 벗기더니 조용히 다시금 말을 이었다.

"그래도 지금은 그때만큼 외롭진 않아서 살겠어. 아직도 보고는 싶지. 왜 안 보고 싶겠니."

우리는 한참을 콩깍지만 벗기고 더 이상 아버지의 이야기는 하지 않았다. 사랑하는 이를 잊기 위해서는 사랑한 만큼의 세월이 흘러야 한다고 한다. 올해 예순아홉의 희순 씨는 사랑하는 이를 보내고 이제 겨우 3년여의 세월을 보냈을 뿐이다.

인터뷰 글을 정리하고 요사이 한참 동안 연락이 없는 희순 씨에게 전화를 걸었다.

"이…… 왜……?"

"엄마 왜 기운이 없어? 어디 아퍼?"

"아니 누워 있어서 그래. 왜 무슨 일 있어?"

"하도 연락이 없어서 무슨 일이 있나 하고 해봤지."

"무슨 일 있을 게 뭐 있니. 너 회사일 바쁜데 자꾸 전화하기 그래서 안 했지."

"우리 희순 씨가 어쩐 일이래? 내 사정을 다 봐주고?"

"너라고 살림하랴 직장 다니랴 여간 안 힘들것어."

언제 또 희순 씨의 샌드백이 될지 모르지만, 시간을 잘 견디고 있는 그녀가 고마울 따름이다.

인터뷰 2

"장수 씨"

가족등록부에만 존재하는 그와 나
…
사은

장수 씨의 오토바이 가게는 온통 시커멓다. 손님들의 오토바이 엔진 오일을 갈아주며 조금씩 흘린 기름방울이 배기가스 찌꺼기와 함께 시멘트 바닥을 새까맣고 폭신한 지층으로 만들었다. 철제 앵글에 판자를 놓아 만든 선반과 파란색 공구통도 30년치 검은 기름때를 먹었다. 심지어 가게를 지키고 앉아 있는 커다란 개도 검은색이다. 아내와 남이 되자 이녀 일남의 자식들과도 남이 된 지 10년. 장수 씨의 아들 노릇을 해온 세 번째 개, '마루'다.

이렇듯 검정투성이인 가게 한구석에 화창한 하늘색이 생뚱맞게 삽입되어 있다. 까마득히 높은 고도를 날고 있는 장수 씨의 모습을 찍은 사진이 실사 현수막, 큰 액자, 창문 틈이며 책상 유리 밑까지 빼곡히 들어차 푸른색 공간을 만들어냈다. 장수 씨는 바람만 좋으면 일주일에 몇 번이라도 패러글라이더를 타고 경북 청도에서 울산까지 날아간다. 사진 속 장수 씨는 바람에 실려 어디까지라도 날아갈 수 있는 단풍나무 씨앗처럼 가뿐해 보인다.

1980년 장수 씨는 기계 공고를 졸업하고 스무 살이 되자 (주)코오롱에 입사해 기계설비 일을 시작했다. 작은 사고로 다쳤는데 산업재해 처리는 고사하고 도리어 책임을 지고 쫓겨났다.

"노동조합 같은 건 꿈도 못 꾸던 시절이지. 우리 세대가 희생양이야. 나라에 아무 기반도 없었고, 만날 야간작업 하고 그랬는데. 일할 수 있었으니까. 일할 수만 있어도 좋았으니까."

스물두 살에 첫딸 "찌랄, 두렵기는"

1978년 석유파동을 시작으로 근 2년간 물가는 미친 듯이 치솟았고 일자리는 없었다. 경기도 부천으로, 또 서울로 일자리를 찾아 떠돌 때, 첫사랑 여자 친구가 임신했다. 집에 갇힌 여자 친구를 오토바이 뒤에 태우고 도망쳤다. 입사 지원서를 낸 대흥기계에 가까스로 취직했다. 책임질 기반을 얻어 다행이다 싶었다. 1982년 여름, 그렇게 첫딸이 태어났다. 그의 나이 스물두 살이었다. 어린 나이에 아빠가 되고 가정을 꾸리는 일이 두렵지 않았을까.

"아빠 되는 두려움? 찌랄, 두렵기는. 아, 돈 벌어오면 되지. 나이가 많고 적고, 아빠 되는 데 훈련된 사람이 어디 있노."

그러다 친척 소개로 (주)대림혼다에 들어갔다. 그때 오토바이 수리 기술을 처음 배웠다. 몇 년이 지나 요령이 생겨 회사를 다니며 부친의 집에 딸린 점포에 '우성오토바이상사'를 열었다.

그 첫딸이 서른두 살이 되는 동안, 오토바이 기술과 가게는 장수 씨 곁에서 필요할 때마다 아낌없이 자신을 내주는 나무였다. 회사 생활에 지쳐갈 무렵, 오토바이 가게는 봉급보다 훨씬 많은 벌이로 장수 씨에게 퇴직을 '선물'해주었다. 장수 씨는 그렇게 '사장님'이 되었다. 아내가 아파트를 꿈꾸었을 때 꼬박꼬박 중도금을 대준 것도 오토바이 기술과 가게였다. 아내도 열심히 살았다. 그렇게 둘은 중산층 입성이라는 공동의 목표를 향해 나아갔다.

그런데 아내가 무리해서 추진한 52평 아파트로의 입성이, 살고 있던 첫 아파트를 팔고서도 중도금 2,000만 원이 모자라 좌절됐다. 아내는 "집은 함부로 파는 게 아니라는데, 그래서 동티가 났다"고 한탄했다. 정말 동티를 입었는지 그때부터 이상하게 하는 일마다 잘 풀리지 않았다. 오토바이 가게를 접고 아파트를 판 돈으로 동네 친구와 함께 당구장을 시작했는데 실패했다. 그 돈은 서서히, 그리고 마침내 몽땅 사라졌다. 빚도 생겼다.

그 동업자 친구가 어느 날 새까맣게 그을린 얼굴로 나타났다. 패러글라이딩을 하고 왔다고 했다. 장수 씨는 친구 따라 강남으로, 아니 하늘로 갔다. 몰락해가는 지상의 스위트 홈을 떠나 산과 하늘에서 휴식을 얻었다.

"패러글라이딩은 딴생각을 할 수 없어서 좋아. 그날 그곳에 집중하니까, 회피라기보다 그 하나에 전념하니까, 그게 엄청 좋은 거야. 그래서 위험한 날씨를 좋아했지. 동풍이 불거나 산골짜기에서 와류(소용돌이 바람)에 싸이면 글라이더가 접혀서 반파되고 추락할 수도 있는데, 아무 생각이 안 나니까 올인하는 거지."

그러나 '올인'은 하늘에서뿐이었다. 후회에 대해 묻자 장수 씨는 올인하지 못한 삶, 자신에게 집중하지 못한 삶에 대해 말했다. 아내는 이미 계약을 했으니 돈을 내야 한다고 했고, 집을 넓혀야 한다고 했다. 아내가 바라니 다 해주고 싶은 마음은 진심이었다. 하지만 무의식은 그것을 거부하고 있었다. 조그만 점포가 딸린 주택이나 사서 아버지 집에서 독립하는 것, 딱 이 정도만, 하는 생각을 했다. 해외 개발 현장에 가서 자유롭게 살고 싶었다. 그러나 집안사람들의 반대로 번번이 좌절됐다.

"뒷덜미에 뭐가 채워진 느낌 있잖아. 집안에서 외동이고, 그러니까 장손이다 가장이다 안 보이는 줄에 매여 있었던 거지. 올가미에 딱 묶여 있다는 생각이 들어. 그렇게 부정하면서도 이번에 아들이 캐나다에 워킹인지 뭔지(워킹홀리데이)를 가는데, 내가 먼저 할아버지, 할머니 산소에 인사드리러 가자고 하는 것도 봐. 어릴 때부터 아부지가 그러는 게 참 싫었으면서도 조상이니 뿌리니 하는 말이 은연중에 내 속에 파고들어 있는 것 같아."

동티는 나라에까지 뻗쳐 국제통화기금(IMF) 외환위기가 왔고 부부는 몰락한 자영업자가 되었다. 부부는 애초부터 성정이 잘 맞지 않아 싸움이 잦았다. 거기다 경제적 문제까지 겹치니 불화는 더 극심해졌다. 그 시절 둘은 갈라서는 것으로 마지막 테이프를 끊으며 사회 표본집단의 한 자리를 차지했다. 돈 벌어오는 일이 아버지가 되는 일이라고 생각했던 장수 씨의 아버지 노릇은 불가능해졌다. 사회 안전망 대신 장수 씨를 보호하고 밑천을 대던 오토바이 상사가 없으니 '땅바닥을 박박 기며' 살았다.

결국 장수 씨는 오토바이 가게로 다시 돌아왔다. 그러던 어느 날 재개발이 되면서 장수 씨 부친 앞으로 토지 보상금이 나왔다. 전처와 자식들이 집으로 들어왔다. 숨통이 트이나 싶었는데 보상금을 둘러싸고 가족들이 엉겨서 싸워댔다. 전처는 다시 집을 나갔다. 장수 씨도 자기 몫만 챙겨 나왔다. 아이들과 늙은 부모만 집에 남았다. 빚을 갚고 세를 얻어 오토바이 가게를 열고 겨우 자기 앞가림을 했다. 자식들이 등록금이니 학비 문제로 찾아오기 시작했다. 가장 귀여워하던 둘째딸이 밀린 고등학교 육성회비 때문에 찾아왔을 때였다. 장수 씨는 사랑

없이 돈만 달라고 하는 전처에 지쳐 있었다. 게다가 월말에 부품 값을 겨우 치른 때였다. '뿔따구'가 났다. 그래서 "너거 엄마한테 가서 캐라"며 쫓아버렸단다. 둘째딸은 새천년과 함께 고등학교 월사금 때문에 우는 아이가 되었고 자식들은 발길을 끊었다. 장수 씨와 자식들의 상봉은 어머니 장례식 때 이뤄졌다.

"다 내가 잘못했으니까 미안하지" 하면서 장수 씨는 자신도 그때 너무 힘든 시기였다고 털어놓는다. 중간에서 자신을 "돈만 주면 되는 사람"으로 만들어버린 전처에 대한 원망을 하나 둘 보태는 것으로 자기 책임을 분산해본다.

"한 사람과의 인연이라는 것, 나는 원래 인연을 잘 안 맺어. 누구를 잘 안 만나. 친구를 쉽게 사귀는 편도 아닌데, 한 사람, 그 한 사람과의 이별이 디~이기 서글픈 거 있재."

헤어짐, 그 허무함…… 부양, 그 협소함

그랬지만 장수 씨는 두 명의 여자를 더 만났다. 한 사람은 장수 씨와 결혼해서 함께 자기 아이들을 챙기기 바라서 헤어졌다. 요령이 생겼다는 장수 씨는 두 번 다시 이 덫에 걸리지 않는다. 부양, 책임지는 사람으로 한정된 협소한 관계의 덫. 장수 씨는 책임보다는 의리가 좋단다. 또 다른 사람은 장볼 때 무거운 것 들어주는 정도만 하면서 혼자

사는 법을 가르쳐주는 관계란다. "돈 부족한 것 채워달라 카면 아 있나, 그날로 끝, 은행 융자 추천해주지."

그래도 가족 없이 혼자는 외롭지 않느냐고 물었다.

"꼭 혈육으로 국한할 필요 있나? 같이 있으면서 남이 되는 게 제일 슬프지. 나는 이 말이 참 좋그든. '100년 살 것도 아닌데 한 사람 따뜻이 하기가 왜 이리 힘들꼬.' 이 말을 생각하면 눈물이 나. 누구 하나 따뜻하게 못 해주는데……."

장수 씨, 진짜 운다.

"사람으로 태어나서 누구 한 사람, 진짜 누구 한 사람 진실한 벗 만들기가 힘들고, 누구 하나 따뜻하게 해주는 게 힘들어. 연탄불 한두 장은 몸을 데워주기라도 하지. 불우이웃돕기는 쉬워. 자기들을 위한 일인 거지. 정말 다른 이를 따뜻하게 해줄 수 있을까?"

장수 씨, 맥주를 한 모금 들이켠다.

모두가 사라진 뒤에도 늘 곁에 있던 오토바이 가게는 이제 밑동이 다 드러났다. 건물 주인은 이사 비용도 안 주고 나가라고 하는데 그냥 버티고 있다. 장수 씨는 사실 못 버티겠단다. 그는 젊었을 때 몸을 함부로 굴려 성한 곳이 없다. 대부분 오토바이 사고였다. 주변 사람들은 늙으면 고생한다고 입을 댔다. 그때마다 장수 씨는 삶과 죽음의 기로에서 아슬아슬하게 비껴온 자신의 운명을, 회복이 빠른 젊은 몸을 장난스레 자랑하기 바빴다. 4년 전 사고는 한쪽 눈의 시력을 거의 잃게 만들었다. 의식을 잃은 동안 장수 씨의 카드로 결제된 병원비가 9,800만 원이다. 3~4년간 병원비를 갚기 위해서 오토바이를 고쳤다.

장수 씨는 쉰네 살이 되었고, 사람들 말처럼 늙음이 찾아왔다. 100kg가량의 오토바이를 끌어올려 해체하고 미세한 부속들을 매만지는 일이 이제는 버겁다. 얼마 전에는 글라이더를 타고 착륙하다 발을 잘못 디뎌 갈비뼈가 여럿 부러졌다. 괜찮다 싶어서 일을 하다가 부러진 뼈가 폐를 찌르는 바람에 25일간 입원했다. 장수 씨만의 무용담은 여전하다. "조금 쉬면 되잖아요" 하니, 세월 모르는 소리를 한다는 표정으로 "아, 점빵문 열어야 하니까"라고 툭 내뱉는다.

그래서 장수 씨는 요즘 저 푸른색 공간에 가 있는 일이 더 많아졌다. 장수 씨는 공인된 자격증을 가진 23년차 파일럿으로 관광객들을 태우고 체험 비행을 할 수 있다. 혼자서 충분히 먹고살 수는 있다. 마음 같아선 오토바이 가게를 후딱 정리하고 싶다. "다른 삶을 살기엔 내 나이가 많지." 족쇄 같던 가족이 없어졌는데 이젠 나이가 그를 잡는다.

장수 씨는 이제 예전과 달리 "무데뽀가 아니라 계산을 때릴 수 있다". 늘리고 늘려도 밥벌이로 패러글라이딩을 할 수 있는 기간은 5년이 빤하다. 한 사람 더 태우니 장비도 두 배로 무겁다. 온갖 근육을 움직이며 바람을 타야 하는 일은 더 이상 레저가 아니라 노동이다. 오토바이 가게를 접는 것은 영 불안하다. 사람을 써서 이어가는 것이 맞을까? 이부자리에 들어서도 '푸른색이냐 검은색이냐?' 생각이 골똘하다. 다 늦게 고3 학생처럼 진로에 대한 생각이 많아진 탓인지, 장수 씨는 글까지 끼적이고 싶어진단다.

"내 마음에, 머릿속에 이렇게 애틋한 것이 많은데, 그것들을 글로 표현하는 방법을 몰라. 쉽지가 않더라고. 나는 별 볼일 없는 사람이 하는 말이, 자기 마음속에서 나온 말이 문학적이지 않고 유식하지도 않지만 그런 걸 뽑아내는 사람들을 보면 참 애틋하거든. 글라이더를 타고 들판에 내리면 코스모스가 피어 있어. 그거 사진 찍고, 그러고 있으면 주위 사람들은 웃기다고 킥킥, 이상하다고 그러지. 감성, 가을 카면 떠오르는 거 있잖아. 이문세 노래 〈가로수 그늘 아래 서면〉 그런 노랠 들으면 나는 거기 가 있는 거 같아."

학창 시절에도 선생님들이 만든 세계가 뭔지 모르게 자신과 맞지 않다는 느낌이 들어 야단맞다 교무실 창문 밖으로 훌쩍 뛰어내렸다는 장수 씨. 학교를 졸업하고 곧바로 아버지가 되어버린 남자, 목 뒷덜미에 줄로 매어져 있는 것 같던 가족, 피로 이어진 그 줄을 다 끊어내지 못해 바로 오늘 산소에 벌초하고 돌아와 내 앞에 앉은 장수 씨. "남기고 갈 게 뭐냐"며 다 벗어던진 듯하면서도 집을 지키지 않아서 가족 앨범이 버려진 일, 추억을 물려주지 못해서, 양친이 깨끗하게 검은 머리에 옥빛 한복을 입고 찍은 그때 그 사진들을 영정 사진으로 쓰지 못해서 아쉬워하는 모습, "추억은 나쁜 추억이든 좋은 추억이든 다 살아야 해" 하며 전처에 대한 추억의 줄을 한편에 꼭 잡아둔 모습이 영락 없이 여러 줄에 의지한 패러글라이딩과 똑같다.

내가 장수 씨에게 "푸른색을 선택했으면 좋겠어요" 하고 말하려는 찰나, 성질 급한 장수 씨는 내일 아침 일찍 가게 문을 열어야 한다며 인터뷰를 어서 끝내자고 재촉한다. 장수 씨, 아직 오토바이 가게 못 놓았나보다. 장수 씨는 가족이 다 떠나고 혼자 남은 그 집으로 혼자서 돌아갔다. 나도 얼른 돌아섰다.

코스모스 핀 들판에 그를 내려주길

장수 씨는 32년 전 어느 날 밤, 자신의 몸속에서 수천만의 정자를 빼내 그중 하나를 여자 친구의 난자와 결합해 수정란 하나를 만들었다. 운이 나빴는지 좋았는지 그 수정란은 여자 친구의 자궁에 떡하니 착상돼 배아가 되었는데, 그게 바로 나다. 장수 씨는 내 가족관계등록부에서 부(父)의 자리에 등재된 쉰네 살의 남자다. 아버지가 아닌 '장수 씨'가 되자 그가 좋아졌다. 그러나 계속해서 장수 씨의 삶을 옹호해버리면 우리 엄마 이마 위에 깊게 박힌 초승달 모양의 흉터가 순전히 그녀의 잘못이 되어버린다. 나는 이제 그에게 바라는 바가 없다. 다만 나는 장수 씨가 단풍나무 씨앗처럼 가벼이 하늘을 날고 있을 때 동풍이 불지 않았으면, 서풍받이의 산이 뒤에 우뚝 서서 그를 무사히 코스모스 핀 들판으로 내려주었으면 한다.

참고도서

글쓰기 수업 시간에 읽은 책들

시

『가만히 좋아하는』 김사인 지음, 창비, 2006년

제목 그대로 가만히 스며드는 시. 학인들이 돌아가며 한 편씩 암송했다. "누구도 핍박해본 적 없는" "가녀린 것들"에 머무는 시인의 시선을 따라간 곳은 노숙의 자리, 그 여름 밤길 같은 세상의 가장자리다. "사람들 가슴에/후두둑 가을비 뿌리는 대숲 하나씩 있다". 저마다 가슴에 시를 "깊이 묻다".

『가재미』 문태준 지음, 문학과지성사, 2006년

옆으로 보는 세상은 어떤 느낌일까. 감각을 느리게 흐르게 하는 고요한 서정의 언어들. 만만한 듯 쉬이 곁을 내주지 않는 시집. 고향 생각, 엄마 생각, 자연 생각 다 불러일으키는 시편들이 촌스럽지가 않다. 오랜만에 시의 너른 품에 안기는 학인들은 무언가 그립고 그립다.

『기억의 행성』 조용미 지음, 문학과지성사, 2011년

사람 없이 풍경으로 이뤄진 진귀한 시. '연둣빛 덩어리'처럼 색채와 감각을

자극한다. 농사 지으며 자연과 가까이 지낸 학인은 "오가며 보았던 꽃과 나무, 그 신비한 색깔과 모양이 시에 녹아 있다"며 좋아했다. 독자로 하여금 사전을 찾아보고 식물도감을 들춰보게 하는 시집.

『김수영 전집 1—시』 김수영 지음, 민음사, 2003년

김수영의 모든 시를 쪼개서 한 번은 훑고 난 다음, 그의 시적 자취를 찾아갔다. 서울시 도봉구 해등로. 김수영 문학관에서 육필 원고와 책상에서 사유의 자취를 엿보고 옥상에 올라가 다시 시를 낭독했다. 김수영과 김수영적인 것을 살아보고 시와 시적인 것을 이야기한다.

『그 여름의 끝』 이성복 지음, 문학과지성사, 1990년

순천 선암사에 엠티를 갔다. 이른 아침 학인들은 수련복 주머니에 시집을 한 권씩 넣고 편백나무 숲으로 산책을 나갔다. 나무에 기대어 서거나 앉아서 시를 한 편씩 낭송했다. "그 여름 나무 백일홍은 무사하였습니다……". 숲에 번지는 이성복의 시는 더없이 붉고 낭자했다.

『남해 금산』 이성복 지음, 문학과지성사, 1986년

치욕이 뭘까요? 돌부리처럼 걸리는 말. 인간으로서 느끼는 훼손의 감정이 아닐까요? 오래 부유하던 감정과 사건이 '치욕'으로 재구성되는 시 읽기. "날아가세요, 어머니". 「어머니 2」를 읽던 학인은 울음을 터뜨린다. 처음 하는 낭독인데 "왜 눈물이 났는지 모르겠다"고 했다.

『당신의 이름을 지어다가 며칠은 먹었다』 박준 지음, 문학동네, 2012년

이 시집 한 권으로 글쓰기 수업은 본전(!)을 찾았다고 말하는 학인이 있었다. 한 사람은 확실하게 행복하게 해준 시집. 모두가 무난하게 요즘 젊은 시인들의 시 세계에 빠져드는 시간. 이런 표현은 어떻게 가능할까요? 세상을 보는 시인의 눈이 갖고 싶어 안달하게 하는 시집.

『마징가 계보학』 권혁웅 지음, 창비, 2005년

나의 살던 고향, 서울 삼선동 달동네 르포르타주 시집. 만화와 영화, 유행가를 넘나드는 70~80년대 문화코드로 가득한 추억 보고서. 의뭉스러운 시어들은 감정의 넓은 스펙트럼을 자극하고 공감 지점이 많아 읽는 재미가 쏠쏠. 시와 안 친한 학인들을 위한 시의 덫.

『아, 입이 없는 것들』 이성복 지음, 문학과지성사, 2003년

"살아가는 징역의 슬픔으로 가득한 것들"을 위한 시집. "시는 스스로 만든 뱀이니 어서 시의 독이 온몸에 퍼졌으면 좋겠다"는 시인의 말대로 읽으면 감염된다. 고통은 해결하는 것이 아니라 드러내는 것이다. 아, 입이 없는 것들은 이렇게.

『아버지는 나를 처제, 하고 불렀다』 박연준, 문학동네, 2012년

성별을 가늠할 수 없는 이름처럼 성별을 느낄 수 없는 시어에 매혹된다. "꽃은 자신이 왜 피는지 모른다." 왜 태어나는지 모르는 우리가 모여 앉아 말을 나눈다. 뱀이 된 아버지에 대하여, 청동빛으로 굳은 기억에 대하여, 모두 다

사라진 것은 아닌 것에 대하여.

『이 時代의 사랑』 최승자 지음, 문학과지성사, 1981년

"일찌기 나는 아무것도 아니었다/마른 빵에 핀 곰팡이/벽에다 누고 또 눈 지린 오줌". 첫 장 첫 줄부터 격정적인 시가 이어지며 '괴로움, 외로움, 그리움'이라는 '내 청춘의 영원한 트라이앵글'이 쟁쟁 울린다. 울고 싶은 사람 대신 울어주는 최고의 곡비에게 사랑과 존경을.

『입 속의 검은 잎』 기형도 지음, 문학과지성사, 1989년

"사랑을 잃고 나는 쓰네"라는 시구대로, 상실 이후의 쓰기라는 문학의 본령에 충실한 시집. 밤눈처럼 부유하는 시인의 짙고 쓸쓸한 시어에 기대어 저마다 영혼의 검은 페이지를 들추어내고 응시하고 글로 쓴다. 가족, 가난, 사랑, 유년, 죽음 등 기억의 봉우리가 피어난다.

『(정본) 백석 시집』 백석 지음, 고형진 엮음, 문학동네, 2007년

"거리에는 사람두 많이 나서 흥성흥성할 것이다/어쩐지 이 사람들과 친하니 싸단니고 싶은 밤이다". 푸근하고 정갈하고 애틋하고 사무친다. 읽을수록 뭉클해지는 언어들의 성찬. 생소한 방언과 고어가 많지만 모르니 더 신비롭다. 한 편씩 낭독하는 순간, 그곳이 고향이다.

『혼자 가는 먼 집』 허수경 지음, 문학과지성사, 1992년

모국어의 절창. 단어와 단어의 연결이 촌스러운 듯 관능적으로 아름다운 시

집. "사카린같이 스며들던 상처"를 불러내고 위무한다. "설명할 수 없는 세상의 일들은 나를 울게 한다"지만, 시인과 같이 울고 나면 가여운 생을 토닥이며 살게 하니, 혼자 가는 먼 길에 챙길 시집.

소설

『가난한 사람들』 표도르 도스토예프스키 지음, 석영중 옮김, 열린책들, 2010년

이 죽일 놈의 가난. 누구도 피해갈 수 없는 가난. 가난은 한 사람을 규정하는 정체성이 아니라 삶의 한 국면이지만 가난이 지나간 자리는 영혼이 짓눌리고 관계가 파탄 난다. 러시아 대문호가 그리는 사랑과 가난의 심리극. 남녀 주인공이 주고받는 편지가 명문이다.

『백의 그림자』 황정은 지음, 민음사, 2010년

도심 한복판 서울역사박물관 잔디밭에서 둥그렇게 모여 앉아 읽었다. 야외에서 읽어도 좋은 소설. 봄볕처럼 풀풀 날리는 문장, 목덜미에 부드럽게 감기는 주인공의 말들, 콩닥콩닥 연애소설 읽는 재미가 삼삼하다. 가게 하느라 한평생 고생한 부모님 생각에 눈물 왈칵.

『붕대 감기』 윤이형 지음, 작가정신, 2020년

"우정이라는 적금을 필요할 때 찾아 쓰려면 평소에 조금씩이라도 적립을 해뒀어야 했다" 같은 찌르는 문장에 자꾸 걸려 넘어지는 책. "다름을 알면서도 이어지는 꿈"에 관한 예민하고 아름다운 소설. 멀어진 친구에게 반성문 쓰게

하는 책이다.

『소년이 온다』 한강 지음, 창비, 2014년

“내가 광주(5 · 18민중항쟁)에 대해서 잘 몰랐더라.” “소설의 위대함을 느꼈다.” 학인들의 잇단 감탄. 안다고 생각했으나 모르고 있었음을 깨우치게 하니 좋은 작품. 스크린을 통해 전시되는 무력한 피사체가 아닌 (혼령이 되어서도) 할 말 하는 주인공들은 얼마나 고귀한가.

『19호실로 가다』 도리스 레싱 지음, 김승욱 옮김, 문예출판사, 2018년

이 책을 읽고 나만의 19호실을 꿈꾸거나 만들었다는 학인들이 많다. 잘 살려고 노력해왔으나 내가 원하는 삶에서 멀어지고 마는 지성의 실패에 관한 소설. 단편이지만 여성의 억압된 일상의 모든 것이 담겨서 읽고 토론하기 좋은 책.

『이반 일리치의 죽음』 레프 톨스토이 지음, 고일 옮김, 작가정신, 2011년

“끝난 건 죽음이야. 이제 더 이상 죽음은 존재하지 않아.” 짧지만 강렬한 대가의 소설. 쉽고 재미있다. 인간의 영원한 화두, 죽음에 관한 수다는 추한 삶에 관한 증언으로 이어지고 고귀한 삶의 지향으로 귀결된다. 죽음을 떠들썩하게 살아보는 시간.

『체공녀 강주룡』 박서련 지음, 한겨레출판, 2018년

본받을 만한 여성 인물이 필요한 시대에 나타난 단비 같은 소설. 우리나라 최

초로 고공농성을 한 실존인물 강주룡은 자기 직관과 감정에 충실한 매력적인 인물이다. 생의 고비마다 한발 한발 앞길을 밝혀가는 당차고 지혜로운 주룡은 어떻게 살아가야 할지 혼란스러운 우리네 삶에 귀감이 된다.

『춥고 더운 우리 집』 공선옥 지음, 한겨레출판, 2021년

집 이야기에 할 말 없는 사람은 없다. 태어난 곳이라서, 떠나고 싶은 곳이라서, 상처가 고인 곳이라서. 가족과 관계와 추억에 대한 온갖 사연이 풀려나오는 글 타래 같은 책. 공선옥만 쓸 수 있는 의뭉스럽고 아름다운 문체에 울다가 웃는다.

『필경사 바틀비』 허먼 멜빌 지음, 한기욱 옮김, 창비, 2010년

가장 큰 울림과 반향을 일으키는 교재. 수업 시간에 "그렇게 안 하고 싶습니다"는 유행을 만들어내는 책. 주문 같은 저 말은 우리가 잃어버린 '부정의 능력'을 일깨운다. 탄탄한 이야기 구조와 통찰 가득한 문장이 돋보이는 단편. 내 안의 바틀비를 만나는 시간.

산문

『거대한 고독—토리노 하늘 아래의 두 고아, 니체와 파베세』

프레데릭 파작 지음, 이재룡 옮김, 현대문학, 2006년

토리노는 니체가 미친 곳이자 시인 파베세가 자살한 곳이다. 이들 삶에 이끌린 프랑스 화가 파작이 만든 그림책. 묵직한 그림과 시적 문장, 세 사람의 예

술적 삶이 어우러진 고통의 합주가 일품이다. 글쓰기 수업의 예술 교과서.

『김수영 전집 2—산문』 김수영 지음, 민음사, 2003년

“제정신으로 사는 사람은 없는가” 늘 호되게 자기를 성찰한 사람. “잡지사의 원고료 액수와 날짜, 사야 할 책 이름, 아이들 학비 낼 날짜와 액수, 외상 술값…… 이런 자질구레한 숫자와 암호가 생활의 전부”라고 말한 생활 시인. 낮은 현실에서 높은 사유까지, 글쓰기로 삶의 균형을.

『그냥, 사람』 홍은전 지음, 봄날의책, 2020년

홍은전의 특기는 사람-동물이 얼마나 경이로운 존재인지 밝혀내는 글쓰기다. 학인들 사이에서 읽다가 눈물이 나서 ‘독서 중단’ 사태를 일으켰다는 증언이 이어진다. ‘필력’이라고 함은 화려한 수사에서 나오는 게 아니라 보이지 않는 것을 명징하게 드러내 밝혀 도저히 보지 않을 수 없게 만드는 일임을 배운다.

『나는 왜 쓰는가—조지 오웰 에세이』 조지 오웰 지음, 이한중 옮김, 한겨레출판, 2010년

“지난 10년을 통틀어 내가 가장 하고 싶었던 것은 정치적인 글쓰기를 예술로 만드는 일이었다”는 조지 오웰. “선악의 세상에 감금돼버렸다는 처량한 고독감과 무력감”을 안겨준 학창시절은, 그를 권력의 실상과 부조리를 감각하는 예민한 신체로 만들었다.

『나의 두 사람』 김달님 지음, 어떤책, 2018년

글쓰기 수업 첫 시간에 같이 읽는 단골 교재. "평범한 삶을 사는 게 얼마나 평범하지 않은 노력을 필요로 하는지" 할머니 할아버지 손에서 큰 저자는 정확하게 기억하고 담담하게 증명한다. 약한 존재들이 서로의 삶을 보듬는 이야기는 '정상 가족'에 대한 편견을 허물고, 학인들로 하여금 자기 검열의 빗장을 풀게 한다.

『D에게 보낸 편지—어느 사랑의 역사』 앙드레 고르 지음, 임희근 옮김, 학고재, 2007년

사랑한다면 이들처럼. 프랑스 철학자 앙드레 고르가 아내 도린에게 보내는 긴 편지. 58년간 사랑의 여정이 곡진하고 그것을 기록한 문장은 사려 깊고 빼어나다. 나의 D는 누구일까. 애인, 엄마, 친구, 나 자신, 혹은 미술 전공자에겐 Design. 내 삶의 척추와 같은 존재.

『말』 장 폴 사르트르 지음, 정명환 옮김, 민음사, 2008년

나는 곧 글 쓰는 나를 의미한다고 했던 사르트르의 자전적 에세이. 1부 '읽기'와 2부 '쓰기'로 나뉜 책. 한 사람이 자기 서사를 읽기와 쓰기로 구성할 수 있다는 것의 흥미진진함에 빠져들게 한다. 학인들은 사르트르 책이라 어려울 줄 알았는데 재미있다며 친근감을 느낀다.

『밤이 선생이다』 황현산 지음, 난다, 2013년

문단의 어른은 시대의 어른이기도 하다. 신문 연재 칼럼 모음집이지만 현재형으로 읽히고 세상을 읽어내는 탁월한 혜안과 너그러운 문장에 저절로 동의

하게 된다. 각자 좋은 산문 한 편씩 낭독하고 자기 생각을 덧대다 보면 모닥불 주위에 앉은 것마냥 마음 훈훈해지는 책.

『소망 없는 불행』 페터 한트케 지음, 윤용호 옮김, 민음사, 2002년

배우지 못한 엄마, 외로워 자살을 선택한 어머니를 어린 시절부터 죽음에 이르기까지 관찰하고 기록한 실험적 글쓰기. 아들이 말하는 엄마의 삶. 아들인 자신이 엄마의 삶을 말할 자격이 있는지 객관적 시선의 불가능성을 말한다. 소망 없는 불행은 언어 없는 불행이다.

『싸울 때마다 투명해진다』 은유 지음, 서해문집, 2016년

필자의 산문집. 같이 공부하는 사람의 언어에 익숙해지면 더 챙겨갈 것이 많을 듯해 수업 교재로 넣었다. 자식을 서울대에 보내거나 전문직이 아닌 여자-엄마의 글은 세상에 없다. 상처받고 꿈꾸고 응시하는 여자-엄마는 어떻게 사는가, 그 몸부림에 시를 덧댄 산문.

『아침의 피아노—철학자 김진영의 애도 일기』 김진영 지음, 한겨레출판, 2018년

철학자 김진영이 암을 선고받고 죽음에 이르기까지 1년간 써내려간 일기를 모은 책이다. 죽음을 맞이한 사람은 삶에 밀착한 사람이다. 하루하루 투명하게 소멸하면서 그가 낚아챈 생의 진면목은 아포리즘으로 남았다. 『아침의 피아노』를 펼쳤다면 누구라도 책장을 쉬이 덮지 못할 것이다. 어느새 음악의 인간, 사유의 인간, 긍지의 인간이 된 자기 자신을 발견할 것이기에. 소란스러운 마음을 잠재우는 언어의 선율은 길고 아름답다.

『이상 전집—수필』 이상 지음, 뿔, 2009년

천재 시인 이상의 지루한 일상, 남다른 생각의 자리를 만나는 시간. 사람들은 나날이 죽어가고 또 더 많은 애기가 탄생하니 "그러나 그렇게 날로 지상의 사람이 바뀐다는 것 또한 슬픈 일이 아닌가". 생의 향락 가운데 사의 적막을 헤아리는 말들을 더듬어본다.

『지하로부터의 수기』 표도르 도스토예프스키 지음, 계동준 옮김, 열린책들, 2010년

철학적 서문, 독백의 문체, 시간을 역행하는 구성으로 난감함을 안겨주는 책. 읽히지 않는 책을 같이 읽으며 지하 생활자의 말들을 퍼즐 조각처럼 맞춰본다. 현실의 비참을 이겨내는 절대적 방편으로서의 책, 그 무기력과 그 탁월함에 지하 생활자처럼 우리는 일희일비한다.

『청춘의 문장들』 김연수 지음, 마음산책, 2004년

읽는 맛이 있는 에세이집. 무심히 지나가는 일상을 어떻게 글감으로 풀어내는지 배울 수 있다. 다정하면서 웃기고 능청스러운 문체는 계속 읽게 하는 마법을 부린다. 자기만의 글 호흡을 끌고 가는 법, 글의 시작과 끝을 맺는 법, 글의 통일성 등을 눈여겨본다.

『파리의 우울』 샤를 보들레르 지음, 윤영애 옮김, 민음사, 2008년

'도시의 서글픈 삶의 표현'이라고 불리는 시적 산문. 한 학인이 자신의 이십대 노숙 체험을 글로 써와 보들레르라는 별칭을 얻기도 했다. 노파, 노름꾼, 넝마주의 등 주변에서 보이지 않는 사람들의 이야기를 통해 자연스레 우리

주변의 그들을 불러낸다.

여성

『멀고도 가까운』 리베카 솔닛 지음, 김현우 옮김, 반비, 2016년

여성 학인들은 열광하고 남성 학인들은 읽기 어렵다는 반응을 보이는 신기한 책. 리베카 솔닛을 인터뷰할 기회가 있어서 이 말을 전했더니 "남자 독자를 염두에 두고 쓴 책 아니다"라는 답변이 돌아왔다. 꿈꾸는 듯 통찰이 빛나는 문장이 넘쳐나 밑줄 치다가 책장이 무거워진다.

『어쩌면 이상한 몸』 장애여성공감 지음, 오월의봄, 2018년

나는 내 몸에 대해 얼마나 이야기할 수 있을까. 관계를 맺는 몸, 경계를 넘는 몸, 포기하지 않는 몸. 그래서 어쩌면 이상한 몸. 몸으로 부딪치며 사회와 제도를 바꾸며 살아온 장애 여성들의 삶을 담은 책이다. 여성, 장애, 젠더, 몸에 대해 공부하기 좋은 종합교과서.

『자기만의 방』 버지니아 울프 지음, 이미애 옮김, 민음사, 2006년

인구의 절반이지만 여성은 소수자다. 가부장제와 성적 불평등을 문제 삼은 페미니즘 문학의 고전. 1920년대의 현실은 여전히 '자기만의 방'을 갈망하는 이들의 마음속으로 깊이 파고든다. 아무려나 어느 시대, "어느 성(性)에게나 삶은 힘들고 어려운 영속적인 투쟁이다".

『채식주의자 뱀파이어』 임옥희 지음, 여이연, 2010년

채식주의자 뱀파이어는 형용모순. '폭력의 시대 타자와 공존하기'라는 부제가 달렸다. 글쓰기 수업 여성주의 교재. 모성과 가족에 대해 이야기 나눈다. 5장 '가족: 정상가족의 해체와 수상한 가족들의 탄생'과 6장 '모성: 신자유주의시대 모성의 정치경제학'을 읽었다.

르포

『고통에 이름을 붙이는 사람들』 노동환경연구소 기획, 포도밭출판사, 2021년

일하는 사람이 글을 써야 세상이 좋아진다고 이오덕 선생은 말했다. 그게 무슨 말인지 이 책을 보면 안다. 일터에서의 사고와 죽음, 그에 맞선 싸움의 기록을 담은 이야기들을 읽고 나면 학인들은 너도나도 주변 노동의 위험을 말하고 쓰기 시작한다.

『밀양을 살다—밀양이 전하는 열다섯 편의 아리랑』
밀양구술프로젝트 지음, 오월의봄, 2014년

21세기 민중 자서전. 밀양 송전탑 건설에 반대하는 주민 17명의 구술 기록. 한 사람의 삶에 접근하는 자세, 좋은 질문의 사례를 배울 수 있고 필자에 따라 글이 어떻게 달라지는지 알 수 있다. 목소리 없는 자들의 목소리, 그 기록의 가치를 증언하는 책. 인터뷰 교과서.

『소금꽃나무』 김진숙 지음, 후마니타스, 2007년

작업복이 사람을 왜소하게 만드는 시대에 맞서 작업복을 벗지 않기 위해 싸워온 노동자의 글. 인간다움을 지키려는 글이 문학적인 글이 될 수밖에 없음을 문장마다 보여줌으로써 대투사는 대문호가 된다. 어디서도 듣기 힘든 전태일 이후 노동 현실의 역사가 고스란하다.

『아빠의 아빠가 됐다』 조기현 지음, 이매진, 2019년

저자인 청년보호자가 치매 걸린 아버지를 홀로 돌본 9년의 기록. 자기 문제를 해결하기 위한 읽기와 쓰기가 개인의 삶-사회를 어떻게 변화시키는지 보여준다. 글 한편 한편 마치 영화 장면처럼 시작하여 몰입감 있게 읽히고 '돌봄'이라는 누구도 피해갈 수 없는 화두가 남는다.

『알지 못하는 아이의 죽음』 은유 지음, 돌베개, 2019년

현장 실습생 김동준 군의 죽음을 기록한 르포르타주. 동준 군 어머니, 이모, 사건을 담당했던 노무사 등 주변인의 이야기를 그대로 담아낸 목소리 소설의 형식을 취했다. 경쟁과 폭력으로 피폐해진 일터에서 우리의 존엄한 노동은 어떻게 가능한가, 질문하고 토론을 일으키는 책.

『위건 부두로 가는 길—조지 오웰 르포르타주』

조지 오웰 지음, 이한중 옮김, 한겨레출판, 2010년

'설명하지 말고 보여줘라.' 내러티브 제1원칙의 교본. 학인들은 오웰의 글을 묘사와 사유, 통찰 부분으로 표시해 읽었다. "만일 임신한 여자들이 땅속을

기어다니지 않으면 석탄을 얻을 수 없다고 한다면, 우리가 석탄 없이 살기보다는 그들에게 그런 일을 시키리라 생각한다. 어떤 육체노동이든 다 그렇다. 그것 덕분에 살면서도 우리는 그것의 존재를 망각한다."

『이것이 인간인가—아유슈비츠 생존 작가 프리모 레비의 기록』

프리모 레비 지음, 이현경 옮김, 돌베개, 2007년

"대부분의 독일인들은 알고 싶지 않았기 때문에 알지 못했다." 아우슈비츠 생존 작가는 낱낱이 밝힌다. 그리고 10개월간의 수용소 체험 이야기는 우리 삶의 억압적 구조를 섬뜩하게 깨우친다. 학교, 부모, 군대 등 일상의 아우슈비츠 시간에 관한 백분토론이 열린다.

인문사회

『경제학-철학수고』 카를 마르크스 지음, 강유원 옮김, 이론과실천, 2006년

마르크스의 입문서. 손으로 쓴 노트다. 완성된 책이 아니라 다소 난해하지만 노동의 네 가지 소외, 분업으로 인한 오감의 쇠퇴에 관한 분석은 좋은 토론거리다. 노동자의 노동이 자신을 위한 것이 아니라 자본가를 위한 것이라는 사실을 집요하게 환기시키는 책. 노동자 학인은 할 말 많은 책.

『김영민의 공부론』 김영민 지음, 샘터, 2010년

"공부란 실로 돌이킬 수 없는 변화다." 우리의 공부 의미, 공부 방법, 공부 과정에 대해 생각해보는 시간. 철학자, 이소룡, 이종범, 차범근, 미야모토 무사

시 등의 유명 인물들이 게스트로 출연한다. 공부론은 인생론의 다른 말. 쉽게 읽히지 않는 책, 그래서 생각하게 하는 책.

『그리스 비극에 대한 편지』 김상봉 지음, 한길사, 2003년

"정신의 깊이와 넓이 그리고 크기는 오로지 그가 품고 있는 슬픔의 깊이와 넓이 그리고 크기에 다름 아닙니다." 고통에 마주 선 인간이 되어 비극-슬픔으로 자기와 세계의 크기를 읽어본다. 삶을 마모시키는 고통과 성장시키는 고통이 따로 있을까. 고통에 관한 질문의 시간.

『노동을 거부하라—노동 지상주의에 대한 11가지 반격』

크리시스 지음, 김남시 옮김, 이후, 2007년

노동 지상주의를 거부하는 독일 마르크시스트 그룹의 급진적 비판서. 선뜻 동의하기 어려운 내용에 반감을 갖기도 하지만 노동이 가져오는 삶의 파괴, 일상의 장악을 낯설게 바라볼 수 있다. 노동을 떠난, 그러나 쓸모없지는 않은 그런 삶의 양식은 어떻게 창조 가능한가.

『눈먼 자들의 국가—세월호를 바라보는 작가의 눈』

김애란 외 지음, 문학동네, 2014년

소설가·시인이 말하는 세월호. 작가별 특유의 문체와 관점이 드러난다. 일목요연한 사건 정리와 깊이 있는 해석, 진실을 향한 강한 질문을 피해갈 수 없다. "연민은 우리의 무능력함뿐만 아니라 우리의 무고함도 증명해준다"는 일침이 뜨끔하다. 잘 슬퍼하는 법, 제대로 기억하는 법을 생각하는 시간.

『동무와 연인』 김영민 지음, 한겨레출판, 2008년

하이데거와 아렌트, 프로이트와 융 등 동무라는 서늘한 관계 탐색 보고서. 나는 누구와 어떤 사이인가. 스승, 동무, 연인, 가족 등 관계를 통하여 나의 욕망, 나의 지향을 훑어본다. 내가 만나는 사람이 곧 나다. 철학 공부, 문학 공부를 자극하는 책.

『말년의 양식에 관하여』 에드워드 사이드 지음, 장호연 옮김, 마티, 2012년

자기 시대와 충돌한 철학자나 예술가들 이야기. 예술적 말년성이 조화와 해결의 징표가 아니라 비타협, 난국, 풀리지 않는 모순을 드러낸다면 그건 무엇을 의미할까. 나도 장 주네가 되고 싶다는 욕망을 자극하는 책. 자발적 망명의 삶은 살기는 어려워도 보기는 설레어라.

『문학은 자유다』 수전 손택 지음, 홍한별 옮김, 이후, 2007년

죽음의 막바지에 쓴 글들을 모은 유작. 문학평론가, 정치비평가, 치열한 독서가로 살다 간 한 사람을 만날 수 있다. 날카롭고 뜨거운 언어들. 아는 것이 많은 작가의 글을 읽는 것은 즐겁다. "작가가 가장 중요시해야 할 일은 의견이 아니라 진실을 말하는 것입니다."

『베를린의 어린 시절』 발터 벤야민 지음, 조형준 옮김, 새물결, 2007년

말하고자 하는 걸 직접 나타내지 않고 암시적으로 드러내는 벤야민의 알레고리적 글쓰기는 정답 없는 문제처럼 곤혹스럽다. 기호와 기의가 일치하지 않는 글, 내밀한 사유의 흐름을 따라가는 긴장이 크고, 가끔 언어걸리는 문장이

반갑다. 그것으로 값진, 매우 유니크한 글.

『사랑은 왜 아픈가—사랑의 사회학』 에바 일루즈 지음, 김희상 옮김, 돌베개, 2013년

마르크스가 상품을, 프로이트가 꿈 분석을 했다면 일루즈는 사랑을 분석한다. 계급 인정에서 자아 인정으로 변화된 세상. 그 사회적 조건, 자본주의 문법이 강제하는 아픔이 있다. 그렇다면 사랑, 본연의 사랑이 있을까. 있다면 그게 무엇일까. 내가 한 사랑은 사랑일까. 학인들의 간증과 토론.

『어른이 되면—발달장애인 동생과 함께 보낸 시설 밖 400일의 일상』

장혜영 지음, 우드스톡, 2018년

유명 유튜버이며 다큐멘터리 감독인 저자가 18년간 시설에서 살았던 발달장애인 동생을 데리고 나와 함께 살면서 겪은 일상 이야기를 담은 책이다. 남들이 보기엔 예정된 불편과 구속으로 뛰어든 일이지만 그 여정은 말뿐이었던 인간의 존엄과 자유의 실체를 삶에서 발견하는 고귀한 과정이기도 하다. 약자의 예민함으로 포착한 더불어 사는 법에 관한 통찰이 페이지마다 정결한 문장으로 빛난다.

『이 사람을 보라』 프리드리히 니체 지음, 백승영 옮김, 책세상, 2002년

'사람은 어떻게 자기 자신이 되는지'라는 부제가 달린 니체 자서전. '영혼' '정신'의 개념이 신체를 병들게 한다며 영양, 주거, 정신적인 식사, 질병의 치료, 청결, 기후 등 사소해 보이는 것들이 정말로 중요한 것이라고 강조한다. 어느 학인의 고백. "문장 사이사이에 꽃을 달아주고 싶었어요."

『일방통행로—사유의 유격전을 위한 현대의 교본』

발터 벤야민 지음, 조형준 옮김, 새물결, 2007년

사유의 단상들 모음집. 주유소, 아침 식당, 장갑, 건설 현장, 장난감들 같은 제목의 수수께끼를 풀면서 토론하고 읽어간다. 글쓰기를 투쟁으로 실천한 지식인에게 배우는 기억과 사유와 쓰기. "자기 글을 보여주고 싶은 점증하는 욕망은 결국 완성을 위한 모터가 될 것이다."

『전태일 평전』 조영래 지음, 아름다운전태일(전태일기념사업회), 2009년

글쓰기 최고의 교과서. 자기 경험을 신뢰하고 본 대로 느낀 대로 정직하게 쓴 아름다운 글이다. 학교도 제대로 다니지 못한 어느 노동자는 글을 써나가며 '전태일'이 되었다. 그가 글을 썼지만 글이 삶을 이끈 것이다.

『차라투스트라는 이렇게 말했다』

프리드리히 니체 지음, 정동호 옮김, 책세상, 2000년

니체로 들어가는 좁은 문. 철학과 문학의 앙상블. 문체와 문장 연습의 교본. 사유의 훈련장. '가치의 전환' '도덕 비판' '신의 죽음' 등 문장 하나하나에 니체의 사상이 깃들어 있다. 베껴두고 싶은 문장 가득한 잠언의 광맥. 혼자 읽으면 놓친다. 여럿이 읽을수록 좋다.

『현대 사회의 성 사랑 에로티시즘』

앤서니 기든스 지음, 배은경 · 황정미 옮김, 새물결, 2001년

영원무궁한 글감인 '사랑'에 관한 사회학적 접근. 낭만, 순수, 진실, 열정, 친

밀성 등 사랑으로 뭉뚱그렸던 개념을 각자의 경험으로 풀이하며 읽는다. 단어는 익숙하지만 맥락을 놓치면 논점을 잡기 어렵다. 한 장(章)씩 읽고 개념 하나씩 접근하는 꼼꼼한 독해가 요구된다.

나오며

슬픔이 슬픔을 구원한다

아픔을 겪는 것은 그의 영혼인데,
그 영혼에는 내 손이 미치지 않는다.

– 허먼 멜빌 –

세월호 1주기를 앞두고 학습공동체 '가장자리' 글쓰기 수업에서 학인들과 『눈먼 자들의 국가』를 읽었다. 이 책은 '세월호를 바라보는 작가의 눈'이라는 부제가 달린, 시인·소설가·평론가의 글 모음집이다. 우리는 돌아가며 마음에 남는 문장을 읽고 이야기를 나누었다.

"고통받고 있는 사람들에게 연민을 느끼는 한, 우리는 우리 자신이 그런 고통을 가져온 원인에 연루되어 있지는 않다고 느끼는 것이다. 우리가 보여주는 연민은 우리의 무능력함뿐만 아니라 우리의 무고함도 증명해주는 셈이다. 따라서 연민은 어느 정도 뻔뻔한 반응일지도 모른다."

수전 손택의 『타인의 고통』에 나오는 내용을 진은영 시인이 자신의 글에 인용했다. 이 대목을 한 학인이 읽었다. 세월호를 대하는 자신의 태도가 그러했던 것 같다는 말과 함께.

또 다른 학인은 황정은의 '가까스로, 인간'의 일부를 읽었다.

"얼마나 쉽게 그렇게 했는가. 유가족들의 일상, 매일 습격해오는 고통을 품고 되새겨야 하는 결심, 단식, 행진. 그 비통한 싸움에 비해 세상이 이미 망해버렸다고 말하는 것, 무언가를 믿는 것이 이제는 가능하지 않다고 말하는 것은 얼마나 쉬운가."

목소리가 점점 작아지더니 지이잉 떨려왔다. 이십 대 후반인 그는 낭독을 마치고 마저 훌쩍였다. 무에 그리 서러웠을까. 잠시 침묵하다가 입을 뗐다. 자기는 이제 어른들은 왜 그래요, 라고 말할 수 없는 나이가 되어가고 있다고. 가해자 덩어리에 어느새 속해 있더라고. 그게 슬프고 미안하다고.

대안학교 교사인 한 학인은 아이들과 '그 사건'에 대해 말하는 것이 힘들고 어려워서 피하고 싶었다고 했다. 1년이 지났는데 뭐가 달라졌느냐고 학생들이 물을 때 또 다시 응답할 수 없는 고통으로 이 봄을 견뎌야 할 것이라고 글을 써왔다.

갑작스레 찾아든 봄볕에 마음 설레는 3월 토요일 오후 2시, 우리는 죄인처럼 고개를 숙이고 세월호 이야기를 나누었다. 저마다 양심의 침몰, 느낌의 침몰을 고백했다. 우리는 어떻게 할 것인가, 라는 물음에 가닿았다. 유가족이 일상을 살 수 있도록 우리가 대신 싸워야 한다고 누군가 주장했다. 남의 아픔을 어떻게 대신 싸우느냐고 그건 불가능하다고 다른 이가 조심스레 고개 저었다. 수업 후 한 학인이 후기를 남겼다. 세월호 1주기 어디서 이렇게 가슴속 깊은 이야기들을 마음껏 꺼내놓고 슬퍼할 수 있을까요, 글쓰기 공부가 우리를 우리답게 하네요, 라고.

나도 그랬다. 그날 수업을 마치고 나오는 길, 가슴이 먹먹했지만 마음은 홀가분했다. 세월호 1주기라고 해서 어디 가서 마음 편히 내 느낌과 생각을 실컷 떠들 수 있을까. 남의 이야기를 귀담아 들을 수 있을까. 전문가들의 토론회 자리가 아니고서야 일반인들이 말하는 자리는 없다. 늘 만나던 동류들끼리 술자리에서 몇 마디 한탄의 말들을 나눌 뿐이다. 그런 점에서 탄식보다는 깊은, 토론보다는 자유로운, 그런 이야기를 나누는 장이 글쓰기 수업에서 만들어진 게 고마웠다.

글쓰기를 한다는 일은 마음껏 슬퍼하는 일인지도 모르겠다. 그리고 슬퍼한다는 것은 온전한 내가 되는 일 같다. 나의 슬픔과 기쁨을 후련하게 말하기. 기쁨을 내밀듯이 슬픔을 꺼내놓는, 존재의 편안한 열림을 글쓰기가 돕는다는 생각이 든다. 그렇게 열어젖혀진 존재 위로 또 다른 말들과 생각들이 날아들 것이다. 그날 수업 이후 나는 박완서의 『어른노릇 사람노릇』을 보다가 너무 딱 맞아, 너무 속상한 글을 발견했다.

“천재고 인재고 재난이 있어서는 안 되는 까닭 중의 으뜸은 재난은 결코 악인과 선인을 골라서 덮치지 않는 데 있다. 그 완벽한 공평, 아니 인간의 능력으로는 도저히 해석할 길 없는 철저한 불공평 때문에 재난이 무서운 것이다.”

학인들에게 읽어줄 작정이다. 지난 시간에 미처 하지 못한 슬픔의 말들을 더 보탤 참이다. 내 생각을, 내 공부를 나눌 동료가 곁에 있다는 건 든든하다. 쓰기와 읽기의 자극제가 된다.

글쓰기 모임이 많아지면 좋겠다. 누군가 글을 쓰고 싶은데 어떻게 할까요, 라고 묻는다면 나는 읽고 쓰는 모임을 만들라고 말해주고 싶다. 이미 만들어진 모임을 찾아가는 것도 방법이다. 여럿이 모여서 각자 생각을 말하고 책을 읽고 글로 써보는 시간을 누리길 권한다.

지난여름 글쓰기 수업으로 친구가 된 학인을 만났다. 지금은 아이들 가르치는 일을 하는데 꼭 글 쓰는 일을 하고 싶다고 했다. 왜 글 쓰는 게 좋은지 새삼 물어보았더니 이렇게 말했다. 평소에는 삶이 불만족스럽고 남들보다 잘해야 하고 욕심이 많은데 글 쓰고 있으면 그런 생각, 가치, 정서, 사물을 받아들이는 태도가 달라지고 겸손해진다고. 글 쓸 때 자기가 가장 괜찮은 사람이 되는 것 같다며 수줍게 웃었다. 자기가 괜찮아지는 순간을 아는 그가, 순간 괜찮은 사람으로 보였다.

내가 생각하는 좋은 글쓰기가 이것이다. 존재를 닦달하는 자본의 흐름에 익사당하지 않고 제정신으로 오늘도 무사히 살아가기 위한 자기 돌봄의 방편이자, 사나운 미디어의 조명에서 소외된 내 삶 언저리를 돌아보고 자잘한 아픔과 고통을 드러내어 밝히는 윤리적 행위이자, 이야기가 사라지는 시대에 이야기를 살려내고 기록하는 곡진한 예술적인 작업으로서의 글쓰기. 그게 돈이든 교양이든 지식이든 학점이든 스펙이든 앞뒤 돌아보지 않고 쌓고 축적하고 평가받기 바쁜 세상에서, 왜 그런 것들을 가져야 하는지 잠시 멈추어서 사유하고 따져 묻는 자리가 되어주는 글쓰기 말이다. 그건 아마도 발터 벤야민이 말하는 "혁명으로서 삶의 비상 브레이크"이거나 롤랑 바르트가 마지막 강의에서 말한 "각자에게서 너무 오랫동안 사라졌던 영혼을 다시 발견하기 위한 긴 작업"이자 조지 오웰이 언급한 "인간은 자기 삶에서 단순함의 너른 빈터를 충분히 남겨두어야만 인간일 수 있다"에 부합하는 빼셈의 존재론적 행위로서의 글쓰기일 것이다.

글쓰기의 최전선

'왜'라고 묻고 '느낌'이 쓰게 하라

초판 1쇄 발행 2015년 4월 27일
개정판 1쇄 발행 2022년 11월 1일
개정판 3쇄 발행 2024년 1월 22일

지은이 | 은유
표지디자인 | 여상우

펴낸이 | 박숙희
펴낸곳 | 메멘토
신고 | 2012년 2월 8일 제25100-2012-32호
주소 | 서울시 은평구 연서로26길 9-3(대조동) 301호
전화 | 070-8256-1543 팩스 | 0505-330-1543
전자우편 | memento@mementopub.kr

ISBN 979-11-92099-11-8 (03800)

잘못된 책은 구입하신 서점에서 바꿔 드립니다.
책값은 뒤표지에 있습니다.